MELISSA DE LA CRUZ
MICHAEL JOHNSTON

MUNDO DE GELO
CORAÇÃO DE FOGO
VOLUME 1

Tradução:
Ludimila Hashimoto

BERTRAND BRASIL
Rio de Janeiro | 2016

Copyright © 2013 by Melissa de La Cruz and Michael Johnston

Todos os direitos reservados, inclusive o direito de reprodução total ou parcial em qualquer formato

Publicado mediante acordo com G. P. Putnam's Sons, uma divisão da Penguin Young Readers Group, membro do Penguin Group (USA) LLC, uma companhia Penguin Random House.

Título original: Frozen

Capa: Igor Campos Leite

Editoração: Futura

Texto revisado segundo o novo
Acordo Ortográfico da Língua Portuguesa

2016
Impresso no Brasil
Printed in Brazil

Cip-Brasil. Catalogação na publicação.
Sindicato Nacional dos Editores de Livros, RJ.

C964f Cruz, Melissa de La

Frozen / Melissa de La Cruz, Michael Johnston; tradução Ludimila Hashimoto.
— 1. ed. — Rio de Janeiro: Bertrand Brasil, 2016.
308 p.; 23 cm.   (Mundo de gelo, coração de fogo; 1)

Tradução de: Frozen
ISBN 978-85-286-2049-8

1. Ficção americana. I. Johnston, Michael. II. Hashimoto, Ludimila. III. Título.
IV. Série.

16-31546

CDD: 813
CDU: 821.111(73)-3

Todos os direitos reservados pela:
EDITORA BERTRAND BRASIL LTDA.
Rua Argentina, 171 — 2º andar — São Cristóvão
20921-380 — Rio de Janeiro — RJ
Tel.: (0xx21) 2585-2076 — Fax: (0xx21) 2585-2084

Não é permitida a reprodução total ou parcial desta obra, por
quaisquer meios, sem a prévia autorização por escrito da Editora.

Atendimento e venda direta ao leitor:
mdireto@record.com.br ou (0xx21) 2585-2002

Para Mattie

O mundo acabará em fogo,
Talvez em gelo.
Por ter conhecido o desejo,
Estou com quem prefere o fogo.
Porém, se for duplo o flagelo,
Acho que conheço bem o ódio
Para dizer que o fim em gelo
Também é ótimo
E bastaria.
— ROBERT FROST, "FIRE AND ICE"

É hora de começar.
— IMAGINE DRAGONS, "IT'S TIME"

A VOZ DO MONSTRO

ELES ESTAVAM INDO ATRÁS DELA. *Ela escutava os passos pesados ecoando no corredor de concreto. De certa forma, o som era um alívio. Durante dias e mais dias, ela fora deixada no quarto, sozinha, no silêncio total, com pouca comida e água, com o peso da solidão tornando-se cada vez mais opressor, e o silêncio, uma aflição da qual não conseguia se livrar, uma punição por ter se recusado a fazer o que lhe mandaram, uma punição por ser o que era.*

Ela se esquecera de por quantos dias, por quantos meses, a tinham deixado ali, sozinha, tendo somente os seus pensamentos como companhia.

Mas não totalmente sozinha.

Eu a alertei sobre esperar, *trovejou a voz na sua cabeça. A voz que ela ouvia nos sonhos, cujas palavras ecoavam como trovão; trovão e cinzas, fumaça e chama. Quando a voz se pronunciava, ela via uma fera atravessando o inferno, carregando-a sobre asas negras pelo céu escuro e derramando fogo sobre os inimigos. O fogo que se enfurecia dentro dela. O fogo que consumia e destruía. O fogo que a consumiria e a destruiria se ela permitisse.*

O destino dela. Um destino de fúria e ruína.

Fogo e dor.

A voz na sua cabeça era o motivo pelo qual seus olhos não eram marrons nem cinza. Seus olhos claros de tigre — verde-acastanhado com pupilas douradas — diziam ao mundo que ela carregava uma marca na pele, que ela mantinha escondida, que tinha forma de chama e ardia como uma queimadura, bem acima do coração. O motivo pelo qual estava presa, o motivo pelo qual eles queriam que ela os obedecesse.

A menina não queria ser diferente. Ela não queria ser marcada. Não queria ser o que a voz dizia que ela era. O que o comandante e os médicos acreditavam que ela fosse. Uma aberração. Um monstro.

Me soltem, *implorara ela quando a trouxeram a este lugar.* Não sou o que vocês pensam que eu sou. *Insistira que estavam enganados a seu respeito desde o início do cativeiro.*

Qual é o seu talento?, *eles indagaram.* Mostre-nos.

Não tenho nenhum, *dissera-lhes ela.* Não tenho nenhuma habilidade. Não sei fazer nada. Me deixem ir embora. Vocês estão enganados. Me soltem.

Ela nunca lhes contou sobre a voz na sua cabeça.

Mas, mesmo assim, eles encontraram formas de explorá-la.

Agora, eles estavam vindo, com passos pesados batendo contra a pedra. Eles a obrigariam a fazer o que queriam, e ela não seria capaz de recusar. Era sempre assim. Ela resistia no começo, eles a puniam por isso, e então, ela finalmente cedia.

A menos que...

A menos que ela ouvisse a voz.

Quando falava com ela, a voz sempre dizia a mesma coisa: Antes eu a procurava, mas agora é você que tem de me encontrar. Chegou a hora de sermos um. O mapa foi encontrado. Saia deste lugar. Siga para o Azul.

Como outros, ela ouvira as lendas sobre um portal secreto no meio do Pacífico arruinado que ia dar num lugar em que o ar era tépido e a água, turquesa. Mas o caminho era impossível — os oceanos sombrios, traiçoeiros —, e muitos haviam sucumbido na tentativa de encontrá-lo.

Mas talvez houvesse esperança. Talvez ela encontrasse uma forma de fazer o que a voz solicitava.

Lá fora.

Em Nova Vegas.

Pela janela, distante, ela via as luzes cintilantes da cidade através do cinza. Dizem que, antes do gelo, os céus noturnos eram negros e infinitos, salpicados de estrelas que brilhavam tão nítidas quanto diamantes sobre veludo. Olhando para aquela vastidão escura, era possível imaginar viagens a terras distantes, sentindo a grandeza do universo e compreendendo a sua pequena parte nele. Mas agora o céu era embaçado, um reflexo da neve branca e luminosa que cobria o solo e rodopiava na atmosfera. Até as estrelas mais brilhantes apareciam somente como luzinhas fracas e distantes no firmamento borrado.

Não havia mais estrelas. Havia apenas Nova Vegas, cintilando, um farol na escuridão.

As luzes da cidade sumiam de modo abrupto num arco longo apenas alguns quilômetros adiante. Depois da linha em forma de arco, além da fronteira, tudo era preto, o País do Lixo, um lugar em que a luz desaparecera — uma terra de ninguém, de terrores —, e depois disso, o mar tóxico. E em algum lugar, escondido nesse oceano, se acreditasse no que a voz dizia, ela encontraria um caminho para outro mundo.

Eles estavam cada vez mais perto. Dava para ouvir as vozes do lado de fora, discutindo.

Os guardas estavam abrindo a porta.

Ela não tinha muito tempo...

O pânico lhe subiu à garganta.

O que lhe pediriam para fazer agora... o que eles queriam... as crianças, muito provavelmente... sempre as crianças...

Eles chegaram.

A janela! A voz berrou. Já!

Vidro estilhaçado, quebrado, sincelos afiados caindo no chão. A porta se abriu com força, mas a garota já estava no parapeito, o vento frio chicoteando seu rosto. Ela estremeceu, com o pijama fino e os ventos árticos soprando, aguçados feitos adagas, enquanto ela oscilava no fio da navalha, duzentos andares no ar.

Voe!

Eu seguro você.

A marca ardia como uma brasa quente contra a sua pele. A marca despertara, enquanto uma descarga de energia, elétrica como as faíscas que iluminavam o céu, serpenteava pelos seus membros, e ela ficou quente, tão quente como se estivesse banhada em fogo. Ela estava ardendo, queimando, e a marca acima do seu coração a pressionava como um ferro em brasa, chamuscando sua pele com o calor.

Sejamos um.

Você é minha.

Não, nunca! *Ela balançou a cabeça, mas eles já estavam lá dentro, o comandante e seus homens, erguendo as armas, apontando-as para ela.*

"PARE!" *O comandante encarou-a, intimidador.* "PERMANEÇA ONDE ESTÁ!"

VAI!

Ela estava morta, de um jeito ou de outro. Fogo e dor. Ira e ruína.

Virou as costas para o quarto e ficou de frente para as luzes da cidade, na direção de Nova Vegas, cidade congelada de prazeres impossíveis, um mundo no qual toda e qualquer coisa poderia ser comprada e vendida, o coração pulsante e decadente da nova república. Nova Vegas: um lugar onde poderia se esconder, um lugar no qual poderia encontrar uma passagem para ir até a água e entrar no Azul.

O comandante gritava. Ele mirou e apertou o gatilho.

Ela prendeu a respiração. Só havia um caminho a seguir.

Para fora e para baixo.

Para o alto e para longe dali.

Voe! *rugiu o monstro na sua cabeça.*

A garota pulou do parapeito para o vazio.

PARTE I
DESPEDIDA EM NOVA VEGAS

Estou apenas no Paraíso ou em Las Vegas?

— COCTEAU TWINS, "HEAVEN OR LAS VEGAS"

ERA O COMEÇO DO FIM DE SEMANA, NOITE DOS AMADORES. A mesa dela estava lotada de gente que participava de convenções, garotada rica ostentando fichas de platina, dois soldados de licença — casais em lua de mel brincando de fazer carinho entre um drinque e outro, principiantes nervosos fazendo suas apostas com dedos trêmulos. Nat embaralhou as cartas e distribuiu a mão seguinte. O nome que usava surgira em um fragmento de sonho que ela não conseguia localizar nem lembrar, mas parecia servir. Ela agora era Nat. Entendia de números e cartas, por isso conseguira com facilidade um emprego de crupiê de vinte e um no cassino A Perda — que era como todos chamavam O Ganho desde o Grande Congelamento. Havia dias em que podia fingir que ela era apenas isso: só mais uma sonhadora tentando ganhar a vida em Vegas, com esperança de ter sorte numa aposta.

Podia fingir que nunca fugira, que nunca pulara daquela janela, ainda que "cair" não fosse a palavra certa. Ela planara, voando pelo ar como se tivesse asas. Nat fizera um pouso forçado num monte de neve, desarmara os guardas da fronteira que a cercaram e roubara um colete de calor para se manter aquecida. Seguiu as luzes até a Faixa e, uma vez na cidade, não foi difícil trocar o colete por lentes para esconder os olhos, o que permitiu encontrar trabalho no cassino mais próximo.

Nova Vegas estava à altura das suas esperanças. Embora todo o resto do país estivesse exasperado com a lei marcial, a cidade da fronteira oeste permanecia a mesma de sempre — o lugar em que as regras eram distorcidas com frequência e aonde o mundo ia para jogar. Nada impedia a chegada de multidões. Nem a ameaça constante de violência, nem o medo dos marcados e nem mesmo os rumores de magia negra sendo praticada nas sombras da cidade.

Desde a sua libertação, a voz na sua cabeça estava exultante, e os seus sonhos estavam cada vez mais sinistros. Quase todos os dias ela despertava ao cheiro de fumaça e ao som de gritos. Em alguns dias, os sonhos eram tão vívidos que ela não sabia se estava dormindo ou se havia acordado. Sonhos de fogo e ruína, destroços fumegantes, o ar carregado de fumaça, o sangue nos muros...

O som de gritos...

— Manda.

Nat pestanejou. Ela havia visto com muita clareza. A explosão, o intenso clarão de luz branca, o buraco preto no teto, os corpos caídos pelo chão.

Mas à sua volta tudo eram negócios, como de costume. O cassino zumbia com ruídos misturados, da estrondosa música pop no altofalante, os crupiês das mesas de craps gritando números enquanto varriam os dados, bipes das telas de vídeo-pôquer, o tilintar das máquinas de caça-níqueis, jogadores impacientes para receber suas cartas. A noiva de quinze anos era quem estava pedindo mais uma carta.

— Manda — repetiu ela.

— Você está com dezesseis, deveria parar — aconselhou Nat. — Deixe a banca estourar, a crupiê compra com dezesseis, que é o que estou mostrando.

— Você acha? — perguntou ela com um sorriso esperançoso. A noivinha e o marido, igualmente jovem, ambos soldados, não voltariam a ver nada parecido com o salão de um cassino de luxo durante muito tempo. No dia seguinte eles retornariam de navio aos seus postos de patrulha distantes para controlarem os drones que policiavam as fronteiras remotas do país, ou os buscadores que vagavam pelas terras desertas e proibidas.

Nat fez que sim com a cabeça, virou a próxima carta e mostrou aos recém-casados... um oito, banca estourada, e pagou o que ganharam.

— Manda ver! — bradou a noiva. Eles iam deixar as fichas no jogo para ver se conseguiam dobrar os ganhos.

Era uma péssima ideia, mas Nat não conseguiu dissuadi-los. Distribuiu a próxima rodada.

— Boa sorte — disse ela, dando-lhes a bênção habitual de Vegas antes de mostrar as cartas. Ela suspirava — *vinte e um, a banca sempre vence, lá se vai o bônus de casamento deles* — quando a primeira bomba explodiu.

Num instante ela estava recolhendo as fichas, no outro, era arremessada contra a parede.

Nat pestanejou. Sua cabeça e ouvidos zuniam, mas pelo menos ela ainda estava inteira. Ela sabia que era preciso ir devagar, mexendo os dedos das mãos e dos pés para ver se estava tudo funcionando, enquanto as lágrimas lavavam a fuligem do rosto. As lentes doíam, pareciam estar grudadas, com um peso e uma coceira, mas ela não as tirou por segurança.

Então o sonho dela fora real.

— Bomba de drau — murmuraram as pessoas, pessoas que nunca tinham visto uma drau, muito menos uma sílfide, na vida. Escória do gelo. Monstros.

Nat ergueu-se, tentando se orientar no caos do cassino destruído. A explosão fizera um buraco no teto e pulverizara a vidraça das grandes janelas, fazendo estilhaços incandescentes rolarem cinquenta andares até as calçadas.

Todos à sua mesa de vinte e um estavam mortos. Alguns morreram ainda segurando suas cartas, enquanto os recém-casados estavam caídos juntos no chão, com o sangue formando uma poça em volta. Ela sentiu ânsia de vômito ao se lembrar dos rostos felizes.

Gritos ecoavam acima dos alarmes de incêndio. Mas ainda havia eletricidade, e a música pop dos alto-falantes conferia uma trilha sonora dissonante e animada enquanto o cassino mergulhava rapidamente no caos, e os clientes tropeçavam pelo salão, cambaleando atordoados, cobertos de cinzas e pó. Saqueadores tentavam pegar fichas, e crupiês e seguranças tentavam impedir isso com armas e ameaças. A polícia chegou com equipamento antimotim, passando de sala em sala, localizando e reunindo os sobreviventes, procurando conspiradores em vez de ajudar as vítimas.

Não muito longe de onde estava, ela ouviu um tipo diferente de grito — o som de um animal encurralado, de uma pessoa implorando pela própria vida.

Ela se virou para ver quem estava fazendo aquele barulho terrível. Era um dos crupiês da roleta. A polícia militar o cercou com as armas apontadas para a sua cabeça. Ele estava ajoelhado no chão, curvando-se.

— Por favor — gritou ele, desabando em soluços de doer o coração. — Não atirem, não atirem, por favor, não atirem! — implorou. Quando ergueu a cabeça, Nat pôde ver o que havia de errado. Os olhos dele. Eram azuis, um tom chamativo, iridescente. Suas lentes deviam ter saído ou ele devia ter tirado quando arderam com a fumaça, como ela quase fez com as dela. Diziam que os de olhos azuis eram capazes de controlar mentes, criar ilusões. Tudo indicava que esse não tinha a habilidade de controlar as próprias lágrimas, tampouco mentes.

Ele tentou esconder o rosto, tentou cobrir os olhos com as mãos.

— Por favor!

Não adiantou.

Ele morreu com os olhos azuis abertos e sangue espirrado no uniforme.

Executado.

Em público.

E ninguém se importou.

— Está tudo bem, pessoal, circulando, o perigo já passou. Circulando — disseram os guardas, encaminhando os sobreviventes para o outro lado, para longe dos cadáveres que estavam no meio do cassino destruído, enquanto uma equipe de saneamento e recuperação limpava a bagunça e punha as mesas de pé.

Nat seguiu o fluxo de gente arrebanhada num canto, sabendo o que viria em seguida — escaneamento de retina e revistas, procedimento padrão após distúrbios.

— Senhoras e senhores, vocês conhecem a rotina — anunciou um policial, segurando o laser.

— Não pisque — advertiam os policiais enquanto apontavam as luzes. Os clientes formaram uma fila rapidamente (esse não era o primeiro bombardeio a que sobreviviam), e alguns estavam impacientes para voltarem ao jogo. Os crupiês de craps já estavam anunciando números novamente. Era só mais um dia em Nova Vegas, só mais uma bomba.

— Não consigo fazer a leitura, você terá de vir conosco, senhora — disse um policial a uma infeliz com os ombros caídos, perto das máquinas caça-níqueis. A mulher de rosto pálido foi levada a uma fila separada. Quem não fosse liberado pelo escaneamento ou portasse documentação suspeita seria jogado nas prisões. Ficariam à mercê do sistema, esquecidos até apodrecerem, a menos que uma celebridade se encantasse com a causa deles, mas ultimamente os mega-roqueiros estavam todos agitando a recuperação da camada de ozônio. A única mágica na qual acreditavam era o próprio carisma.

Ela era a próxima.

— Noite — disse Nat, olhando direto para a pequena luz vermelha e desejando que a sua voz permanecesse calma. Disse a si mesma que não havia nada a temer, nada a esconder. Seus olhos eram iguais aos dos outros.

O policial tinha mais ou menos a sua idade — dezesseis. Ele tinha uma fileira de espinhas na testa, mas o tom de voz era cansado da vida. Fatigado como um velho. Manteve o raio focado nos olhos dela até ela não ter opção senão piscar, e ele teve de começar de novo.

— Desculpe — disse ela, cruzando os braços rente ao peito e se esforçando para manter a respiração estável. Por que estava demorando tanto? Ele viu algo que ela não viu? Ela ia acabar com o imbecil que arrumou suas retinas se descobrisse que fora enganada.

O policial finalmente desligou a luz.

— Tudo certo? — perguntou ela, jogando o longo cabelo escuro sobre um ombro.

— Perfeito. — Ele se inclinou para ler o nome dela no crachá. — Natasha Kestal. Belo nome para uma bela garota.

— Você que é muito gentil. — Ela sorriu, grata pelas lentes cinza invisíveis que a permitiram passar pelo teste.

Nat conseguira o emprego com documentos falsos e um favor, e, enquanto era direcionada ao vestiário dos funcionários para pôr um uniforme limpo e voltar ao trabalho, agradeceu às estrelas invisíveis no céu por estar, por enquanto, segura.

— NÃO POSSO ACEITAR ESSE TRABALHO. — Wes empurrou a pasta fina de papel-pardo para o outro lado da mesa sem abri-la. Com dezesseis anos, cabelo castanho claro e macio e olhos castanhos escuros, ele era musculoso, mas magro, e usava um colete surrado sobre um suéter desfiado e calça jeans rasgada. A expressão era dura, mas o olhar era afetuoso — ainda que o mais frequente fosse um sorriso afetado.

Estava lá agora, o sorriso. Wes sabia tudo que precisava saber sobre o serviço só de ler as palavras MISSÃO DE RECONHECIMENTO NO PACÍFICO impressas em Courier e negrito em toda a extensão da pasta. Ultimamente, todo o trabalho vinha sendo nas águas negras. Não havia nada mais. Ele suspirou e se recostou na macia cadeira de couro. Estava ansioso para fazer uma refeição de verdade, mas as chances disso acontecer eram mínimas agora que recusara a oferta. Havia toalhas de mesa brancas e talheres de verdade, ainda que dentro de um salão de jogos de azar, com luzes minúsculas piscando por todos os cantos enquanto as máquinas bipavam e tilintavam até as moedas caírem nos baldes.

Wes era de Nova Vegas e achava reconfortante o som do rebuliço de um cassino. A Perda ainda estava se recuperando daquele bombardeio espetacular que partira o local ao meio semanas antes. Uma grade de aquecedores a gás estava amarrada ao teto, um conserto temporário, e o seu brilho incandescente a única defesa contra o perpétuo inverno lá fora. A neve caía com toda intensidade, e Wes via os flocos densos evaporarem; cada floco soltava um chiado de óleo na frigideira ao tocar na grade. Jogou o cabelo para trás quando um floco errante atravessou a armação e pousou no seu nariz.

Ele se arrepiou — nunca se acostumara ao frio. Ainda menino, gozavam dele por ter o sangue quente demais. Usava algumas camadas de camisas sob o suéter, a maneira do gueto de se aquecer quando não era possível pagar por um traje de autoaquecimento a bateria de fusão.

— Sinto muito — disse ele. — Mas não posso.

Bradley ignorou-o e acenou para que a garçonete se aproximasse.

— Dois bifes. Estilo toscano, Wagyu. Os maiores que você tiver — pediu ele. — Eu gosto da minha carne massageada — contou a Wes.

A carne era uma raridade, inacessível à população geral. Claro, havia muita carne por aí — de baleia, morsa, rena, se a pessoa tivesse estômago — mas agora só a elite do calor comia carne de boi. Principalmente porque o único gado que restara era criado em estábulos caros, com controle de temperatura. A vaca que morrera para fazerem aquele bife provavelmente teve uma vida melhor que a dele, pensou Wes. Ela não deve ter passado frio.

Ele encarou o companheiro de jantar.

— Você precisa sequestrar mais um CEO? Estou à sua disposição. Mas isso eu não faço.

Quando sargento da marinha, Wes liderara um dos grupos de mercenários mais procurados da cidade. Correção: um dos grupos *antes* mais procurados. Ele se saíra bem nas guerras dos cassinos até desagradar um dos chefes por se recusar a incendiar o hotel de um rival durante o Mardi Gras. Desde então, todo trabalho vinha das divisões secretas dos militares: proteção, intimidação, sequestro e resgate (com frequência, Wes se via de ambos os lados). Ele estava esperando conseguir um desses bicos.

— Wesson, seja razoável — disse Bradley num tom frio. — Você sabe que precisa desse trabalho. Aceite. Você é um dos melhores que já tivemos, principalmente após aquela vitória no Texas. Pena que nos deixou tão cedo. Estou com cem caras doidos para pegar esse bico, mas pensei em lhe jogar a isca. Ouvi dizer que não trabalha há um tempo.

Wes sorriu, reconhecendo a verdade das palavras do homem.

— Acontece que alguns serviços não valem a pena — disse ele. — Até eu preciso conseguir dormir à noite. — Isso ele aprendeu no período que passou no exército, principalmente depois do que aconteceu em Santonio.

— Essas facções de marcados que resistem ao tratamento e ao registro continuam representando um perigo e precisamos lidar com elas como a situação exige — disse o homem mais velho. — Veja o que fizeram com este local.

Wes soltou um grunhido. Claro que encontraram alguém para fazer o ataque ao cassino que ele rejeitara, mas era só o que ele sabia. Sabia tanto quanto os outros — que depois que veio o gelo, cabelos escuros e olhos escuros eram a norma, e que os raros bebês de olhos azuis, verdes ou amarelos nasciam com marcas estranhas no corpo.

Marcas de Mago, sussurravam os ciganos, videntes que liam mãos e cartas de tarô nos becos escuros de Vegas. *Já começou. Outros sairão do gelo e virão para o nosso mundo.*

É o fim.

O fim do começo. O começo do fim.

As crianças marcadas tinham habilidades — ler mentes, fazer os objetos se moverem sem tocá-los, às vezes até prever o futuro. Encantadas, eram chamadas "feiticeiras", "bloqueadoras de mente" e "cantadoras" na gíria popular.

Os outros que vieram do gelo eram os homens-pequenos, homens adultos do tamanho de crianças de dois anos que tinham talentos raros de sobrevivência, capazes de se esconder de repente ou encontrar alimentos onde não se achava nenhum; as sílfides, uma raça de seres de beleza luminosa e poderes incríveis. Diziam que o cabelo deles era da cor do sol que não existia mais e que a sua voz tinha o som dos pássaros que não voavam mais pela terra; e, finalmente, as aterrorizantes drau — sílfides de cabelo prateado com olhos brancos e intenções obscuras. Diziam que as drau eram capazes de matar com a mente, que seu coração era feito de gelo.

Havia rumores de que os homens-pequenos viviam sem se esconder com seus irmãos mais altos em Nova Pangeia, mas as sílfides e as drau ficavam reclusas, recolhidas nas remotas geleiras montanhosas. Muitos duvidavam de que existissem de fato, poucos chegaram a ver uma delas.

No passado, os militares recrutavam os marcados para os seus postos, juntamente com uma sílfide arredia e um ou outro pequeno-homem, mas desde que esse programa terminou num fracasso abjeto durante a batalha pelo Texas, a política do governo evoluiu para o estado atual de registro, contenção e culpa. Os marcados foram considerados perigosos e as pessoas foram ensinadas e ter medo deles.

Mas Wes era nativo de Vegas, e a cidade sempre fora um conglomerado de desajustados vivendo juntos pacificamente durante mais de cem anos desde que o mundo fora enterrado sob camadas de gelo.

— Não que eu não precise de trabalho; eu preciso — disse. — Mas não desse.

O capitão de expressão rígida pegou a pasta de papel, abriu e folheou os documentos.

— Não entendo qual é o problema — disse ele, empurrando-a de volta para o outro lado da mesa. — Não estamos pedindo muito, só alguém para liderar os assassinos profissionais que vão limpar o lixo no Pacífico. Alguém como você, que conheça o terreno... ou a água, digamos assim.

O preço era bom e Wes fizera trabalhos perigosos antes, claro, mandando gente para dentro e para fora da Pilha de Lixo, sem fazer perguntas. Como Bradley disse, ele sabia se locomover pelos mares destruídos, servindo de coiote para cidadãos em busca de passagem ilegal até o Império Xian, ou, quando estes eram muito iludidos, lhe pediam para encontrar o Azul, o nirvana lendário que os peregrinos buscavam e que ninguém jamais encontrara, muito menos Wes. Mas, ultimamente, o trabalho estava escasso para os contrabandistas, uma vez que um número cada vez menor deles escolhia enfrentar as dificuldades da calamitosa travessia do oceano. Até Wes estava reconsiderando sua vocação. Ele estava desesperado, e Bradley sabia disso.

— O que é isso? Você nem abriu a pasta — insistiu seu antigo capitão. — Pelo menos dê uma olhada na missão.

Wes suspirou, abriu a pasta e passou os olhos pelo documento. O texto era editado, barras pretas cobriam a maior parte das palavras, mas ele entendeu a essência do serviço.

Era exatamente como ele imaginara.

Trabalho sujo.

Assassinato.

A garçonete voltou com duas cervejas em canecas enormes e congeladas. Bradley deu uma golada enquanto Wes terminava de ler as páginas. Essa não era a sua operação de costume — uma passagem só de ida para a Pilha na qual, se alguém se machucasse, estaria a mercê da própria sorte. Ele sabia lidar com isso. Um desfecho positivo podia tirar a equipe das filas de comida por um mês.

Mas isso era diferente. Ele fizera muitas coisas para sobreviver, mas não era um assassino de aluguel.

Bradley aguardou pacientemente. Sem sorrir, sem mudar a expressão. Sua camisa estava enfiada na calça e um pouco apertada demais, o cabelo aparado um pouco curto demais para um civil. Mesmo sem o uniforme, estava escrito na testa que ele era militar. Mas os Estados Unidos da América não eram o que haviam sido um dia — não era à toa que todos os chamavam de "Estados Restantes da

América". ERA: um punhado de estados sobreviventes e, afora a sólida máquina militar que não parava de devorar novos terrenos, o país não tinha mais nada e estava com o corpo e a alma penhorados para seus devedores.

O capitão sorriu ao limpar a espuma dos lábios.

— Moleza, né?

Wes deu de ombros ao fechar a pasta. Bradley era um homem inflexível, que não pestanejava antes de dar uma ordem para matar. Na maioria das vezes, Wes seguia essas ordens. Mas não desta vez.

Em qualquer outro mundo, Wes teria se tornado outra coisa quando cresceu: um músico, quem sabe, ou escultor, carpinteiro, alguém que trabalhasse com as mãos. Mas vivia *neste* mundo, em Nova Vegas. Tinha uma equipe na expectativa, e ele estava com frio e com fome.

Quando a garçonete retornou, empurrava um carrinho prateado com duas travessas largas, cada uma contendo um bife gordo, chamuscado em cima e pingando caldo sobre uma camada de purê de batata. O cheiro de manteiga derretida e fumaça era tentador.

Era completamente diferente das RPEs com que estava acostumado: Refeições Prontas para Espremer. Era só o que ele e os rapazes podiam comprar ultimamente: espremedores de pizza, jantar de Ação de Graças enlatado. Algumas nem eram comida, saíam de recipientes de aerossol. A pessoa esguichava direto na boca e chamava aquilo de jantar. Wes não conseguia lembrar a última vez em que comera um hambúrguer, muito menos um bife, que cheirasse tão bem como aqueles.

— Então, vai aceitar o trabalho ou não? Olha, é uma época difícil. Não esquenta. Todo mundo precisa comer. Você deveria estar me agradecendo pela oportunidade. Você é o primeiro a quem procuro.

Wes balançou a cabeça, tentou tirar o cheiro do bife da mente.

— Eu lhe disse, tente outro. Você está falando com a pessoa errada — insistiu ele.

Se Bradley achava que poderia comprá-lo pelo preço de uma refeição, estava enganado. Wes baseava seu estilo de vida no dos caçadores do Paleolítico sobre os quais aprendera na escola, sempre mirando o horizonte, mantendo os olhos em movimento à procura do prêmio fugidio que representava a sobrevivência. Mas os membros da tribo jejuavam durante dias em vez de consumir a carne dos animais sagrados. Wes gostava dessa ideia, que o permitia sentir-se bem consigo mesmo, que ele não era um abutre, dessas pessoas que fazem qualquer coisa por uma lâmpada de aquecimento. Wes não tinha muito, mas tinha integridade.

O capitão do exército franziu o rosto.

— Você realmente quer que eu mande isso de volta para a cozinha? Aposto que você não come nada além de papa há semanas.

— Joga no lixo, eu não tenho nada com isso — disse Wes, atirando a pasta na mesa.

Bradley ajeitou as lapelas e lançou um olhar fulminante.

— Acostume-se a passar fome, então.

O CASSINO ESTAVA NO AGITO de costume quando Nat chegou para trabalhar naquela noite. Ele não tinha chegado a fechar, nem por um dia, nem por uma hora; a gerência não se importava que houvesse um buraco no teto, desde que as máquinas continuassem tilintando. Ela acenou com a cabeça para o Velho Joe quando entrou, e o expert do baralho encarquilhado sorriu para ela com os olhos desaparecendo nas bochechas. Joe era uma anomalia, uma ave rara, um homem que conseguira viver após completar cinquenta anos. Também era uma lenda dos cassinos e, supostamente, um dos experts do baralho mais sagazes, bem-sucedidas e arredios — ele levara muitas casas de jogos à falência, dizimando cofres, sempre com uma vantagem em relação à segurança. Quando chegara por ali, o cassino lhe oferecera um emprego; era melhor do que vê-lo ir embora com o lucro deles nos bolsos.

— Você lembra a minha sobrinha que morreu em "Tonio" — dissera Joe quando a contratara no meio de um jogo, uma coisinha magra e faminta que estava numa sequência de vitórias nas mesas de pôquer. — Ela era como você, inteligente demais para a própria segurança. — Joe fechou com ela o mesmo acordo que fechava com todos os colegas de balcão de jogos. Trabalhe para mim, nos ajude a entregar os outros profissionais e eu lhe dou um salário decente e impeço que você apanhe dos bruta-montes do cassino. Ele não fez nenhuma pergunta sobre como ela chegara a Vegas nem o que fazia antes, mas cumpriu a palavra e fez como combinado.

Pergunte a ele, ordenou a voz. *Pergunte a ele sobre a pedra. Faça o que viemos aqui para fazer. Você já adiou muito. O Mapa foi encontrado*, seguiu dizendo a voz. *Apresse-se, está na hora.*

Que mapa?, perguntou ela, mesmo com a sensação de que já sabia a resposta. Os peregrinos o chamavam de Mapa de Anaximandro. Diziam que ele fornecia uma passagem segura pelas águas instáveis e arriscadas do Estreito do Inferno até o portal da ilha que ia dar no Azul.

— Joe? — chamou ela. — Tem um segundo?

— O que foi?

— Podemos conversar em particular?

— Claro — respondeu ele, indicando que ela deveria acompanhá-lo até um canto sossegado, onde um grupo de turistas inseria créditos de modo robótico nas máquinas de vídeo-pôquer. O cheiro de fumaça era avassalador e a fazia lembrar-se dos seus sonhos.

Joe cruzou os braços carnudos.

— Em que está pensando?

— O que é isso? — perguntou, apontando para a pedra que ele usava no pescoço enrugado. A pedra que ela notara na primeira vez que se viram, sobre a qual a voz na sua cabeça exigiu que ela perguntasse desde o momento em que ela pôs os pés na cidade e neste cassino. Ela ignorara a voz pelo tempo que pôde, temendo o que aconteceria se fizesse o que a voz mandava.

— Isto? — perguntou o velho, erguendo a pedra para a luz, sobre a qual brilhou intensamente na penumbra do casulo do salão de jogos.

É ela! Pegue! Pegue a pedra! Mate-o se for preciso. Ela é nossa! A voz estava frenética, excitada. Nat sentiu a urgência do monstro nas suas veias.

— Não! — disse em voz alta, chocando a si mesma e assustando uma apostadora próxima, que deixou cair a ficha.

— O quê? — perguntou Joe, ainda admirando sua pedra reluzente.

— Nada — disse ela. — É linda.

— Eu ganhei num jogo de cartas faz um tempo — comentou ele com um aceno de desdém. — Dizem que é um tipo de mapa, mas não é nada.

Pegue-a! Pegue-a! Tome-a dele!

— Posso segurá-la? — perguntou ela com a voz trêmula.

— Claro — disse Joe, tirando-a do pescoço devagar. Ele hesitou por um instante antes de entregá-la. Ela sentiu o calor da pedra contra a sua palma.

Nat analisou a pequena pedra azul na sua mão. Tinha a cor e o peso de uma safira, uma pedra redonda com um furo no meio. Ela levou a pedra ao olho e teve um sobressalto.

— O que aconteceu? Está vendo alguma coisa? — perguntou Joe, animado.

— Não... não, nada — mentiu Nat. Por um momento, o cassino desaparecera e, pelo buraco da pedra, ela só vira água azul, limpa e cintilante. Ela espiou mais uma vez. Lá estava. Água azul.

Não foi só isso. Observando com mais atenção, ela notou que havia um percurso mapeado, uma linha em zigue-zague entre obstáculos, um caminho que seguia entre as águas instáveis e os redemoinhos do Estreito de Hellespont.

A pedra contém o mapa para Arem, o portal para Vallonis, murmurou a voz em tom de reverência.

Por isso a voz a guiara até Nova Vegas, até A Perda e até Joe. A voz a auxiliara na sua fuga e trouxera a liberdade, impulsionando-a adiante de forma implacável.

Venha a mim.

Você é minha.

É hora de sermos uma.

— Não há nada — disse ela a Joe.

Ele ficou de ombros caídos.

— É, foi o que pensei. É só uma falsificação.

Ela fechou o punho em torno da pedra, sem certeza do que aconteceria em seguida, com medo do que faria se Joe a pedisse de volta e esperando que ele não pedisse.

Ela encarou o chefe do cassino. O monstro na sua cabeça fervia de raiva. *O que você está esperando? Pegue e corra! Mate-o se ele impedi-la!*

— Dê-a para mim — sussurrou Nat e, de algum modo, ela sabia que ele iria obedecer.

Joe encolheu-se como se ela o tivesse machucado.

— Fique com ela — disse, por fim, e se afastou rapidamente.

Nat recostou-se na parede, aliviada, contente com Joe, por ele ter lhe dado a pedra por livre e espontânea vontade.

Mais tarde, nessa noite, ela foi despertada pelo som de uma briga. Joe morava dois quartos abaixo e ela os ouviu — polícia militar? Segurança do cassino? Caçadores de recompensa? Quem quer que tivesse vindo arrombou a porta dele com um chute e estava tirando-o da cama. Ela ouviu o velho implorar, gritar e chorar, mas ninguém foi ao seu socorro. Nenhum vizinho ousou olhar no corredor, ninguém sequer perguntou qual era o problema. No dia seguinte ninguém ia falar sobre o que aconteceu nem sobre o que ouviu. Joe simplesmente desapareceria e nada seria dito. Ela se encolheu debaixo dos cobertores grossos enquanto escutava o quarto dele ser destruído, portas de armário escancaradas, mesas derrubadas, pessoas procurando... procurando... alguma coisa... a pedra azul e fria que agora estava na mão dela?

Se tinham encontrado Joe, não iam demorar a encontrá-la também.

E então? Ela não podia voltar atrás, não havia nenhum lugar para voltar, mas, se seguisse em frente... Sentiu um arrepio, e então o gosto de cinzas.

Ela pegou a pedra. O mapa para Arem, portal para Vallonis.

Da janela, Nat viu Joe sendo levado numa camisa-de-força e sabia o que a aguardava caso ficasse. Eles a mandariam de volta para o lugar de onde veio, de volta àqueles quartos solitários, de volta àqueles serviços obscuros.

Não. Ela não podia ficar. Tinha que sair de Nova Vegas e rápido.

O que você está esperando?

A MÃE DELE TINHA SIDO DANÇARINA de cabaré. Uma das mais bonitas do ramo, o pai dele gostava de dizer, e Wes tinha certeza de que ele tinha razão. O pai fora policial. Eram boas pessoas, bons cidadãos de Nova Vegas. Nenhum dos dois estava vivo, tendo sucumbido ao grande C anos atrás. O câncer era uma doença que era uma questão de quando, não de por que, e seus pais não tinham sido exceções. Mas Wes sabia que eles haviam morrido muito antes, tornando-se cascas vazias depois do que aconteceu com Eliza, sua irmã mais nova que ninguém pudera salvar.

Ele agradecia aos pais por sua beleza e sagacidade, mas não muito além disso. Ao se afastar da refeição de quatro estrelas, Wes sentiu raiva de si mesmo por ter recusado a oferta de Bradley, mas com mais raiva do fato de aquela ser a única via aberta para gente como ele. Poderia passar fome, já passara antes, mas odiava que os meninos passassem. Eram a única família que lhe restara.

Quando era pequeno, sua mãe fazia sopa de tomate e sanduíche de queijo quente. Não era frequente — ela trabalhava de madrugada e geralmente não estava acordada quando ele estava em casa. De vez em quando, porém, ela aparecia, com a maquiagem da noite anterior desbotada no rosto, cheirando a perfume e suor. Ela ligava o fogão e o cheiro de manteiga — manteiga de verdade, ela sempre insistia para que guardassem dinheiro para a manteiga — espalhava-se pela pequena casa.

O sanduíche era mole por dentro e crocante por fora, e a sopa — rala e vermelha — era ácida e saborosa, mesmo sendo enlatada. Wes se perguntou se sentia mais saudade da mãe ou daqueles sanduíches. Ela escondera deles a sua doença, sob a maquiagem. Ela trabalhara até o fim e, um dia, curvara-se, vomitando sangue na coxia. Morreu em questão de dias.

O pai tentou manter a família unida, e as namoradas dele — garçonetes de bar com sotaques ilegais, uma ou outra dançarina de boate (sua mãe jamais teria aprovado, ela era uma *performer*, uma *dançarina*, não uma garota fácil para saírem apalpando) — tinham sido gentis com Wes, mas nunca foi a mesma coisa.

Quando seu pai morreu na casa de repouso, um homem enrugado de vinte e nove anos de idade, Wes ficou órfão.

Ele tinha nove anos e estava sozinho.

O mundo acabara muito antes da chegada das neves, seu pai gostava de dizer. Acabou depois das Grandes Guerras, acabou depois das Inundações Negras, sendo o Grande Congelamento apenas a catástrofe mais recente. O mundo estava sempre acabando. A questão era sobreviver ao que viesse em seguida.

Wes prometera trabalho aos meninos, prometera comida, prometera que nessa noite eles comeriam. Também prometera a si mesmo nunca mais voltar ali, nunca mais fazer nada tão estúpido e perigoso. Mas lá estava ele, de volta às corridas da morte, assim chamadas porque dirigir aquelas latas-velhas surradas no jogo era arriscar tudo. As pistas passavam pelas carcaças de velhos cassinos no nível da rua. Os carros eram geringonças remendadas com motores tunados, embora de vez em quando conseguissem encontrar uma Ferrari ou um Porsche velhos com um motor ainda em condições de voar baixo.

— Achei que você tivesse dito que não vinha mais — disse Dre, o gângster que comandava a pista, ao ver Wes.

— As coisas mudam — disse Wes, emburrado. — Quanto?

— Dez centavos, se ganhar; cinco, se tiver colocação. Nada, se não tiver.

— Certo. — Ele sempre fora bom em ser rápido. Sabia dirigir rápido, correr rápido, até falava rápido. De certa forma, era um alívio fazer algo que lhe era natural.

Wes entrou no carro. Sem capacete, sem cinto. Sem regras, a não ser ficar vivo, tentar não se espatifar em nenhum muro, em nenhuma vidraça, nem jogar gelo em outro carro. Os carros tinham os nomes dos grandes cavalos de corrida do passado. Ajax. Man o' War. Cigar. Barbaro. Secretariat. Ele olhou para os painéis que transmitiriam a corrida para a rede OTB — suas chances eram pequenas e isso o agradava — o fato de que os agentes de apostas se lembravam dele, que apostavam que ele iria viver. Quando a bandeira xadrez foi erguida, Wes acelerou o motor e voou pela pista.

O trajeto passava pelas relíquias da cidade, o Olden Ugg, Rah's e R Queens, terminando na esquina em que o caubói de neon acenava com o chapéu.

Havia alguns carros na sua frente, e Wes decidiu acompanhar a manada, usar a sua estratégia na última volta. Melhor não ser o carro da liderança — por algum motivo, o líder sempre acabava em quarto lugar. Finalmente, chegou a hora. Só mais um carro na sua frente. A bandeira amarela ondulava, sinal de que era necessária atenção. O gelo provavelmente estava mais escorregadio que de costume. Ele afundou o pé no acelerador e forçou passagem para a liderança. O outro motorista previu o seu movimento e tentou bloquear a passagem, mas seus pneus deslizaram no gelo e o carro se chocou contra o de Wes, fazendo os dois baterem no muro. O carro de Wes raspou no gelo com os dois pneus da direita e virou uma, duas vezes. Ele bateu a cabeça no teto e caiu para trás no banco com um estrondo. O outro carro era uma bola de fogo no fim da pista, mas como o seu ainda estava funcionando, Wes pisou fundo, o veículo empinou e atravessou a linha de chegada.

A corrida tinha acabado. O motor finalmente morreu, estalando, as rodas girando no gelo, mas estava tudo bem.

Ele sobrevivera.

Wes saiu pela janela, com as bochechas vermelhas, o coração acelerado. Foi por pouco. Muito pouco. Por um momento, pensara que não conseguiria.

— Belo trabalho. Te vejo amanhã?

Wes balançou a cabeça enquanto contava os watts suados, que mal dariam para comprar a janta dos meninos. Ele não podia fazer isso de novo. Teria que pensar em outra forma de alimentar sua turma. Seu amigo Carlos d'A Perda estava lhe devendo uma. Afinal, Wes recusara-se a incendiar o local no começo do ano e não foi culpa sua que os rivais dele encontraram outra pessoa para fazer o trabalho. Talvez estivesse na hora de arriscar a sorte nas mesas do cassino de novo.

Em Vegas, sempre havia mais um jogo.

— EI, MANNY — CHAMOU NAT, acenando para o gerente.

— Sim? — Manny contava um maço de quinhentos watts enquanto se aproximava. Havia a Nova Vegas governada pelos soberanos do mercado imobiliário e suas conexões militares ambíguas, e havia a Vegas que ainda era Vegas — governada pela máfia, por gângsters, por pessoas como Manny, que mantinham o lugar lotado, os clientes felizes e os drinques potentes.

— Você conhece alguém com conexão para entrar num navio? — sussurrou ela. — Um contrabandista?

Manny balançou a cabeça e lambeu a ponta do dedo, para continuar contando o dinheiro.

— Por que quer sair de Nova Veg? Você acabou de chegar. Este é o melhor lugar por aqui — disse ele, gesticulando para o cassino movimentado. — Que outro lugar existe?

O homem tinha razão. Depois que o mundo acabara, no ímpeto de dominar os últimos recursos remanescentes da terra, o país expandira suas fronteiras, colonizando e renomeando regiões no processo. A África se tornou Nova Rodes, a Austrália foi dividida em Alta Pangeia e Nova Creta, a América do Sul virou um terreno baldio chamado apenas de Novos Resíduos. Ainda havia alguns setores independentes, como o Império Xian, é claro, o único país que teve a visão de preservar sua indústria agrícola, encabeçando o movimento de culturas internas antes da chegada do gelo. Mas o que sobrou do resto do mundo — faixas da Rússia e da maior parte da Europa — foi invadido por piratas e dominado por loucos.

Custava mais ter um visto do que um aquecedor de ambiente de trabalho ou água limpa. Adquirir um visto era quase impossível, sem mencionar as nevascas intermináveis que tornavam as viagens precárias e custosas.

Nat deu de ombros.

— Ah, Manny, você conhece todo mundo deste globo de neve. — Ela havia perguntado para outras pessoas, mas seus amigos traficantes riram na sua cara. Todos riram, desde camareiros de Novo Cabo, garçonetes de Mesa Sol, às dançarinas de topless das redondezas de Henderson. Não havia meios. Todos lhe disseram para esquecer a ideia, que os que tentaram ultrapassar as fronteiras estavam loucos e nunca mais foram vistos. A única coisa que os trabalhadores de Vegas sabiam era que o pessoal que atravessava a fronteira era azarado, e os azarados não têm vez nos cassinos.

O chefe enfiou o maço no bolso de trás, estalou a língua nos dentes e passou um palito nos molares.

— Não, baby, não vai rolar. Não quero lhe ver com um tiro na cabeça, boiando na água negra. Tem piratas carniceiros lá também, não sabia? Pegando escravos e vendendo para os territórios foras da lei. — Ele balançou a cabeça. — Além disso, lembra o que aconteceu com Joe? Caçadores de recompensa descobrem que você está ansiosa para atravessar e a entregam em troca da recompensa dos informantes. — Isso era o que todos pensavam, que Joe fora denunciado por dinheiro sujo. Watt de atravessadores, alguém a entregara. — Além disso, você precisa de *mucho* crédito para pagar um contrabandista.

Ela suspirou, contando sua pequena pilha. As gorjetas tinham sido constantes a noite toda. Estava com quase vinte créditos. Não era o bastante para um traje de aquecimento decente, mas talvez para luvas novas de pele de foca ou uma caneca de canja de galinha de verdade. Ela distribuiu a mão seguinte. O dia todo tivera um fluxo bom e constante de jogadores, um grupo celebrando uma despedida de solteiro, alguns profissionais que ganhavam a vida nas mesas.

— Devagar esta noite? — perguntou alguém.

Nat ergueu a cabeça e viu um homem à sua frente. Alto, com cabelos cor de caramelo e olhos cor de mel. Ele sorriu e ela achou que o conhecia de algum lugar. Ficou ofegante com a visão do belo rosto dele, do olhar meigo e da fisionomia um tanto familiar. Jurava que o conhecia, mas não conseguia se lembrar de onde. Ele estava vestido com camadas e ela notou as extremidades gastas das mangas e as queimaduras na calça jeans que só poderiam ser resultado de correr pelas pistas da morte. Nat pensava que não conhecia nenhum dos meninos do desejo de morte, mas podia estar enganada. Quem quer que fosse, ela sentiu uma malícia no modo como ele rondou a mesa.

— Posso dar as cartas para você? — perguntou ela no seu tom incisivo de crupiê. — Se não, você tem que se afastar. Regras do cassino, sinto muito.

— Talvez. Qual é a aposta? — perguntou ele, devagar, ainda que a placa de neon estivesse piscando na mesa. Cinquenta créditos de calor para jogar.

Ela apontou para a placa com as sobrancelhas franzidas.

— Só isso? — prosseguiu ele com a lábia suave. — Talvez eu fique, para não deixar esses palhaços te darem muito trabalho. — Ele sorriu ao indicar com um gesto os outros jogadores sentados à mesa.

— Sei cuidar de mim mesma, obrigada — disse Nat, tranquila. Conhecia o tipo. Não tinha paciência para garotos bonitos. Ele provavelmente fez várias meninas sofrerem só de atravessar o salão do cassino. Se ele pensava que Nat seria uma delas, estava enganado.

— Tenho certeza de que sim — disse ele, lançando um sorriso de lado para ela. — Que horas você sai daqui? O que acha de você e eu...

— Meu turno acaba à meia-noite — disse ela, cortando-o. — Tem dinheiro para me pagar um copo de água? Encontro você no bar.

— Água. Uma purista. — Ele piscou. — Meu tipo. Fechado.

Ela riu. Ele não podia pagar um copo de água de jeito nenhum. Não tinha nem como comprar um casaco de inverno decente. Água limpa era preciosa, mas a sintética era barata e sanitária, então, como a maioria dos cidadãos honrados, sua única opção era beber Nutri, uma poção supostamente rica em vitaminas e nutrientes, de sabor doce, batizada com um leve traço de estabilizadores de humor, o necessário para manter a população obediente. As substâncias químicas lhe davam dor de cabeça e, acima de tudo, ela queria apenas sentir o gosto de água pura e cristalina. Uma vez por semana ela guardava o suficiente para um copo e saboreava cada gota.

— Ei, rapaz, ou você está dentro ou não. Está empacando o jogo aqui — rosnou um jovem em excursão, interrompendo a conversa. Era espalhafatoso, o tipo de jogador que tenta dar em cima do crupiê ou, quando isso não funcionava, reclamava alto sempre que alguém fazia uma jogada que ele não aprovasse — "Esse ás era meu!" ou "Você não está embaralhando direito."

— Relaxa, relaxa — disse o rapaz novo, mas não se afastou.

— Senhor, eu realmente terei de pedir que se afaste da mesa — informou Nat, baixando as cartas que tinha na mão. Dezoito. Ela ia recolher as fichas dos jogadores.

— Vinte e um! U-hu! — gritou o jogador irritante.

Nat olhou para as cartas dele com atenção. Ela poderia ter jurado que ele estava com um dez e um seis, mas agora o seis de espadas era um ás de paus. Como isso aconteceu? Ele era um bloqueador de mente? Um mago oculto? Descobrira uma forma de driblar os detectores de ferro, assim como ela? Ela respirou fundo enquanto calculava a aposta dele, o que representava um pagamento de... Ela balançou a cabeça. *Impossível. Ninguém tinha tanta sorte assim. A banca sempre ganha.*

— O que está esperando, mocinha? Paga logo! — Ele bateu na mesa e as fichas balançaram sobre o feltro.

Ele era um trapaceiro, ela teve certeza, quando ainda começava a contar quatro fichas de platina, e hesitou antes de empurrá-las para ele.

— Sinto muito, terei que pedir uma reversão — disse ela, querendo dizer que teria de pedir à segurança para checar as câmeras, certificar-se de que não acontecera nada de estranho. Mas quando ela olhou à sua volta, não avistou Manny e nenhum dos outros supervisores. O que estava acontecendo?

— Paga logo, senão... — ameaçou o garoto num tom grave.

Nat viu que ele segurava uma arma por baixo do casaco e que estava apontada em sua direção.

Antes que ela pudesse protestar, houve um movimento súbito e veloz do garoto bonito derrubando o outro rapaz, enfiando a cara dele na mesa e imobilizando seu braço nas costas, desarmando-o num único golpe.

Nat assistiu com uma admiração relutante enquanto ele pegava algo no bolso do ladrão.

— Beretta. Das antigas. Bom gosto — comentou ele, pondo a arma no chão. Esvaziou o outro bolso e um punhado de ases caiu no carpete. Nat entendeu. O garoto se aproveitara do interesse dela no menino bonito para trocar as cartas e ganhar as fichas.

As fichas...

Quatro de platina.

Equivalentes a vinte mil créditos de calor. O suficiente para pagar um atravessador, suficiente para contratar um navio. Suficiente para tirá-la dali.

Ela ergueu a cabeça, olhou nos olhos do seu herói recém-descoberto e os dois se encararam por uma pulsação.

Quando ela voltou a olhar para a mesa, as fichas não estavam mais lá. O menino bonito hesitou, confuso.

— Toma — disse Nat, passando algumas fichas de plástico para a mão dele. Ela pensou naquelas luvas quentes para as quais vinha guardando dinheiro. — Pelo incômodo.

— Guarde para o copo de água — retrucou ele, devolvendo as fichas. E saiu andando.

WES SAIU RAPIDAMENTE DO cassino, irritado consigo mesmo. As fichas de platina estavam *na sua mão*. Quatro, equivalentes a vinte mil watts. Por que não ficara com elas?

Estava tudo perfeito de início. Ele fisgara a crupiê com a conversa mole, viu que ela se animou quando ele sorriu, e Daran executara a cena à risca com aquele ás duvidoso. Ele causara um alvoroço e, no processo, dera tempo de sobra para que Wes pegasse quatro daquelas fichas enquanto a atenção da crupiê estava voltada para outro lado.

Só que Wes não pegara as fichas e estava voltando para o encontro de mãos vazias. Franziu a testa enquanto cortava caminho em meio à lenta multidão, a caminho da casa de Mark Antony. Tudo o que ele tinha que ter feito era ter enfiado aquelas fichas lindas no bolso e eles teriam comido feito reis essa noite. Mas, hesitara, e já era, elas sumiram num piscar de olhos.

As calçadas estavam cheias de vigaristas apregoando suas mercadorias, distribuindo cartões e panfletos, e as garotas da sua época de diversão lançavam olhares *calientes* a qualquer um que passasse.

— O que houve, bonitão? Posso te ajudar a se sentir melhor — prometeu a que estava mais perto. — Ou você pode fazer o mesmo por mim...

Wes encontrou sua turma reunida na base da estátua de Baco, no Fórum Compras-no-Céu. Eles olharam para ele ansiosos. Daran ainda não estava lá, mas ficaria bem. Carlos cuidaria dele.

— Como foi lá, chefe? — perguntou Shakes. O soldado sujo, um poste de cavanhaque, era o seu braço direito e estava com Wes desde os tempos em que os dois eram soldados rasos sem reputação. Eram como irmãos. Era sólido como uma rocha apesar do nome. Era veterano como Wes, com a determinação inabalável de um sobrevivente. Shakes ficara muito contrariado na noite anterior ao saber que Wes voltara para as pistas. *Não salvei a sua pele em Santonio só para você jogar a vida fora como piloto da morte.* Olhou para Wes com esperança, mas este balançou a cabeça.

— O que aconteceu? — choramingou Farouk. Era o mais jovem da turma, um menino irrequieto, esquelético, só nariz e cotovelos, com um apetite sem fim.

Wes ia começar a explicar, quando Daran e Zedric chegaram correndo pela calçada. Os irmãos estavam vestidos de forma idêntica, com o mesmo casaco marrom e a mesma calça escura, com os mesmos cabelos escuros desgrenhados e olhos pretos penetrantes. Se Daran tivesse sido reconhecido pela segurança, Zedric teria entrado em cena para fazer o papel do ladrão.

Ao contrário de Shakes, o resto da equipe era de recém-contratados. Daran, Zedric Slaine e Farouk Jones. Farouk tinha treze anos mas parecia ter trinta, um tagarela — não parava nem mesmo quando não fazia a mínima ideia do que estava falando —, era especialista em todos os assuntos, sem nenhuma experiência para sustentar tudo isso. Dar e Zed tinham uma diferença de apenas um ano, mas Daran tratava o irmão mais novo como uma criança. Eles tinham sido expulsos do exército antes de poderem ter direito a benefícios plenos após o serviço, o que era uma política militar rotineira nos últimos tempos. *Libere-os antes de ficarem caros demais.* Soldados típicos, eles eram descarados, boca-suja e cabeça-quente, mas também eram atiradores certeiros e muito úteis num tiroteio.

— Quanto? — perguntou Daran. — Como nos saímos?

— Deu dupla de ás, sinto muito — disse Wes.

Daran xingou muito e com criatividade. Então, deu um sorriso torto de desprezo para Wes.

— Você está regulando pra gente?

— Eu juro por deus... estou sem nada — defendeu-se Wes, devolvendo a arma.

Daran empurrou-a de volta, furioso.

— Como assim, está sem nada? Eu consegui as douradas. As três! Você só tinha que esticar o braço e catar as fichas!

Wes olhou ao redor. As pessoas estavam começando a notar e, embora as patrulhas do céu estivessem ancoradas ao longe, iam se aproximar logo se os garotos continuassem fazendo barulho demais.

— Falem baixo. Eles estavam sacando qual era a minha. Eu não podia entregar o disfarce de Carlos.

— Sem essa! Eles não sabiam de nada! Não acredito! — protestou Daran. — E Carlos está esperando os dois mil dele.

— Deixa que eu cuido do Carlos.

— Então não há nada pra comer? — perguntou Farouk de novo. — Nada?

— Não, a não ser que você goste de gororoba — respondeu Zedric num tom grave e cansado, encarando Wes fixamente. — Eu não volto para aquela fila de alimentação... é humilhante.

Shakes concordou. Ele não acusou, não reclamou. Bateu de leve no ombro de Wes.

— Você consegue fazer isso de olhos fechados. Fizemos essa cena mais de cem vezes. O que aconteceu?

Wes suspirou.

— Eu disse. Senti a segurança de olho na gente. Me assustei.

Ele não queria contar a verdade, não queria admitir nem para si mesmo.

O que tinha acontecido?

A crupiê de vinte e um era bonita, de cabelo escuro e longo e pele clara e luminosa. Ela não tinha nada daquele bronze duro que agora era tão popular entre as coelhinhas de neve de Nova Veg, com seu bronzeado laranja escuro e cabelo descolorido, uma tentativa desesperada de ter a aparência de quem podia viajar para as cidades cobertas nas quais um sol artificial fornecia luz e calor.

Mas não foi porque ela era bonita. Foi porque ela quase sacou qual era a dele.

Bem naquele instante, justo quando a mão dele parou acima das fichas de platina para pegá-las, ela o encarara fixamente com um olhar que dizia: *Nem pense nisso.*

Ela não tinha se deixado levar pelo gesto heroico dele nem se distraído com seus gracejos de sedutor. Nem por um segundo. Ela *sabia* o que eles estavam fazendo. O que *ele* estava fazendo. Que era um farsante, não um herói.

Wes recuara, assustado. O momento certo passou e, quando ele olhou para baixo, as fichas não estavam mais lá. Ela deve ter posto de volta na pilha do cassino. E foi bonitinho quando ela tentou dar alguns créditos de calor para ele, como se aquelas fichas de plástico pudessem compensar a sua perda.

— Vem — chamou Daran. — Vamos ver se conseguimos nos sair melhor com o golpe no Maçã. Eu faço o herói desta vez, vou fazer *direito* — disse para Wes.

— Posso ir também? — perguntou Farouk.

— Claro... você pode ficar de guarda — disse Daran. — Shakes... está dentro? Podemos precisar de você para usar a força. Não somos tão conhecidos no Maçã.

Shakes olhou para Wes e suspirou.

— Nah, encontro com vocês depois.

— Como quiser — disse Daran.

— Você vai perder os caras se não conseguir arranjar comida — disse Shakes depois que os garotos saíram. — E depois? Sem um time não podemos fazer nenhuma jogada.

Wes fez que sim. Eles iam ter que sair da cidade ou fazer um novo registro, alguma coisa. Esperava que não chegasse a isso. Ele não poderia se dar ao luxo de recusar serviços.

— Vai aparecer alguma coisa — disse Wes. — Quer tentar a sorte nas filas? — Era humilhante, mas eles tinham que comer.

— É... por que não? — resmungou Shakes.

Eles atravessaram o cassino, passaram pelas praças de alimentação com uma miríade de delícias disponíveis, mas não para gente como eles. Lojas de miojo, bancas de crepe, cafeterias chiques que serviam café e sanduíches, restaurantes gourmet cinco estrelas nos quais as reservas tinham que ser feitas com meses de antecedência. Havia aquários que iam do chão ao teto, repletos de peixes exóticos criados de forma doméstica em lagos de água salgada — era só escolher um que eles fatiavam o sashimi enquanto a pessoa aguardava.

Um outro restaurante tinha uma exposição de iguarias inimagináveis. Codorna, faisão, javali, tudo orgânico, alimentado com grama em pasto aberto. (*Onde eles pastavam?* Wes se perguntou. Ele ouvira dizer que os currais aquecidos eram amplos, mas poderiam ser tão amplos assim?) A vitrine de frutas tropicais era a mais difícil de ignorar. Só as cores já o faziam parar e ficar olhando. Ele sabia que as de vermelho e amarelo vivo eram geneticamente modificadas para chegarem à saturação máxima, mas, ainda assim, a visão era deslumbrante. As frutas ficavam armazenadas dentro de um vidro pesado, como os diamantes de antigamente, mas as lojas sempre deixavam algumas bandejas para provocar os transeuntes com seu perfume floral. Passaram por uma loja de chocolates que vendia doces artesanais que custavam mais que eles dois juntos (atiradores de aluguel não são tão valiosos quanto bombons feitos à mão).

A fila de alimentação estava prestes a encerrar, mas eles conseguiram chegar a tempo. Quando estavam sentados diante das tigelas de papa barata, o bolso de Shakes começou a vibrar. Ele atendeu o celular.

— Valez. Ahn-hã? É? OK, digo a ele. — Fechou o telefone.

— O que foi? — perguntou Wes, tomando a papa mole e tentando não vomitar.

Shakes abriu um sorriso.

— Parece que conseguimos um trabalho. Uma garota está querendo contratar um atravessador e dizem que ela tem créditos para torrar.

NAT FICOU OLHANDO PARA AS quatro fichas de platina no seu armário. Tentou fazer com que desaparecessem e aparecessem no seu bolso de novo, como no dia anterior, quando sumiu com elas da mesa. A segurança do cassino estava convencida de que o ladrão conseguira de alguma forma sair com as fichas, embora não soubessem como. Não havia nada nas fitas. Ela se concentrou nas fichas, mas nada aconteceu. Elas permaneceram na prateleira de metal, imóveis. Era uma pena que a marca de um mago não fosse de muita utilidade para ninguém, especialmente para os próprios marcados. Ainda que tivesse sido muito útil em algumas situações difíceis, Nat não fazia ideia de como usar o seu poder ou de como controlá-lo. Como a voz na sua cabeça, ele vinha e ia sem avisar, e se ela tentasse invocá-la diretamente, ficava ainda mais esquiva. Ela sentia o monstro dentro de si, sentia a sua raiva, impaciência e poder, mas ele vinha e ia como o vento e podia abandoná-la a qualquer momento. Em dias como hoje ela quase concordava com os conservadores das redes. Que a marca era uma maldição.

Ela sondara a respeito de um atravessador no dia anterior, informando as pessoas que podia pagar, que ganhara uma aposta, mas até então ninguém havia mordido a isca. Ela pôs as fichas de volta no bolso, sentindo-se reconfortada com o peso delas perto da pedra azul. Se jogasse certo, juntas elas seriam sua passagem para sair da cidade.

À mesa, sua predecessora, Angela, estava no meio do ritual de finalização — batendo as mãos e voltando as palmas para o teto para indicar à vigilância que o seu turno acabara.

— Já ouviu falar dos novos scanners de retina? — perguntou Angela. Ela recolheu as suas coisas e deixou Nat passar para trás da mesa. — Para acabar com as lentes de bloqueadores de mente, sabe?

— É — disse Nat.

— Eu acho bom, não suporto essa porcaria por perto — comentou Angie com desprezo. — Sabe como estão sendo chamados agora? Bloqueadores-podres. Entendeu?

— Certo — disse Nat, desviando o olhar. Ela ouvira rumores, mas não acreditara. Nunca vira nenhuma prova dos boatos e devia ser a primeira a saber. Apenas mais mentiras e propaganda ideológica, só mais uma forma de manter o público submisso e com medo.

Ela deu as cartas, mas seus jogadores foram saindo um por um, até ficar apenas um cara à mesa. Era quinta-feira, véspera de pagamento, dia em que todos estavam pobres. No dia seguinte o cassino estaria lotado de gente se acotovelando para descontar o contracheque, alguns jogando o canhoto direto na mesa de jogo. De vez em quando alguém tinha sorte, apostando tudo num palpite, ganhando em sequência, vencendo a banca em todas as rodadas. Mas isso era como ser a sua vez de receber o visto para Xian. Quase nunca acontecia, e, quando acontecia, a segurança aparecia à mesa tão rápido, que a sua sorte acabava antes que você percebesse.

Nat embaralhou as cartas, fazendo um som agradável de ondulação quando elas passavam de uma mão à outra, como um acordeão, antes de distribuir as da próxima rodada.

O jogador que ficara à mesa era um menino de olhos puxados e um tufo de barba no queixo, com tatuagens assustadoras à mostra nos braços morenos. Veterano, com certeza, um brutamontes, um guarda-costas no seu dia de folga, pensou Nat. Então o menino sorriu e ela ficou impressionada com a aparência jovem e inocente dele, mesmo com uma cobra malévola sibilando no antebraço.

Ela fez um gesto para que ele cortasse o monte.

O menino moreno apertou os olhos para ler o nome dela no crachá enquanto cortava.

— Oi, Nat. Sou Vincent Valez. Mas todo mundo me chama de Shakes. Ah, e esqueci de dar isso antes. — Ele entregou um cartão de abastecimento alimentar surrado, com os dedos tremendo um pouco, um sinal revelador da degeneração por congelamento. O corpo humano não tinha condições de viver em temperaturas negativas. A maioria das pessoas acabava com alguns tremores, ao passo que os mais azarados chegavam a perder a visão.

— Você sabe que não temos mais permissão para aceitar esses cartões — informou ela ao passar o cartão por um leitor. Todas as pessoas no país recebiam um cartão de Ab-Al, que dava ao portador o direito ao alimento necessário: leite de soja em pó, tabletes de proteína e um eventual substituto do açúcar, a única concessão do governo para o bem-estar público, um passo à frente das filas de comida beneficentes. Os cartões não deveriam ser válidos em mais nenhum lugar, a não ser nas Estações do Mercado, mas em Nova Vegas, qualquer coisa podia ser trocada por fichas de cassino.

— Mas abrirei uma exceção — disse ela, porque a deficiência dele era difícil de ignorar.

Mais alguns jogadores sentaram-se à mesa dela e uma garçonete passou com um vestidinho curto.

— Bebidas? — cantarolou ela com a voz sussurrada.

Enquanto o restante da mesa fazia os seus pedidos, Nat distribuiu a mão seguinte, as cartas voando sozinhas do baralho para cada lugar da mesa. Ela olhou à sua volta, aliviada por ninguém ter notado, e se perguntou quanto tempo iam demorar a perceber que ela não tinha direito de estar trabalhando num cassino.

De alguma forma, o ás foi parar diante de Shakes, e ela observou enquanto ele ganhava uma bolada.

— Obrigado. — Ele piscou.

— Pelo quê? — Ela deu de ombros. Quem lhe dera poder fazer isso o tempo todo.

Shakes inclinou-se para perto dela, um pouco perto demais.

Nat olhou para ele com cautela, preocupada que ele tivesse tirado alguma conclusão a respeito da própria vitória.

— Ouvi dizer que está procurando transporte. É sério que está querendo fugir? — perguntou ele.

Ela olhou ao redor, depois fez que sim com um movimento imperceptível.

— Ryan Wesson?

Ryan Wesson. Era o nome que aparecera diversas vezes quando ela perguntava se alguém conhecia um atravessador. *Olha, se existe alguém que pode tirar você daqui, essa pessoa é Wes. Wes tem o navio mais rápido do Pacífico. Ele leva você aonde precisar.*

Shakes deu um gole da sua caneca.

— Nem de longe — respondeu, com um sorriso forçado. — Mas falo em nome dele.

— Procurando Wesson? — perguntou um veterano à mesa que estava escutando a conversa deles.

Nat fez que sim.

O menino sem dentes deu uma risada amarga.

— Sabe onde pode encontrá-lo, moça? No inferno. Depois de Santonio, é onde ele deveria estar.

— Ei, cara, você não sabe do que está falando — reagiu Shakes, ficando vermelho. — Você não estava lá, você não sabe o que aconteceu.

Nat não tinha tempo para discussões. Dali a alguns minutos, Manny iria transferi-la para a mesa ao lado, uma vez que Shakes ganhara muito na mão seguinte também. Ela tinha de perguntar agora, antes de ser tirada de lá. E se não tivesse outra chance?

Nat esperou até o intrometido virar para a garçonete para pedir um drinque, inclinou-se e sussurrou:

— Olha, não me importa o que aconteceu no Texas. Me disseram que ele é o único que pode me ajudar a atravessar a cerca e entrar na água. — Empurrou os ganhos dele na sua direção. — E aí, ele vai fazer isso? Preciso partir o mais rápido possível.

Shakes recusou as fichas com um gesto, indicando que queria mais pontos no cartão de Ab-Al.

— Depende. Você tem tido muita sorte ultimamente?

8

— É ELA? — PERGUNTOU WES, espiando através do binóculo com visão noturna. A tela verde do aparelho mostrava uma garota esbelta de cabelos escuros descendo a rua. Ela usava um casaco longo e escuro, uma touca de lã puxada até as sobrancelhas e um cachecol que cobria a maior parte do rosto. Ele passou o binóculo para Shakes, que estava ao seu lado na sacada.

— É a própria. — Shakes fez que sim.

Wes franziu a testa. Pois é, quem diria, era a crupiê de vinte e um d'A Perda — a mesma que o desmascarara no golpe dele, razão pela qual sua equipe perdera a confiança nele.

— Você acha que ela é confiável?

— Com certeza. Não deve ter sido fácil me deixar ganhar com todas aquelas câmeras em volta. Nem sei direito como ela conseguiu.

— De repente estava armando uma para você — falou Farouk, em voz alta de dentro do apartamento pequeno. O garoto estava sempre se metendo onde não era chamado.

— E de repente você fala demais — resmungou Shakes. — Foi graças a ela que você não comeu grude hoje.

Farouk pôs os pés em cima do sofá surrado.

— Ela deixou você ganhar alguns créditos, e daí? Daí nós comemos bife no jantar.

— É, não devemos nada a ela — concordou Daran, pegando o binóculo para olhar. Mas não conseguiu reconhecê-la da noite anterior.

Farouk soltou um arroto alto e Shakes fez uma careta.

— Ela pode pagar, e só deus sabe o quanto precisamos do trabalho.

— Ele resumira a proposta dela para a equipe antes: ela precisava de uma escolta militar, proteção para atravessar o País do Lixo, e uma passagem para o mar até Nova Creta. Ela lhes pagaria metade agora e o restante quando chegassem ao destino.

— Ela não é marcada, é? — perguntou Zedric. — Você sabe que não mexemos com lixo de gelo.

— O que eles fizeram pra você, cara? — perguntou Wes, irritado.

Zedric deu de ombros.

— Eles respiram. Não é natural o que conseguem fazer... este mundo não é o lugar deles, e você já ouviu falar no que acontece com eles... — Sentiu um calafrio e virou o rosto.

— Relaxa, os olhos dela são cinza — contou Shakes.

Zedric sorriu com desprezo.

— Podem falsificar retinas.

— Não é fácil — argumentou Shakes. — Estou te dizendo, ela é legítima.

— Por que Nova Creta? — Wes queria saber. — Não tem nada lá, só ursos polares e pinguins.

— Você sabe por que — disse Daran. — Deve ser mais uma peregrina iludida à procura do Azul, mas não quer admitir.

Wes suspirou. Ele sabia que Daran adivinhara. Não havia nenhum motivo para atravessar o mundo a não ser a busca pelo paraíso. Não há nada lá, ele queria dizer a ela, e procurar algo que não existe era um desperdício de tempo e créditos de calor.

Talvez, em vez disso, ele pudesse persuadi-la a ficar nas cidades das tendas no País do Lixo. Tentar convencê-la a não se arriscar nas águas negras.

Ele pensou na última garota que pediu a sua ajuda para chegar ao Azul. Juliet também quis ir embora, mas ele se recusou a ajudar. Gostaria de saber o que acontecera com ela. Havia o boato de que morrera no bombardeio d'A Perda. Jules realmente gostava de um baralho. Ele não queria pensar no que significava ela realmente não estar viva. Mas qual era a novidade? Todo mundo que ele amava estava morto ou desaparecido. A mãe. O pai. Eliza.

— Nós não precisamos desse trabalho, cara. Lembra que existem umas *coisas* na Pilha. Mal conseguimos sair da última vez e a água está ainda pior. — Daran flexionou os músculos e as cicatrizes da sua mão ficaram rosa com o esforço, lembranças das insurreições da região.

Wes concordou com ele. Ele sabia o que tinha lá. E mesmo se conseguissem atravessar o País do Lixo, os navios corsários estariam circulando pelos oceanos tóxicos, prontos para a carne fresca, a carga fresca para os porões de escravos. Estava ficando cada vez mais difícil escapar deles.

— O que a sua intuição diz? — perguntou de novo a Shakes. Confiava sua vida a ele. Passaram por muita coisa juntos desde quando eram novatos, especialmente no último remanejamento, quando foram enviados ao que o governo chamou de "ação policial de rotina", e que todas as outras pessoas chamavam de Segunda Guerra Civil. O Texas fora a última resistência a assinar a nova constituição e acabara punido pela sua insurreição. O que restara do estado que não estava coberto de gelo, estava coberto de sangue, com a milícia dizimada até não sobrar ninguém durante a batalha final em Santonio.

— Ela diz que tem os créditos. Eu acredito nela — disse Shakes.

Eles estavam num apartamento padrão, num dos novos empreendimentos nas redondezas da Faixa. Dormitório de cassino. Muito melhor que aquele barraco no qual passavam as noites. Wes olhou para oeste, onde as luzes brilhantes do cassino irradiavam no céu cinza. Dali a alguns minutos, como acontecia toda noite, *Kaboom!* tocaria no palco principal da Acrópole, reencenando a explosão enorme que fez um buraco do tamanho de uma cratera n'A Perda semana passada. "Excitanimento", chamava-se.

Wes olhou no relógio e olhou para a garota pelo binóculo de novo. Ela tirara o cachecol e ele podia ver seu rosto claramente agora.

— Quanto ela disse?

— Eu te disse: vinte mil watts, metade agora, metade quando acabarmos — respondeu Shakes.

Vinte mil watts. Uma nota preta pela travessia segura no Pacífico. Como uma humilde crupiê de vinte e um teria crédito suficiente na conta para oferecer um pagamento tão grande que eles não precisariam trabalhar pelo resto do ano?

Vinte mil watts.

Wes inspirou com força, lembrando-se daquelas fichas de cinco mil créditos brilhando sobre a mesa.

Havia exatamente quatro fichas na pilha.

Ele não pegara, mas elas desapareceram de alguma forma. Carlos lhe dissera que ficara faltando exatamente essa quantia naquela mesa, e perguntara onde estava a parte dele. Wes dissera ao chefe da segurança que não fazia a menor ideia do que ele estava falando, que se ele estivesse com a sua parte, daria, e claro que Carlos não acreditara nele. Wes ficara intrigado de início, mas a semana foi passando e ficou claro que Carlos estava falando sério, que o seu velho amigo não lhe daria cobertura. Os créditos tinham desaparecido e ele esperava que Wes pagasse, por favor ou não. Wes teria de encontrar um modo de pagá-lo rápido ou sair da cidade se tivesse noção do perigo.

Wes não teve certeza antes, não acreditara que ela teria a audácia de aprontar essa, mas agora ficara óbvio que ele subestimara a bela crupiê.

Então Nat não devolvera as fichas ao Cassino — *ficara* com elas. Por algum motivo, ela intuíra que não levaria a culpa. Por que não deixou que ele ficasse com o calor? Que importância tinha para ela? Ele não era nada para ela.

Wes estava impressionado. Ele achava que estava dando as cartas do jogo, mas fora vencido.

Natasha Kestal. Crupiê de vinte e um. Peregrina. Ladra.

WES, QUE NÃO ERA DE COMEÇAR UM trabalho despreparado, pedira a Farouk para buscar informações sobre Nat — não que houvesse muita coisa para encontrar. Nenhum registro escolar, nem militar. Ela não fora recrutada para treinamento de oficiais e não participou como voluntária. Era civil. Sem registro, sem perfil on-line. Até onde eles sabiam, ela chegara a Nova Vegas só algumas semanas atrás.

Os créditos que ela oferecia como pagamento eram dele por direito, pensou Wes, mas agora ela estava fazendo com que ele trabalhasse para recebê-los. Ele tinha que tirar o chapéu para ela — era preciso ter estilo para conseguir isso.

Ela deixara Shakes vencer algumas rodadas como um pedido de desculpas, e, ainda que fosse o suficiente para se alimentarem por mais alguns dias, depois disso, eles voltariam a passar fome. Aquele cartão de Ab-Al era falso e logo seria desativado, como os outros que eles haviam feito antes. Não tinham direito de receber um cartão novo, não com os seus registros. Desde que ele rejeitara Bradley e abandonara as corridas da morte, eles estavam vivendo de brisa.

— O que está pegando? Já concordamos, vamos ficar com a recompensa, que garante a nossa comida com certeza. E quando deixarmos a garota lá, se ela estiver com as fichas, pegamos as fichas também, junto com tudo que ela tiver no apartamento — argumentou Daran. Os militares pagavam uma recompensa de quinhentos créditos para cada fujão potencial, e o plano era entregá-la para que pudessem receber dela e também roubá-la no processo. — Os peregrinos falam demais. Já fomos engabelados por gente que não pode pagar.

Wes tinha de admitir que Daran tinha razão, era o que eles haviam concordado. Foi até ideia de Wes entregá-la, mas isso foi antes de reconhecê-la pelo binóculo.

Lá na calçada, Nat atravessou a rua e desapareceu do campo de visão.

Wes analisou a paisagem reluzente de Nova Vegas, os cassinos, novos e velhos, destruídos e reformados. Graças a deus que existia o Hover Dam. Os combustíveis fósseis que restavam estavam disponíveis só para os militares ou para quem roubava deles ou fazia permutas com eles, mas a hidroeletricidade deixava Vegas pagar a sua conta de luz.

Wes fora garoto de recados para diversos agentes de aposta antes dos dez anos. Ele entendeu que Nova Vegas era uma barata, resistiria à ganância e à luxúria. Com suas lantejoulas, ela dera de ombros para o Grande Congelamento. Wes respeitava a cidade que fizera dele um sobrevivente.

Ele tinha que tomar uma decisão. O *Kaboom!* estava prestes a chegar ao ponto culminante com uma explosão gigantesca e o barulho seria alto o bastante para abafar o ataque deles. Wes olhou para o chão que estava armado com bombas, suficientes para criar um buraco no teto abaixo, onde poderiam agarrá-la, capturá-la pela recompensa e levar o que estivesse com ela. Estava ficando cada vez mais difícil desaparecer com alguém. A cidade tinha câmeras em cada esquina, em cada ponte; do contrário, ele teria simplesmente apanhado Nat na rua.

A equipe olhou para ele à espera de ordens. Ele tinha que decidir.

Farouk ajoelhou-se diante da confusão de fios verdes e vermelhos. Seria fácil tapar o buraco sem deixar nenhum vestígio. Quando terminassem, ela seria só mais uma pessoa desaparecida, um panfleto na parede de um ponto de ônibus, uma foto atrás de uma caixa de

Nutri. E eles estariam quinhentos créditos mais ricos, ou mais, se acreditassem em Shakes.

— 'Rouk? — perguntou Wes.

— É só mandar que a gente explode o lugar e entre em quinze segundos.

— Acha que ela sabe que estamos bem em cima dela? — perguntou Wes. Nat atravessara a rua para entrar no prédio no qual eles estavam. Ela morava no apartamento localizado bem abaixo deles.

Shakes soltou um resmungo e falou num tom baixo para ser ouvido apenas por Wes.

— Não pegue o dinheiro sujo. Entregar atravessadores é coisa de covarde. Não somos ladrões. Vai, chefe, vamos fazer o trabalho. Pensa no que poderíamos comprar com vinte mil watts. Um banho quente, e não no albergue, mas sim num hotel de verdade. Até no Bellagio. A Suíte Serena.

— É arriscado demais — argumentou Wes. — Não podemos morrer porque ela quer sair daqui. — A questão não era apenas os créditos. Ele não podia pôr a vida deles em risco. Ele sabia o que os aguardava nas águas negras, e não tinha nenhum desejo de saber se Bradley encontrara outra pessoa para fazer o trabalho. Se a levasse para fora, eles seriam alvos vulneráveis para os carniceiros e oportunistas, isso se chegassem até lá, se a comida não acabasse... — Ela parece ser uma garota legal, mas... — Ele entendia a vontade de ajudar de Shakes, entendia mesmo, mas a jornada era incerta demais, não importava o quanto precisavam dos watts. — Farouk, começando a contagem...

— Espera! Chefe, espera, espera, me escuta! — protestou Shakes.

Farouk lançou um olhar questionador para Wes. Wes interrompeu o ataque com um gesto.

— O que foi?

— Ouvi dizer que ela talvez tenha o mapa — sussurrou Shakes, rapidamente.

Wes olhou bem para Shakes.

— E você só está me dizendo isso *agora*?

O amigo ficou constrangido.

— Sei que parece loucura, então, não quis falar antes, mas... — Olhou em volta para se certificar de que o resto da equipe não estava ouvindo.

— Ela mostrou pra você? — perguntou Wes. — Era tipo uma pedra, algo assim? Uma opala ou esmeralda?

— Não, ela nem mencionou o mapa. Eu estava falando com Manny outro dia e ele perguntou se eu sabia o que a polícia estava procurando no apartamento do Velho Joe quando o levaram. Parecia muito importante, já que viraram o lugar do avesso. O que quer que seja, Manny acha que está com ela. Ele viu Joe e ela fazendo alguma coisa no cassino, pouco antes do desaparecimento dele.

Isso prendeu sua atenção. Assim como Shakes, Wes ouvira dizer que Josephus Chang ganhara o Mapa de Anaximandro num jogo de cartas lendário.

O mapa que o mundo todo estava procurando. *Mas não existe mapa nenhum porque o Azul é uma coisa que não existe*, pensou Wes. Era puro otimismo da parte de todos. Escapar para outro mundo. O Mapa de Anaximandro era a maior fraude de Nova Vegas de que Wes já ouvira falar.

Mas Joe insistira em afirmar que o mapa era real. O velho jogador era o maior expert em pôquer de lá e teria ganhado o mapa de um cara que lhe deu um punhado de maçãs como prova. O código genético da fruta havia sido perdido anos atrás. Não existiam mais maçãs desde o Grande Congelamento. Wes sempre se perguntava por que Joe permanecera por ali, por que não fora embora imediatamente, já que estava de posse do mapa.

Então eles chegaram ao Velho Joe e não conseguiram recuperar o tesouro que estava com ele. Isso, sim, era algo para se pensar. Se estivesse com Nat, ela valia muito mais que o mero dinheiro da recompensa.

— Quanto você acha que conseguiríamos por ele? — perguntou Shakes.

— Vai saber — disse Wes.

— Mas para quê eles querem esse mapa?

— Não é óbvio? Este mundo está morto. Se existir outro mundo, com céu azul, água fresca, *comida*, eles vão querer dominar. Eles não queriam nem deixar o Texas sair da união, e lá não tem nada além de bosta de vaca congelada.

— Vamos pegar o mapa — disse Shakes. — Resolveria todos os nossos problemas. Deixaria a equipe feliz e os militares iam sair da nossa cola.

— Achei que não fôssemos ladrões — disse Wes com um sorriso maroto.

Shakes respondeu com o seu próprio sorriso.

— Então vamos fazer o jogo mais demorado — retomou Wes, concordando com a cabeça. Ele entendeu a situação. Se ele pegasse o mapa e o entregasse a Bradley, eles teriam trabalho, créditos. Ele ia ter condições de dirigir um grupo ainda maior, talvez estabelecê-los como uma força de segurança particular e ter um futuro de verdade em Vegas. Sem implorar migalhas, sem mais humilhação. Filas de alimentação, nunca mais.

Mas ele não era ladrão. Se pegasse o mapa e o Azul fosse real... Santonio ia se repetir.

Talvez não importasse. Talvez ele já estivesse condenado de qualquer jeito.

E mesmo se essa crupiê de vinte e um estivesse com o mapa, Wes não achava que ela ia simplesmente entregá-lo a eles. Ela era esperta demais para fazer isso...

A equipe olhou para o líder.

Wes apertou as mãos. Com ou sem mapa, ela estava pedindo muito dos seus homens. Quando eles entraram para a equipe, ele prometera mantê-los vivos da melhor maneira possível.

— OK, vamos fazer uma votação. Nós entramos e a sequestramos para receber a recompensa ou fazemos o que ela quer, realizamos o trabalho e recebemos o pagamento?

— Ouvi dizer que aumentaram pra oitocentos por cabeça de quem tentar atravessar a fronteira — Daran afirmou com desprezo.

Zedric confirmou com a cabeça. Já eram dois votos à favor da recompensa.

— E como você planeja atravessar o oceano? — perguntou Daran.

— Vou pensar num jeito quando estivermos lá. — Wes deu de ombros. Nunca foi de planejar as coisas. — Shakes?

— Você sabe o que eu penso.

— Dois para a recompensa, um para a vida. 'Rouk? — perguntou Wes.

— Dane-se. Eu quero ver a água negra, por que não? — Farouk deu de ombros.

Kaboom! Pronto. As faíscas voaram do palco da Acrópole. O som foi ensurdecedor. Até o ar vibrou com a força da explosão.

— O senhor é quem manda — gritou Farouk.

— Vamos fazer o combinado — finalmente respondeu. — A levamos aonde quer ir e voltamos todos ricos e vivos. — No fim das contas, Shakes tinha razão: trocá-la pela recompensa era um golpe covarde. A viagem seria perigosa, claro, mas eles precisavam trabalhar e ela tinha os créditos. E se tivesse o mapa... bom... ele ia se manter cauteloso por ora.

Ele olhou nos olhos de Daran.

— Está dentro? Saia agora se não estiver.

Daran manteve o olhar firme, depois virou o rosto e deu de ombros.

Wes fez que sim com a cabeça. Daran obedeceria às ordens como um soldado. Wes aceitara os irmãos na equipe quando ninguém mais queria — ficara sabendo que eram tidos como esgotados e sem condições de trabalhar, mas pensou que poderia reabilitá-los para alguma coisa melhor — e, até então, eles não o deixaram na mão.

A equipe soltou o ar preso nos pulmões. Shakes sorriu. Farouk começou a desativar as bombas.

Wes tirou um pente do bolso de trás e alisou o cabelo.

— Vamos bater à porta dela.

Nat não sabia o que fazer com Ryan Wesson — se queria dar um tapa ou um beijo. Tapa, com certeza. Ele parecia tão convencido, parado à sua porta, com o cabelo arrumadinho para trás e a gola virada para cima, um cinturão de arma baixo nos quadris, o colete surrado e puxado nos ombros como uma espécie de cowboy da neve, com o sorriso largo de quem ganhou na loteria da bola de fogo.

Ela tinha acabado de sair do cassino, apenas algumas horas depois de ter fechado o acordo com Shakes, e, embora ela tivesse transmitido a necessidade de partir imediatamente, ainda assim ficou surpresa com a rapidez com que Wes apareceu.

— Ei, se lembra de mim? — A voz dele era grave e tinha uma rouquidão agradável, *sexy*, pensou ela, *como todo o resto dele*. Nat afastou o pensamento. *Ele é um atravessador e um trapaceiro*, lembrou a si mesma. *Um mentiroso.*

— Como poderia esquecer?

— Ryan Wesson — disse ele, estendendo a mão.

— Wesson da arma ou do óleo de cozinha?

O sorriso dele cresceu.

— E você, Nat? Do inseto ou da princesa?

— Boa — disse ela. — Nenhum dos dois.

— Certo. Pode me chamar só de Wes, tudo bem?

— Sem problema. — Ela fez que sim com a cabeça e apertou a mão dele.

— Acho que você está com algo que é meu — disse ele. — Quatro fichas de platina, talvez?

— Não faço ideia do que você está falando — contestou ela. Uma pena, ela aproveitara a chance quando ele não o fizera.

Babaca.

— Você fica bonitinha quando mente. — Ele sorriu. — Mas como você está com elas e eu não, acho que o único jeito de conseguir-las de volta é levando-a onde você quer ir. Então, vamos logo, gracinha.

— Estou pronta. — Ela mostrou a mochila feita.

Ele tentou esconder a surpresa.

— Quando a deixarmos em Nova Creta, vou trazer meus garotos de volta a Vegas. Você fica sozinha, não importa o que encontremos lá. Não vamos ficar por perto depois disso. Entendeu?

— Quem disse que eu quero que vocês fiquem? — perguntou ela num tom ácido.

Os olhos escuros dele brilharam.

— Cuidado, você pode mudar de ideia depois de me conhecer.

— Duvido — disse ela, ainda que com as bochechas um pouco vermelhas.

— Preciso dizer que você não parece alguém que acredita nessa coisa mágica de porta para o nirvana no oceano.

— Como é que é?

— Ah, vai. Nova Creta? Você está em busca do Azul, igualzinho a todos que acreditam nessas coisas.

— Vou guardar os meus motivos comigo, né? Estou pagando pela passagem, não por terapia.

— Está bem, está bem — disse ele. — Nada de perguntas, é o nosso lema. Só fiquei um pouco curioso. Fez o depósito?

Metade do pagamento. Certo. Ela entregou duas fichas de platina.

Ele sorriu.

— Vamos. Furar o toque de recolher não vai ser fácil.

Ela os seguiu até um furgão estacionado no beco atrás do prédio. O veículo era pintado com espirais brancas de camuflagem ártica e até as rodas eram feitas de uma borracha grossa e branca que as deixavam quase invisíveis. Era um Hummer modificado, com três fileiras de assentos e um espaço para carga atrás.

Ele abriu a porta e a apressou para entrar.

Nos assentos atrás dela estavam alguns caras com roupas térmicas e camuflagens cinza e brancas equipadas com uma variedade impressionante de armas. Ela não ficou surpresa em ver que o cara que sacara uma arma para ela outro dia fazia parte da equipe.

— Você conheceu Daran — disse Wes. — Esse é o irmão dele, Zedric, e esse é Farouk. Pessoal, essa é Nat, nossa cliente.

— Opa, oi de novo — disse Daran, demorando um pouco demais no aperto de mão. — Me desculpe por aquele dia n'A Perda. Faz parte do nosso trabalho, entende?

Ela olhou para ele com indiferença.

— Onde está Shakes? — perguntou ela, procurando o garoto do sorriso simpático.

— Ei, Nat — disse Shakes, virando-se do banco do motorista.

Ela sorriu, parecendo aliviada por ele estar ali. Wes sentiu um leve ciúme por isso.

Ela era ainda mais bonita do que ele se lembrava, o tipo de garota que conseguia convencer qualquer pessoa a fazer qualquer coisa por ela, ele pensou. Teimosa também, sequer piscou quando ele a acusou de ter roubado as fichas. Ainda assim, ele tinha certeza de que ela ia ceder. O quarto dela era aconchegante e quentinho. Nenhum palácio, mas um lar. Por que não usar esses créditos para outra coisa? Ele queria lhe dizer para não desperdiçá-los com ele e com um sonho impossível de liberdade. Não havia nada lá no oceano, a não ser lixo e problemas.

Ela parecia ser uma garota legal. Não que ele estivesse procurando nada nesse sentido no momento, mesmo com aquele flertezinho inofensivo de antes. Queria ver se conseguia fazer ela se encantar, só isso, apelar para o seu lado bom, já que tinha de descobrir se ela estava ou não com o mapa. Ele não tinha nenhuma necessidade de se ligar a ninguém, principalmente depois que o lance com Jules terminara tão mal.

Ele a ajudou a ir para o banco de trás e Shakes fez um sinal de positivo para ela. Então, o furgão acelerou para dentro da escuridão, cuspindo faíscas à medida que roçava no concreto congelado dos dois lados.

— Como ele sabe para onde está indo? — gritou Nat, esforçando-se para apertar o cinto de segurança enquanto o carro inclinava de um lado para o outro pelas ruas vazias.

Wes bateu de leve nos óculos infravermelhos do capacete de Shakes.

— Aqui, dá uma olhada — disse, jogando os seus óculos para ela.

Nat pôs os óculos. O furgão seguia a alta velocidade por uma estrada secundária que era paralela à Faixa, onde os esforços de renovação haviam formado uma trincheira no gelo.

— E os Willies? — perguntou ela. Estavam no toque de recolher, quando os únicos veículos com permissão para andar nas ruas eram os da patrulha Willie Winkie ou aqueles com as licenças certas para sair depois do horário permitido e, pelo tom dela, ficou claro que achava que Wes não tinha essa licença.

— Deixe que eu me preocupo com eles — disse Wes num tom brusco. — A maior parte da patrulha está perto do perímetro leste, e nós estamos seguindo no sentido oposto.

— Chefe! — gritou Shakes, quando o clarão vermelho de um foguete passou voando acima deles.

Wes praguejou. Falara cedo demais. Um dos tanques de blindagem pesada que geralmente passava pelo deserto de gelo, transportando recrutas para a base leste, estava na área por acaso.

— VOCÊS ESTÃO VIOLANDO A ORDEM 10123: TODOS OS CIDADÃOS DEVEM ESTAR EM SUAS CASAS. PAREM O

VEÍCULO E PREPAREM-SE PARA ENTREGAR OS DOCU-
MENTOS DA SUA IDENTIFICAÇÃO DE SEGUNDO NÍVEL.

— Eu não tenho nenhuma identificação — disse Nat, preocupada.

— Nem você nem ninguém mais aqui. Segue em frente! — disse para Shakes.

Uma bala estraçalhou o para-brisa traseiro. O furgão atingiu uma parede de gelo e todos foram jogados para frente.

— Me dá isso! — ordenou Wes, e Nat jogou os óculos de volta para ele, que gritava ordens para a equipe. — Farouk! Veja se consegue rastrear o sinal deles e interferir. Irmãos Slaine, tirem os atiradores deles! Eu cuido do beemote. — Ele pegou a arma, ainda que esperasse não ter que chegar a esse ponto. As pistolas eram armas antiquadas de um império moribundo. Wes tinha uma porque precisava, mas nunca matara ninguém com ela. Ameaçara muito, claro, bran-dindo-a por aí, e acertara drones, caminhões e sabe lá mais o quê, mas as suas mãos estavam limpas, assim como as dos seus rapazes. Já havia matança demais no mundo. Ele se virou para Nat. — Me dá cobertura. Você sabe como usar essas coisas? — perguntou, gesticu-lando para que ela pegasse um dos fuzis.

Ela balançou a cabeça e ele ficou olhando-a por um momento. Todas as crianças dos ERA eram treinadas para saber atirar. "Todo cidadão é um cidadão armado" era o lema extraoficial do país... mas não havia tempo para perguntas. Ele chamou Farouk e o garoto apoiou o fuzil do ombro, espiou pela mira e disparou alguns tiros pela janela.

— OK, vai! — gritou ele, recuando enquanto Wes saía pelo teto com o fuzil na mão.

Wes observou a área, os óculos haviam feito o mundo ficar verde e preto. Ele via o tanque indo atrás deles a algumas quadras dali. Eles haviam passado a Faixa, estavam perto dos limites da cidade, não muito longe da fronteira. Se conseguisse fazer o tanque demorar, eles voltariam livres para casa. Só havia sido um foguete.

Ele atirou e errou as duas primeiras tentativas. Apontar...

Mais duas balas atravessaram a cabine. Uma passou raspando pelo braço de Farouk.

— Para com isso, chefe! — gritou agudo o garoto de trás. — A próxima vai atravessar a nossa cabeça!

— É o atirador... pega ele logo! — gritou Wes em resposta.

— Ele não pode se esconder de mim — garantiu Daran, olhando pela mira em busca do atirador esquivo.

— Ali! — Zedric apontou para o alto do prédio mais próximo.

— Estou vendo ele! — Eles dispararam alguns tiros, mas as balas continuaram passando perto das suas cabeças.

Uma granada explodiu bem atrás do furgão, chacoalhando o veículo e fazendo-os girar.

— Nossa, que fuga — disse Nat, revirando os olhos. — Vocês vão me levar para a água? Não conseguem nem me tirar da Faixa.

— Ei, um pouco de confiança seria bom — reagiu Wes, irritado. — Estou tentando manter a gente vivo aqui.

— Derrubem esse tanque! — gritou Daran, enquanto Shakes se esforçava para manter o furgão em linha reta.

— É o que estou tentando fazer. — Wes bufou. — Paciência, pessoal, paciência. — Ele não planejava morrer num tiroteio.

Wes saiu de novo pela escotilha e viu que conseguiu acertar um tiro. Ele mirou o motor para poder desabilitar o veículo sem machucar nenhum dos soldados. Estivera no lugar deles não muito tempo atrás.

Mas quando estava prestes a atirar, o mundo escureceu. Ele ficou cego. Seu dedo deu um tranco quando ele apertou o gatilho. Errou de novo. Soltou uma sequência de xingamentos. *Flagelo branco**. Ele

---

* "Flagelo branco" (no original "Frostblight") seria literalmente traduzido como "flagelo de geada". É, na verdade, um poder especial em jogos de RPG. Consiste em uma espécie de clarão luminoso jogado pelo oponente que atinge o adversário.

vinha ignorando fazia um tempo a visão embaçada e as dores de cabeça, mas, ultimamente, estava ficando mais difícil deixar de lado.

Uma bala passou zunindo por sua orelha. Um segundo tiro estourou o retrovisor esquerdo do furgão.

— Rápido, cara — disse Shakes no banco do motorista, a voz calma, mas com uma leve rispidez. Ele segurava o volante com tanta força que suas mãos vibravam.

— Deixa que eu faço — disse Farouk, recarregando a arma.

— Eu consigo, pessoal, relaxem — disse Wes, com um ar levemente estressado. Ergueu a arma mais uma vez. O casco branco e lustroso do tanque cintilava como um brinquedo de criança no ar nevado. Ele se concentrou. O monstro beemote era um alvo fácil. Esses tanques eram feitos assim para que suas rodas de um metro de altura pudessem triturar a neve. Mas já havia meia dúzia de buracos na blindagem. Típico. Os elefantes brancos pareciam ameaçadores, mas eram vulneráveis. Ninguém sabia mais como consertar nada. O país vivia do passado — toda a tecnologia provinha das guerras anteriores à Inundação. Era como se as águas tóxicas tivessem levado embora não apenas Nova York e a Califórnia, mas também todo o conhecimento do mundo.

Com a mão firme e a visão clara, Wes apertou o gatilho e desta vez a bala atingiu o alvo, penetrando a blindagem e explodindo o motor com uma descarga.

Mais uma e o tanque viraria poeira, mas a cegueira temporária diminuíra seus reflexos e, antes que pudesse se mexer, um disparo ardente o atingiu em cheio no peito. De onde veio isso...?

— Desculpe! — gritou Daran.

— Acertei ele! — bradou Zedric, quando a sua bala tirou o fuzil da mão do atirador.

A proteção de Wes aguentou, mas a dor era insuportável. O colete Kevlar de Wes pegou fogo, e ele o arrancou, jogando-o na neve. Havia um buraco queimado no colete de baixo, do tamanho de uma bola de basquete. Uma fumaça preta saía do tecido fazendo seus olhos lacrimejarem.

— Você vai ficar bem — disse Nat, ajudando-o a descer para o banco. — Ferimento superficial.

Ele resmungou.

Lá na frente, Shakes desviou o carro para evitar um segundo disparo de foguete. O comboio chegara, mais tanques e soldados em snowFAVs. Mas a cerca estava a apenas algumas quadras e, assim que a atravessassem, estariam livres. O exército não arriscaria uma missão noturna na Pilha de Lixo. No máximo, enviariam um grupo de busca na manhã seguinte, mas, a essa altura, Wes esperava já estar no meio das terras ermas e impossível de rastrear.

— Me dá uma mão — disse Wes, passando um braço por cima do ombro de Nat. Seu braço direito estava paralisado e ele tinha que trocar de mão para atirar.

— Mas você está sem o colete — alertou ela.

— Não importa, preciso terminar isso — insistiu ele.

Nat fez que sim, ajudando-o a subir de novo e a mantê-lo firme.

Estavam tão próximo que ele conseguia sentir o cheiro do cabelo dela, mesmo com a cabeça doendo e sabendo que logo ia desmaiar. Ele ergueu a arma e olhou através da mira, mas, em seguida, deu um pulo para trás, assustado.

A arma maior do tanque estava mirada bem na cabeça dele. Wes não tinha tempo para pensar, não tinha tempo para se mexer. — Ele atirou, a arma como uma extensão da sua mente. O segundo tiro destruiu o motor o suficiente para parar o tanque. O grande amontoado de metal branco girou violentamente e os seus tiros acertaram um prédio próximo, fazendo as janelas chacoalharem. Ouviram um grito agudo sair de dentro da fera, depois o silêncio.

Outros três elefantes brancos bateram no tanque oscilante e o comboio todo parou, exatamente quando Daran e Zedric cuidaram das motos da neve, fazendo com que batessem contra os muros de gelo.

A parte de cima do tanque se abriu de repente e o capitão apareceu: um menino da idade dele, que queria ver quem acabara com a sua perseguição. Ele mostrou o dedo do meio para Wes.

Wes saudou o capitão com um sorriso, enquanto o furgão saía rápido da cidade na direção da cerca, uma barreira elétrica e invisível que Farouk acabara de desabilitar com um controle portátil.

— Vai embora, Shakes — disse Wes, batucando no teto do furgão. — Hora de mergulhar no lixão.

Parte II
LILASES SAÍDAS DA TERRA MORTA

A sociedade humana se sustenta transformando
a natureza em lixo.

— Mason Cooley

NAT NÃO FAZIA IDEIA DE COMO Wes sobrevivera ao tiro. Ela ardia em adrenalina, medo e animação. Os atos heroicos dele não eram brincadeira, eram diferentes da cena que ele fizera no cassino. Pela primeira vez, ela se permitiu ficar otimista — talvez ele fosse mais que um atravessador convencido.

— Arrume alguém para te ajudar e escolha com prudência — aconselhara Manny, relutante. — Os atravessadores juram de pés juntos que podem te levar aonde você quiser ir, mas, em vez disso, a maioria acaba largando os passageiros em qualquer lugar ou vendendo-os para traficantes de escravos. Ou então são *dominados* por traficantes de escravos, o que dá na mesma. Ou desistem quando a comida acaba. Você precisa de alguém que tenha presença de espírito, que seja rápido, que seja corajoso.

Ela escolhera Wes e, embora ainda não pudesse descartar a possibilidade de ele largá-la se uma oportunidade melhor surgisse — e com certeza ela não estava pronta para confiar a ele o tesouro que carregava: a pedra que usava numa corrente no pescoço —, agora estava a caminho e ele a levara até ali.

Mas ainda tem muito caminho pela frente, o monstro na sua cabeça lembrou. *Felizmente, tenho paciência.*

A felicidade dela diminuiu um pouco com isso — saber que cada passo a deixava mais perto de realizar a escuridão que eram seus sonhos. Por um instante, ela viu o rosto do seu antigo comandante de novo.

Você não está usando toda a extensão do seu poder, dissera ele. *Você sequer tenta*. Ela se perguntou o quanto mais ele ainda teria tentado convencê-la se soubesse o que os sonhos dela carregavam, se soubesse do monstro na sua cabeça.

— Tudo bem? — perguntou a Wes.

Ele fez que sim com um gesto curto de cabeça, mas o rosto se contorcia de dor.

— Vai passar. É só o choque. E você?

Ela deu de ombros.

— A cerca está longe?

— A algumas quadras, devemos passar — ele disse, enquanto o furgão seguia para longe das luzes cintilantes de Nova Vegas e o terreno nevado ficava mais difícil de percorrer.

— Ótimo.

Embora não houvesse nenhuma barreira física que separasse a cidade das regiões de fronteira, a cerca era tão real quanto os volts elétricos invisíveis que matavam qualquer um que atravessasse. Nat notou que o grupo no carro prendeu a respiração ao atravessar para a escuridão em silêncio. Mas Farouk fizera o seu trabalho e eles passaram sem incidentes.

Do outro lado da cerca havia uma montanha de entulhos. Um século de lixo jogado do outro lado da fronteira, esquecido e deixado ali para apodrecer no frio sem fim.

— Entendi por que chamam de Pilha de Lixo — disse Nat, um pouco espantada com todos aqueles estranhos equipamentos eletrônicos, carros carbonizados e enferrujados, com as montanhas de plástico, papelão e vidro.

— Minha família era de Cali — Wes disse, olhando pela janela, por cima do ombro dela. — Meu pai disse que o pai do pai dele falava disso... que era bonito, que dava para ir das montanhas ao deserto, à praia. Eles tinham vindo depois da Inundação, claro, e fizeram a Marcha pelo Ten. Vegas era a única cidade que ficara de pé. A lenda na família era de que eles foram direto para os cassinos. — Ele se recostou e deu um sorriso torto. Ela viu que ele ainda sentia dor, mas tentava fazer pouco caso.

— O que é aquilo? — interrompeu Farouk de repente, apontando para luzes que piscavam ao longe na escuridão e que pareciam vultos distantes passando pela paisagem de lixo congelado.

— Deixa isso — disse Wes num tom brusco. — Não tem nada para ver lá. Nada que a gente queira ver, pelo menos.

Nat ficou em silêncio, olhando fixamente para as luzes em movimento, perguntando-se o que Wes dissera à sua equipe sobre o que iriam enfrentar ali.

— E a segunda cerca, como está? — perguntou Wes.

O garoto voltou a olhar para o aparelho, mexendo nele com fúria. O furgão corria pelas estradas acidentadas e a próxima barreira ia aparecer logo. Eles tinham de desativá-la ou fritariam.

— Tem um código nela que eu não consigo entender. Deve ser em alemão... esses são os mais difíceis — resmungou Farouk.

— Eles devem ter mudado depois da nossa última travessia — disse Shakes.

— Códigos alemães? — perguntou Nat franzindo o cenho.

— O exército recicla códigos das antigas guerras. Ninguém consegue criar códigos novos. Tiveram sorte de encontrar esses — disse Wes.

Nat sabia que era a mesma história para tudo. A geração que criara os trajes de calor e descobrira a fusão fria já havia partido muito tempo sobreviventes do Antes que lembravam um tempo diferente, quando o mundo ainda era verde e azul, e que dispuseram de seus recursos e conhecimento para acharem meios de sobreviver ao frio. Mas nos tempos atuais havia muito poucos cientistas e os únicos livros que restavam eram os livros físicos que datavam do início do século XXI.

— Posso tentar? — perguntou a Farouk.

Ele lhe entregou o aparelho, um pequeno telefone preto com um teclado minúsculo.

— Ele está falando com uma antiga máquina Enigmas, usando sinais de rádio. A cerca está trancada por meio de uma transmissão, mas eu não consigo descobrir. Preciso enviar uma mensagem à máquina que está segurando o muro. Mas ela só está me dando isso — ele disse, mostrando-lhe a tela com os números.

Ela ficou olhando para a sequência, para o padrão que ela formava, e digitou uma resposta.

— Tente agora — disse a Farouk.

Ele observou o trabalho dela, depois apertou a tecla de enviar.

— Lá vai — murmurou ele.

Mas alguns minutos depois, Shakes berrou animado do banco do motorista:

— A cerca caiu! — gritou, verificando o sensor eletromagnético.

— Como você fez isso? — perguntou Farouk.

— Eu só olhei e vi. — Ela deu de ombros. Tinha facilidade com números. Padrões. Conseguiu decifrar o código e ler o seu pedido simples. PARA ABRIR PORTÃO DIGA OLÁ. Ela simplesmente digitara a palavra "olá" no código e a cerca se abrira para ela.

— Bom trabalho — disse Wes. — Você é quase parte da equipe. — Ele sorriu. — Ei! — exclamou, ao notar que Daran e Zedric tinham aberto as embalagens de comida. — Vocês têm que dividir, meninos.

Zedric jogou para ele um objeto envolto em papel alumínio e Wes o pegou com habilidade.

— Hmm. Pizza de burroti* ao curry. — Wes abriu um sorrisão. — Quer um pedaço? Melhor McRoti de Vegas. Parece que os meninos também pegaram uns McRamen.

— Não, obrigada. — Nat balançou a cabeça. — Não estou com fome.

— Vou deixar um pedaço para você, caso mude de ideia — disse-lhe. Estendeu seus hashis.** — Puxa pra tirar a sorte.

---

*NR: Comida indiana, geralmente acompanhada de molho curry.
**NR: Palitos usados para comer na tradicional culinária asiática.

Ela pegou um lado e os pauzinhos se partiram, ela ficando com a metade maior.

— Você ganhou. — Ele sorriu. Era um garoto típico de Vegas, supersticioso com tudo, até com a brincadeira dos pauzinhos da sorte. Ele começou a desembrulhar a comida, assobiando uma melodia que pareceu familiar.

— O que é isso?

— Não sei. Minha mãe cantava — explicou ele, corando um pouco.

— Olha, eu conheço você de algum lugar... não? Sinto que já nos encontramos antes — perguntou ela, de repente. Tinha certeza, só não conseguia saber de onde, mas logo lembraria. A música que ele estava assobiando... ela queria lembrar, mas sua memória estava cinza como as suas lentes, nebulosa. Ela conseguia juntar fragmentos, mas não a sua vida toda.

— Não, eu não jogo. — Ele sorriu e deu uma mordida grande no burroti.

— Só com a própria vida — completou Shakes, lá da frente. — Ei! E eu? — Estendeu a mão, e Farouk jogou para ele o seu misto de múltiplas culinárias.

— Juro que já te vi antes e não estou falando do outro dia no cassino — disse ela a Wes. De repente era importante lembrar por que o rosto dele era tão familiar. — Mas acho que não.

Wes observou-a pensativo enquanto comia. Nat ficou preocupada que talvez ele achasse que ela estava flertando com ele — ainda que não estivesse. Além disso, ela pensou com um sorriso secreto, se estivesse flertando com ele, ele *saberia*. Ela estava prestes a dizer alguma coisa quando Shakes soltou um grito do banco da frente que assustou todo mundo, inclusive Nat.

— O que foi? — perguntou Wes.

— Drones no céu. Eles enviaram uma equipe de busca — disse Shakes, pegando seu scanner, que estava bipando. Ele balançou a cabeça ao ver pela janela um pequeno avião preto circulando longe no horizonte.

— Onde? — perguntou Wes, pondo a cabeça para fora da janela.

— Não tenho certeza. Está fora do radar agora.

— Está bem, vamos pegar as estradas menores — disse Wes. — Os buscadores ficam na estrada principal. Vamos ter que dar voltas, ficar mais perto de MacArthur, mas não vai ter problema. Vamos conseguir despistá-los quando... — Wes não terminou a frase, porque um sopro de ar gelado os atingiu e encheu a cabine com uma nuvem de flocos prateados.

— E agora? — gritou Daran, enquanto os flocos voavam para dentro do seu nariz. Eles estavam por toda parte. Uma segunda rajada de vento jogou mais neve pelas frestas.

Os garotos gritavam e Nat batia nos flocos, sentindo-os cair nos cílios, nos ouvidos.

— Alarme pega-ladrão — disse Wes com firmeza. Explicou que a nuvem prateada não era fumaça nem neve. Atravessar a cerca liberara nanos, máquinas do tamanho de grãos de poeira, que identificavam e registravam feromônios humanos. A nanotecnologia era um hardware antigo, assim como a bateria de fusão. Era da última guerra global antes de tudo começar a pifar. Os militares não sabiam como aperfeiçoar o sistema, só sabiam mantê-lo.

— São como cães farejadores robôs — disse Farouk, animado. — Captam o odor da pessoa e registram na rede de defesa.

Wes pôs a mão no ombro dele.

— Por que você está tão eufórico?

— Nunca tinha visto um antes, só isso — disse Farouk. — Uma nanonuvem.

Wes apontou para a paisagem coberta de lixo.

— O pessoal daqui chama de lata de refri. As bombas geralmente ficam escondidas em latas de refrigerante velhas, e a Pilha está cheia delas.

— O que elas fazem? — perguntou Farouk.

— Estouram — Shakes entrou na conversa. — É só você chegar perto que ela sente seu cheiro, pra ver se bate com um dos feromônios que acabaram de ser transmitidos pro sistema, e explode, arrancando qualquer parte sua que estiver mais perto dela.

— Nunca entramos no sistema — reclamou Daran. — Eu não sabia que ia ter isso. Não vou perder braço nem perna pra uma lata de refri.

Nat tremia, enquanto Wes olhava para a paisagem coberta de neve.

— Olha, eu te entenderia se você quisesse voltar — disse ele. — Te pegamos sem ninguém ver, podemos te levar de volta do mesmo jeito. Você fica com os seus créditos, tirando uma porcentagem pelo trabalho que tivemos até aqui, é claro.

— Não vou voltar — disse ela, irritada. Esse era o jeito dele de tentar fazer com que ela ficasse com medo e desistisse da viagem? Latas explosivas não a assustavam como seus pesadelos.

— Você tem certeza? — perguntou ele de novo, com a voz suave.

Ela percebeu então que ele não estava tentando se livrar do trabalho, estava apenas agindo direito. Ela sentiu outra onda de afeição por esse menino bonito e impulsivo.

Nat segurou firme o antebraço dele e fez que sim com a cabeça.

— Não estou com medo. Prefiro arriscar com o que vem por aí do que voltar.

— Está bem, então. — Wes suspirou. Pôs a mão sobre a mão dela e a segurou com força. — Não há nada de errado em ter medo, sabe? Já vi muita coisa que me deixou com medo do lado de cá da cerca.

Ela fez que sim. A mão dele estava quente sobre a dela e permaneceu ali por um tempo, até ele tirar. Ela não sabia qual dos dois ficou mais constrangido com esse momento afetuoso.

Ele limpou a garganta e se dirigiu à equipe.

— Eu dirijo. Será uma viagem de cinco dias até o litoral, mas, quando chegarmos ao Pacífico, aumentaremos a velocidade e estaremos de volta antes do Natal. OK? — Ele aguardou alguém discordar.

Ninguém discordou, mas, também, ninguém pareceu convencido.

ELES SEGUIRAM DIRETO DURANTE a noite, entrando mais fundo na Pilha, e quando o dia nasceu, o céu passou para um tom mais claro de cinza. Nat conseguia ver, por baixo da neve e se retorcendo pelo lixo, explosões de cores — trepadeiras verdes, improváveis florezinhas brancas. Ela apertou os olhos para ver bem, e elas sumiram. Olhou para os meninos para ver se alguém notara, mas metade da equipe dormia lá atrás e, à frente, Farouk dirigia, enquanto Wes, ao lado dele, observava a tela com uma expressão preocupada.

Ele estava tão sério que ela sentiu um impulso súbito de estender a mão e passar os dedos pelo cabelo dele e dizer que tudo ia ficar bem. Ao sentir o olhar dela, ele se virou e a encarou. Sorriu. Ela sorriu também, e, por um momento, eram apenas um garoto e uma garota comuns dentro de um carro, nem atravessador e cliente, nem mercenário e ladra, e Nat teve um vislumbre de como poderiam ser as coisas normais. A voz na sua cabeça estava quieta, e, pela primeira vez na vida, ela se sentiu como se fosse como qualquer outra pessoa.

O furgão sacudiu ao bater em algo, e acabou com o momento. Wes voltou ao que estava fazendo e Nat voltou a atenção para o lado de fora, sem saber ao certo o que estava sentindo. *Ele é bonito e corajoso, qualquer garota com sangue nas veias sentiria atração por ele*, ela pensou, *mas ele não significa nada para mim, uma paquera, talvez, alguém com que passar o tempo, para deixar a viagem mais interessante. Lembre o que disse o comandante,* ela disse a si mesma. *Lembre-se do que você é.*

O lixo amontoado ocupava os dois lados da estrada, a sensação era de que estavam passando por um túnel. As pilhas eram da altura de arranha-céus dos dois lados da estrada, mas o caminho era suave, como se a estrada tivesse sido aplainada recentemente.

— Espera aí... Se a neve é aplainada, isso quer dizer que tem gente morando por aí — Farouk disse num sobressalto.

— Claro que tem — disse Nat com impaciência. Que espécie de equipe ela contratara que não sabia disso? Então ela lembrou que Farouk mencionara nunca ter atravessado a cerca antes.

— Não acredite em tudo que ouve, 'Rouk — zombou Wes do banco de passageiro, dando um sorrisão para ela. Ninguém tinha permissão para ficar no deserto de neve. Não havia nada além de morte e destruição ali, pelo menos era o que ouviam dizer. Mas sabiam que não era verdade. O governo mentia. Mentia em relação a tudo.

As pilhas ficavam menores enquanto eles seguiam pela estrada, e ficaram num silêncio cansado por algumas horas.

— O que é aquilo? — perguntou Farouk de repente, apontando para um penhasco monumental que se agigantava acima da região. — Achei que a Represa Hoover fosse para o outro lado.

— E achou certo — disse Wes.

Nat sentiu a voz na sua cabeça despertar com um ruído, consciente do perigo. Ela sabia da existência de uma chance de passar por aquele lugar durante a viagem, mas não estava preparada para vê-lo de novo tão cedo. Havia uma tensão em sua voz.

— Aquela não é a Represa Hoover.

— Não, com certeza não é — disse Wes, erguendo uma sobrancelha. — Você já esteve aqui antes? — perguntou suavemente.

Ela franziu a testa e não respondeu, sentindo o corpo todo arrepiar. Ela escapara só para ser enviada de volta? Ela não sabia quem ele era nem quais eram as suas intenções. *A maioria dos atravessadores vai trair a sua confiança assim que sair de Nova Vegas, abandonar a carga, roubar seus créditos.* Talvez Wes fosse um dos bons, mas talvez não fosse.

Farouk estava certo, parecia mesmo as fotos antigas que ela vira da Represa Hoover, os muros gigantescos de concreto acima do vale, segurando a pressão imensa do rio adiante. À medida que se aproximavam da face rochosa escarpada, ficou claro que não se tratava de uma pedra de jeito nenhum, mas sim de concreto pintado para parecer pedra, com alguns metros de espessura; não era uma barreira, mas um prédio que se estendia até o céu, com uma fileira de janelas no alto e um vidro que, Nat sabia, fora trocado recentemente. Cercas altas com arame farpado no alto marcavam o perímetro.

— Vamos sair daqui — disse Shakes. — Esse lugar sempre me dá calafrios. Por isso odeio pegar essas estradas secundárias. Os buscadores conseguem sacar.

Ela expirou devagar, aliviada por descobrir que era apenas uma coincidência. O caminhão ganhou velocidade quando um rastro de fumaça preta apareceu de repente no para-brisa deles.

— O que foi isso? — perguntou Farouk, nervoso.

— Vou verificar — disse Wes, saindo pelo teto solar, com os óculos de proteção. — Está rolando alguma coisa.

Outra nuvem negra surgiu, com lufadas de fumaça e um som de estalos que vinha em ondas pelos bancos de neve. Ao longe, ele viu três vultos correndo. Wes caiu de volta no assento.

— Fuga da prisão. Parece que alguns presidiários estão tentando escapar de noite.

— Fuga? Isso é uma cadeira? — perguntou Farouk.

— Não, otário, é um hospital — disse Daran, prendendo o riso. — Nunca ouviu falar no MacArthur Med?

— Está falando de um dos centros de tratamento? Para marcados?

— Bingo — disse Zedric, com um sorriso cruel.

Wes voltou a ficar de pé pelo teto solar aberto e olhou ao redor.

— Duas patrulhas em perseguição, uma de cada lado nosso, correndo em paralelo. Estamos presos aqui dentro.

Shakes gritou para o amigo.

— Vamos correr entre elas.

Wes concordou.

— O que vocês estão fazendo? — perguntou Nat, retorcendo as mãos no colo.

— Só fingindo que somos um deles. A essa distância, parecemos mais um carro de patrulha. Se não chegarem muito perto, ficaremos bem. Relaxa.

Tiros ecoaram ao longe, junto com o som de gritos. Os irmãos Slaine ocuparam suas posições à janela, armas miradas no horizonte.

Wes desceu de novo e bateu no ombro de Shakes.

— Dirige devagar... deixa eles se afastarem aos poucos.

O caminhão seguiu em frente, com a atmosfera do lado de dentro tensa. As patrulhas ainda estavam dos dois lados quando eles conseguiram passar. Wes xingou de repente e todos viram por quê.

Ao longe, as cercas que acompanhavam a fronteira estreitavam-se dos dois lados, até se fecharem numa barreira policial. O caminho que eles tomaram os levava diretamente à guarita.

— Meia volta, Shakes, dá meia volta — disse Wes.

— O caminho de volta é longo — disse Nat. — Não vai parecer suspeito?

— Vai, mas não temos escolha. — Ele apontou o caminho para Shakes. — Leva a gente de volta.

Shakes virou o caminhão, que jogou mais neve para o alto, girando os pneus numa mistura de terra úmida e gelada. O som de tiros ficou mais alto. Eles ouviram um grito e viram o céu ficar preto de fumaça mais uma vez — a única escapatória deles era ficar mais perto dos prisioneiros.

Uma pancada forte fez o carro balançar e foi seguida de passos rápidos no teto do caminhão. Pelas janelas Nat viu um trio de fugitivos correndo para se proteger atrás do banco de neve mais próximo, todos usando um familiar pijama cinza. Então um deles caiu, de cara no chão, com uma bala nas costas.

— Não atirem! — ordenou Wes aos meninos.

— Não foi a gente! — gritou Zedric.

— Temos que ajudá-los — Nat sussurrou em tom de urgência, olhando nos olhos de Wes. — Por favor.

Wes prendeu um riso de desdém.

—Ajudá-los? A não ser que você tenha um maço de créditos, você é a única carga que eu assumi. — Ele a olhou com atenção. — Por que você se importa?

Nat virou o rosto, querendo que as lágrimas parassem de cair. Revelara muito. Não cometeria esse erro de novo. Ele não sabia nada sobre ela, e ela jurou manter as coisas assim dali em diante.

Não se desespere. Eles encontrarão o caminho deles, a voz murmurou, mas Nat sentiu o estômago revirar: lá estava ela, na segurança do caminhão, enquanto lá fora seus amigos... seus amigos estavam morrendo. Pessoas como ela, perseguidas e mortas.

— Shakes... vai com tudo na cerca... olha, tem um buraco ali... vamos atravessar rasgando — ordenou Wes.

O caminhão avançou contra a cerca mais próxima, rasgando o metal com um guincho violento, mas logo estava de volta na estrada e em alta velocidade, levando-os cada vez mais longe.

Nat não olhou para trás.

13

AS ESTRADAS SECUNDÁRIAS ACABARAM se revelando mais desafiadoras do que Wes esperara. A paisagem suave, coberta de neve, escondia muitos obstáculos. O gelo ocultava cepos de árvores e postes, muretas de segurança e valas. Não havia como se preparar, ele só percebia quando as rodas os atingiam ou quando o entulho escondido batia num painel lateral. Ele perguntara se Nat queria voltar para que os meninos soubessem que ele estava cuidando deles, mas também porque queria que ela soubesse a natureza exata dos perigos que enfrentariam. A noite trouxera mais uma nevasca e eles estavam viajando no breu total de novo, só com os faróis do furgão para guiar o caminho.

Ele se questionava sobre a menina ao seu lado. Era óbvio que ela sabia de MacArthur, assim como das pessoas que viviam nas terras desoladas, o que significava que não era a sua primeira vez no rodeio. Imaginou que ela provavelmente tentara sair do país antes. Era mentirosa e ladra. Wes a enquadrara corretamente no momento em que ela os contratou e, ainda assim, ele não conseguia deixar de admirá-la.

Nããо, você só acha ela bonita, repreendeu a si mesmo. *Mas, na verdade, ela não é nada de especial. Tem muita garota bonita em Nova Veg.* Jules fora uma, com certeza, mas a lembrança que tinha de Jules — seus cabelos cheios, castanhos, quase avermelhados, e olhos cinza-esfumaçado — tinha se apagado um pouco. Ele só conseguia pensar em Nat. O jeito com que sorriram um para o outro antes, o modo como ela pôs a mão no braço dele...

O que o fez pensar — se ela gostava dele ou pelo menos de sua aparência — que talvez ele tivesse uma abertura. Talvez pudesse aproveitar. Aquela pedra que ela usava no pescoço era de uma beleza extrema. Era uma confusão só: gostava dela, *queria* que ela gostasse dele, mas apenas para que ele pudesse usar isso contra ela depois. Confuso mesmo. Mas que escolha ele tinha?

Ela pegara as fichas sem se importar com o que aconteceria com ele. Ele seria capaz de fazer o mesmo com ela? Teria de fazê-lo, em algum momento.

— Ei, me deixa assumir um turno, vai — ofereceu Nat. — Você ainda está se recuperando daquele tiro.

— Como quiser — disse, trocando de lugar com ela. Ele massageou o próprio ombro. — Ah, obrigado — acrescentou para ser educado. Notou que havia uma distância entre eles novamente e ficou aliviado com isso.

Nat dirigiu enquanto Wes ficou de olho no céu para ver se havia drones ou qualquer sinal de equipes de buscadores. Ficou contente com a distração. Fazia com que não pensasse nela e ele já estava pensando demais. À medida que prosseguiam, porém, Wes viu que o silêncio também não lhe caía bem. Os Slaine não estavam falando com ele, dando-lhe um gelo para deixar claro que não gostaram da confusão na MacArthur e da decisão dele de viajar fora da estrada principal. Shakes estava dormindo e Farouk, descansando.

— Difícil acreditar que tudo isso foi um deserto um dia — disse, ao decidir que uma conversa seria algo inofensivo.

— Deserto... o que é isso? — brincou Nat. — Eu cresci em Cinzas.

Ele resmungou. A cidade era um dos postos avançados mais frios do país.

— Ja viu fotos de como era Antes? Dunas ondulantes, cactos? — perguntou ela. — Você sabe como se chamava, certo?

— Fênix — respondeu ele. — Mas a Fênix se foi e só restaram Cinzas.

— Poético.

— Eu te disse, sou mais do que um rostinho bonito. — Ele sorriu, voltando a flertar, contra a sua própria vontade.

— Não deve ser muito mais — disse ela, num tom dissimulado.

— Quer descobrir?

— Talvez — disse ela, e ele sentiu um frio na barriga. — Já viu fotos de Antes? Parece outro planeta — continuou, mudando de assunto.

— Consegue imaginar como deve ser um calor daqueles?

— Não, não mesmo. Não consigo imaginar fazer calor ao ar livre — disse ele. — Dizem que ainda existem desertos em algum lugar.

— Ao ver a expressão no rosto dela, ele explicou rapidamente, para que ela não achasse que ele era bobo. — Não aqui, é claro, nos cercos.

— Cercos desérticos? — O tom dela era de sarcasmo.

— É. Estranho, né? Sugadores de fusão, mais provável. Ouvi dizer que tem praias lá também. Artificiais, claro. Eu fui à praia uma vez. Quando estávamos na base de 'Tonio, tinha um pouco de praia ainda quando fomos para Galveston. Mas não dava para nadar. A não ser que você queira ter filhos com três pernas.

— Como era o Texas? — perguntou ela.

— Congelante. — Wes foi sucinto e, de repente, não estava disposto a falar mais nada. Ele não sabia por que tocara no assunto, ele nunca queria falar sobre o que acontecera no Texas. — Igual a qualquer outro lugar.

— Você viu muita coisa, não? — A voz dela era afetuosa e estar sentado ao seu lado no furgão dava a impressão de que estavam sozinhos, como se só restassem os dois no mundo.

Essa era a sua chance, Wes sentiu, de contar a ela sobre si mesmo, para ganhar a sua confiança. Talvez não tivesse que flertar com ela. Talvez pudesse apenas fazer com que se tornasse sua amiga. Talvez assim ela contasse por que estava indo a Nova Creta, contasse o que o Velho Joe lhe entregara pouco antes de desaparecer, contasse o que ele precisava saber para descobrir um modo de tirar isso dela.

— Já vi o bastante — disse ele — Quando os meus pais morreram eu me alistei. Eles me enviaram para tudo quanto é lugar. Pode pensar num lugar, eu já patrulhei.

— Como eram os seus pais? — perguntou ela, enquanto o furgão esmagava o gelo que cobria a estrada.

— Eles eram legais, sabe, como pais — respondeu ele. E não falou mais nada.

— Você sente falta deles? Desculpa, é uma pergunta idiota. É claro que sente falta deles.

— Tudo bem. Sim, eu sinto. Tento não sentir porque é difícil demais, mas fazer o quê? Eu tinha uma irmã também — acrescentou, quase como se tivesse esquecido.

— Mais nova? Mais velha?

Após um tempo, ele respondeu:

— Mais nova.

— O que aconteceu com ela?

Ele encolheu de ombros. Lá fora, a nevasca havia parado e o ar estava limpo novamente. Wes mexeu no som, passando pelas músicas até encontrar uma de que gostava.

— Não sei direito. Levaram-na embora. — Era difícil falar sobre o que acontecera com Eliza.

No canto do seu campo de visão, ele viu Nat observar os montes de lixo intermináveis soterrados por mais uma camada de neve.

— Levaram embora? — perguntou ela. — Quem a levou embora?

— Uma família militar, alto escalão. — Ele suspirou. — Disseram que foi melhor para ela. Meus pais não tinham a permissão para ter um segundo filho. Então, eles foram recolhê-la. — A lembrança daquele dia horrível ainda ardia na sua memória. Ele não estava pronto para contar a ela sobre Eliza. Ainda não. Ele aumentou um pouco o volume da música e a cabine foi preenchida pelo som de violões metálicos e uma voz aguda e estridente sobre uma gaita.

Nat cantarolou junto por um tempo, depois disse:

— Bom, pelo menos ela está com uma família. É mais do que muitos de nós consegue ter ou pode esperar.

— É isso que aconteceu com você? Você ficou órfã?

— Você pesquisou a minha vida — disse ela, apertando os olhos.

Ele deu de ombros.

— Procedimento padrão.

— Então você deveria saber a minha história.

— Não muito.

— O que aconteceu com o "nada de perguntas"? — disse ela.

— Eu que disse isso, não? Nada demais, só batendo papo. — Ele não pressionou. Um dia de cada vez, pensou ele.

Ele seria paciente.

A fronteira coberta de lixo deu lugar a um cemitério de navios e caminhões que haviam sido trazidos para o continente pelas inundações havia mais de cem anos. Cascos de aço monstruoso, esqueletos de navios de cruzeiro e porta-aviões da marinha agigantavam-se acima do terreno nevado. Trepadeiras grossas e escuras brotavam das máquinas mortas, entrelaçando-se pelas carcaças. Galhos do inverno, era como as chamavam, uma espécie de planta que se desenvolvia bem na tundra. Wes ficou olhando para elas. Ele teria jurado que os ramos eram iridescentes, quase cintilantes, brilhantes. Mas estava apenas vendo coisas, não estava? Quando voltou a olhar, os galhos estavam da mesma cor opaca, crescendo até os céus, formando uma teia intrincada de metal enferrujado, junto com trailers e carros virados no solo do deserto coberto de neve. A Inundação Negra carregara o lixo quase até Vegas antes de recuar. À medida que eles se aproximavam da costa, viam as barragens que não vingaram e as represas improvisadas que os militares e alguns civis desesperados haviam construído na tentativa de parar as águas que subiam.

Era o segundo dia deles na estrada e Shakes retomara a tarefa de dirigir, com Zedric agindo como navegador. Wes e Nat dividiam o assento do meio, cada um grudado no canto oposto, o mais longe possível do outro. Nos fundos, os meninos estavam acordados, acotovelando um ao outro entre provocações. Daran, irritado, puxara a toca de Farouk até cobrir os olhos.

— Eles fechariam a porta quando te vissem chegando... — Farouk ria e soluçava. — Gastou a cota de um ano de passes matrimoniais diurnos em uma semana! Deve ter sido um recorde!

— Daran gosta das garotas. — Wes explicou a Nat, enquanto Daran fazia um gesto rude com as mãos, com ar de convencido.

— Sem dúvida, as garotas gostam dele — disse ela, com um sorriso afetado. Daran era muito sexy, com as maçãs do rosto salientes e o cabelo preto brilhante.

Wes riu, embora por um momento tivesse torcido o rosto diante das palavras dela. Havia dois tipos de casamento: passes diários para uniões temporárias, nos quais era possível alugar um quarto num motel, e casamentos de verdade, na capela. Os passes diurnos mantinham a população livre de doenças. Nada de atividade sexual sem licença. Havia licença para tudo. Pela experiência dele, isso tirava muito o romantismo da coisa: ficar na fila da repartição, preencher o formulário e aguardar o resultado dos exames para poder sequer dar um beijo numa menina.

— Quer dizer que você gosta do Daran, é? — comentou ele.

— Eu não falei isso — bufou ela.

— Você já preencheu esses formulários? — Ele olhou enviesado para ela.

— O quê... formulários de passe matrimonial? — Nat fez cara de ofendida.

— Claro, por que não? Qual é o problema? Não recebeu ofertas?

— Exatamente o contrário, meu amigo — respondeu ela, maliciosamente. — Tantas que nem dá para contar.

— É o que me preocupa. — Ele abriu um sorriso maldoso e ela jogou um guardanapo de papel amassado na cara dele.

— Vai sonhando — bufou ela.

— Vou — disse ele, ainda sorrindo ao rebater a bola de papel.

— Não se preocupe, eu recusei todos eles.

— Todos eles?

— Cala a boca! — Ela riu. — Não tenho que te dar satisfação.

Ela não era a única que estava sendo provocada. No fundo do furgão, Farouk pegava pesado com Daran.

— Foi um milagre você ter passado pelos monitores STD... não com aquelas garotas de Ho Ho City! — disse ele, enquanto Zedric, lá da frente, entrou na conversa:

— É, cara, você é tão louco que eu juro que a última era a droga de uma drau! — Daran esmurrou Farouk e ameaçou o irmão, e, por fim, Wes gritou para os três calarem a boca, que ele estava ficando com dor de cabeça.

— Espera aí! Espera aí! O que é aquilo? — gritou Farouk de repente, sob os punhos de Daran.

— O que é o quê? — perguntou Wes, observando a floresta de metal e olhando através do emaranhando de trepadeiras. Então, ele viu. Havia vultos passando pela paisagem destruída, e até as trepadeiras pareciam estar se mexendo. Os vultos se multiplicavam ao longe.

— Thrillers — xingou ele. — Vamos torcer para não chegarmos perto de nenhum. — Ele pegou o binóculo para ver melhor. As criaturas estavam vestidas com trapos, cambaleando e tropeçando com movimentos estranhos, aos trancos, alguns do tamanho de crianças pequenas, alguns altos, parecendo assombrações com cabelo cor de palha. E ele não estava ficando doido: as trepadeiras estavam se mexendo, balançando por vontade própria.

— Thrillers? — perguntou Farouk.

Shakes começou a cantarolar.

— Sabe aquela música antiga...? "Thriller, thriller night." — Ele começou a chacoalhar a cabeça e balançar os braços enquanto cantava. Os irmãos Slaine ficaram olhando e rindo.

— Está bom, para — resmungou Wes.

— As luzes que aparecem à noite... são deles? — quis saber Farouk.

Wes demorou a responder.

— Ninguém sabe. Talvez.

— Mas o que deixou eles desse jeito? — perguntou Farouk, enquanto o grupo observava as criaturas estranhas e assustadoras de longe.

Depois de um longo silêncio, Wes finalmente respondeu.

— Os militares fazem um monte de testes químicos por aqui, pode ser que eles sejam vítimas de um vazamento radioativo, mas o governo não diz nada nem confirma nenhuma das teorias. Mas de uma coisa eu sei: eles apavoram qualquer um que tenha o azar de cruzar com eles. Dizem que foi por isso que começaram a mandar nanobots. Os thrillers estavam assustando muitos homens. É por isso que tem muito poucos buscadores por aqui.

Ele contou que a explicação oficial para a saída em massa do País do Lixo foi uma esquizofrenia induzida por toxinas. Diziam que as substâncias químicas que restaram das inundações tóxicas levavam os homens à insanidade. Mas não havia nenhuma menção oficial às criaturas horríveis, trêmulas, que vagavam pelo lixo. Alguns anos depois, o exército desenvolveu o sistema de defesa formado por bots. Bombas e robôs que explodem não ficavam com pesadelos e não davam gritos ao ver um thriller.

— Más notícias, chefe — disse Shakes, depois de olhar para o painel de controle. — Parece que temos um vazamento de gasolina. As balas devem ter raspado no tanque. Não vamos conseguir chegar ao litoral com o que sobrou nos tanques.

Eles tiveram sorte de chegar até ali com o que tinham, Wes sabia.

— Quanto ainda temos?

— Alguns quilômetros, no máximo.

Wes suspirou.

— Está bem. Eu não estava planejando, mas vamos ter que fazer um desvio para uma das cidades de assentamento para abastecimento. K-Town não está muito longe, vamos para lá.

— Oba! K-Town! — gritou Zedric, jogando a arma para o alto e pegando-a.

— O que tem em K-Town? — perguntou Nat.

Wes sorriu. Então havia *algum* lugar que ela não conhecia.

— Você vai ver. Se você pensa que Nova Vegas é a bomba, espere até ver os fogos de artifício em K-Town.

14

PARA CHEGAR A K-TOWN ELES teriam de atravessar o que um dia foi Los Angeles. A cidade que antes fora banhada de sol tinha sido uma das mais afetadas pela Inundação, que a submergiu quase por completo. O furgão teve que passar pelo terreno montanhoso e nevado acima da linha d'água. Zedric acionou o som conectado ao player de Daran, e um híbrido ruidoso de dub-reggae, o Bob Marley Death-Metal Experience, começou a pulsar dentro do veículo.

A música era raivosa e violenta, em contraste com a letra suave. *Could you be loved?*

Era uma boa pergunta, Nat pensou. Você poderia ser amado? *Ela* poderia? Seu olhar foi parar em Wes e ela mudou a direção. Por um momento, viu os dois preenchendo formulários de passes diurnos, dando risada, provocando um ao outro, ansiosos por uma noite a sós. Ela afastou a imagem da cabeça, irritada por ver seus pensamentos voltarem-se para ele o tempo todo. Além disso, não sentia nada por ele e nunca poderia. Só estava flertando com ele porque talvez, se ele gostasse dela, pensaria duas vezes antes de atirá-la no mar.

Enquanto o furgão acelerava pela tundra, Nat olhava pela janela, aliviando a ansiedade ao se maravilhar com a natureza implacável do ambiente congelado: neve e mais neve por quilômetros ao redor. Num de seus livros antigos, ela lera que os esquimós tinham cem palavras para a neve. Ela achou que era uma pena eles não estarem ali para ver aquilo: tantos tipos diferentes. O pó branco e virgem nos telhados contrastava com o gelo duro no solo. A neve rolava sobre telhados e carros sem interrupção, era apenas uma vastidão branca, um vazio visível. De vez em quando ela via pegadas, rastros de animais, talvez, embora algumas fossem grandes demais, com padrões alinhados demais para não serem humanos. Ela pensou nos thrillers que haviam deixado para trás no deserto de neve e sentiu um arrepio. Wes estava certo em esperar que não se deparassem com nenhum deles.

Quando ela ainda estava na escola, ficara sabendo de uma cidade na Ucrânia chamada Chernobyl, onde um reator nuclear explodira. O lugar tinha ficado tão radioativo que deixaria de ser apropriado para humanos durante séculos e ainda estava isolado. A área toda fora declarada zona de exclusão, uma terra evacuada no qual não era permitido viver. Na realidade, porém, a zona de exclusão de Chernobyl fervilhava de vida. Com a ausência de humanidade, a vida selvagem prosperou e a paisagem tóxica se tornou uma espécie de reserva animal. Ao ver os rastros na neve, ela imaginou se o País do Lixo não seria assim também. Tentou imaginar que tipo de vida selvagem prosperava ali.

Nat não teve que imaginar por muito tempo, porque um urso polar surgiu da neve, com o corpo branco e robusto se movendo na velocidade de um raio. Ela arfou de surpresa — nunca vira um animal de muito perto.

— O que é? — perguntou Wes, quando o furgão desviou e parou.

Shakes murmurou palavrões, desligando o motor, e ele e Wes desceram para ver o que acontecera. Nat foi atrás e viu Shakes chutar um monte de neve da frente da roda esquerda, revelando um garfo espesso de vergalhões preso no pneu.

— 'Rouk! Zed! Dar! — chamou Wes. — Venham, precisamos de ajuda aqui fora.

Enquanto os garotos tiravam pás do porta-malas e começavam o trabalho de soltar o pneu preso, Nat se afastou. Onde estava o urso?

Ela procurou no horizonte, mas não viu nada.

Atrás de si ouviu xingamentos e o gemido do metal esmagado. Ela olhou para trás, para o pneu. A equipe inteira estava reunida em torno da roda. Farouk, Daran e Zedric tiravam a neve com as pás enquanto Shakes tentava retirar a vara de metal que estava afundada no pneu.

Nat pegou os binóculos para procurar o urso. Lá estava! Ela sorriu, encantada com a visão do urso polar saltando sobre uma montanha de neve. Ele parou, olhou ao redor — contraiu-se, nervoso. Ela ouviu Wes avisar:

— Melhor ficar dentro do furgão.

Nat ignorou-o.

— Só um momento. Nunca vi um assim tão de perto. — Ela se aproximou do urso.

Sem avisar, o animal branco e imenso virou-se e pulou para a frente. Ela ficou imóvel, de olhos arregalados, olhando fixamente para a criatura por tempo demais — ela percebeu que o urso estava indo direto para ela. O urso empurrou uma pilha de neve na sua frente, de boca aberta, língua para fora e dentes à mostra. Ele rosnou. Ela ficou paralisada, incapaz de se mover, encarando a morte.

— Nat! — gritou Wes, mas era tarde demais. Ela ouviu um estalo, como o de um trovão, ecoar pela neve. O urso derrapou na direção dela, seu nariz vermelho e quente colidiu com o pé dela, e um fluxo incessante de líquido vermelho jorrou da cabeça do animal, manchando o pelo antes imaculado com massas espessas de sangue.

Morto.

Ela estava segura.

Ela olhou para Wes, mas viu que a arma dele estava no coldre. O restante da equipe ainda estava trabalhando no pneu. Nenhum deles disparara o tiro.

Dois vultos encapuzados apareceram ao longe. Usavam óculos de proteção com lentes grossas — padrão militar, de calor e para baixa luminosidade. Estavam a pelo menos quinhentos metros de distância. Ela viu um deles largar o fuzil e acenar com o braço. Ele estava comemorando? O que estava acontecendo?

Ela virou-se para Wes.

— Buscadores?

— Não, caçadores de caravanas. — Ele se ajoelhou para se esconder e ela fez o mesmo. — Você teve sorte de não ter sido atingida no fogo cruzado. Precisamos ir. Eles virão pegar o urso. — Ele gritou para Shakes: — Libera essa roda já! Precisamos ir. — O vergalhão não se movera do pneu.

Ela se virou para os caçadores.

Um segundo estampido soou de longe. Eles atiraram num segundo urso, mais próximo deles, quase aos seus pés. Os caçadores correram ávidos até o urso polar caído, enquanto uma terceira pessoa começou a tirar fotos.

— Eles são caçadores ou turistas? — Ela ficou boquiaberta.

— Um pouco dos dois. Tem uma empresa que faz safáris de lixo aqui. É ilegal, mas sabe como é, algumas coisas são mais ilegais que outras.

Ele deu um tapinha no ombro dela.

— Acho melhor você voltar para o furgão agora.

Os caçadores terminaram de arrastar o segundo urso até o seu jipe de neve. Nat voltou para o VTL e ficou vendo Shakes enfiar o cabo de uma pá debaixo do vergalhão e levantar. O metal enferrujado se curvou e pulou para fora do pneu. Os caçadores se voltaram para o primeiro urso caído, o que quase atropelara Nat. Ela viu os óculos de lentes grossas fitando-a.

Ela voltou para o furgão e os meninos entraram também.

— Wes, eles me viram... é melhor irmos embora.

— O que você acha que estamos tentando fazer? Shakes, acelera!

Com a porta ainda aberta, Shakes afundou o pé no pedal jogando-se no banco do motorista. Wes mal batera a sua porta quando o VTL entrou em movimento. O grande furgão deu um tranco para frente, depois parou com um rangido.

Nat bateu a cabeça no banco. Shakes balançou para os lados e quase voou para fora do caminhão, que virou num semicírculo.

— O pneu ainda está travado. — Wes praguejou. Ele tinha saído antes de o caminhão parar.

Ela procurou os caçadores. O jipe da caravana estava indo na direção deles. O que eles fariam? Avisariam os buscadores que eles estavam ali? Três tiros ecoaram no ar e ela sentiu o caminhão balançar. Lá na frente, Wes atirava no pneu.

— É só uma madeira velha. Vou arrancar à força. — Sua voz estava distante, pouco audível no exterior do caminhão blindado.

Ela ouviu mais dois estalos e Wes voltou para o caminhão. Eles deram um tranco para frente de novo. Shakes balançou a cabeça.

— Ainda não saiu, chefe.

Eles não iam conseguir escapar. A caravana chegara ao primeiro urso, e os caçadores estavam saindo dos jipes e indo na direção deles.

Wes baixou a cabeça, frustrado.

— Eu esperava não ter que fazer isso — murmurou. — Saiam todos. Garotos, tentem parecer nervosos. Nat — olhou para ela —, não diga uma palavra, faça cara de irritação.

Os caçadores da caravana estavam reunidos em volta do urso. Os turistas já estavam sem os óculos de proteção e faziam pose ao lado do animal morto, tirando mais fotos. Wes foi até o primeiro e o empurrou com força.

— O que você pensa que está fazendo? Esse urso era dela! Estamos aqui o dia todo, tentando conseguir um tiro decente para ela e vocês, imbecis, atiram bem quando ela está prestes a matar o bicho. — Ele olhou para Nat e sorriu, depois voltou aos turistas. — Eu não recebo meu pagamento se ela não conseguir matar um!

O guia do safari pulou para fora do jipe, fuzil na mão. Wes encarou-o.

— Este é o último urso de vinte cliques. O que vocês estavam pensando? Esse aí era nosso! Eu verifiquei o calor e o satélite. Não tem mais nada aqui e vocês já acertaram um!

Ela quase riu. Wes foi muito convincente, mais charlatão do que ela imaginava. Ele ia se dar bem? Convenceria os caçadores de que eram apenas mais um grupo de safári em busca de lembranças de viagem? Ela ficou olhando enquanto Wes enfiava o dedo na cara do guia. O homem era robusto como o furgão, largo e forte, e havia vários outros, com cara de poucos amigos e armas medonhas, mas Wes não recuaria nem se eles estivessem em maior número.

— Você conseguiu a sua pele. Pega e vai embora! Esta é minha. Ela pode pendurar a cabeça na parede e contar para os amigos que derrubou um brancão. Se quiser este, vai ter que pagar a minha taxa, porque ela é que não vai pagar! — Os guias examinaram a equipe de Wes. Os meninos abriram sorrisos largos. Os turistas riam enquanto os guias os levavam de volta para os jipes.

Wes virou-se.

— Você quer o urso?

Ela deu um riso dissimulado, mas a visão era horrível demais. A criatura havia sido realmente bela.

— Você acha que eles acreditaram? — perguntou ela.

Ele balançou a cabeça.

— Vai saber. Já cruzei com esses vigaristas tantas vezes, que simplesmente parei de me preocupar.

Os meninos jogaram neve com as pás sobre o urso, uma espécie de enterro, e depois voltaram ao furgão. Com o pneu livre e sem os caçadores, seguiram em frente mais uma vez.

SHAKES TEVE QUE ESTACIONAR O CAMINHÃO mais uma vez para tentar tapar o buraco no tanque de gasolina. Eles não estavam longe do que um dia fora conhecido como Korea-Town, um bairro antes desordenado com churrascarias e embaixadas estrangeiras, mas eles talvez tivessem que andar o resto do caminho se ele não conseguisse fazer o tanque aguentar mais alguns quilômetros. O grupo se dispersou e os garotos ficaram andando por perto de casas cobertas de neve, enquanto Nat ficou perto do veículo. Parecia que iam demorar, então, ela pegou um livro da mochila.

— Você sabe ler — disse Wes, observando.

— Sim — Nat respondeu com um sorriso encabulado. — A sra. A, a mulher que me criou, me ensinou. — O livro era uma de suas poucas posses que ainda lhe restavam, uma antologia poética dos arquivos.

— Sorte sua — disse ele.

— Ajuda a passar o tempo — respondeu ela, tentando não fazer a coisa parecer muito importante. O índice de analfabetismo era o mais alto de todos os tempos. Na verdade, quase não havia mais motivos para ler. As informações eram retransmitidas na rede em vídeos e imagens, e quando a comunicação escrita era necessária, a maioria das pessoas usava um amálgama de símbolos e acrônimos que substituíra o ensino formal da língua nas escolas. Supostamente uma linguagem de Internet, que fora comparada aos hieróglifos egípcios por intelectuais e acadêmicos do passado, fora inventado por crianças com câmeras portáteis antes do Grande Congelamento. Os últimos EBLs, ou "Entretenimento Baseado na Leitura", eram todos compostos em linguagem de Internet, mas Nat não conseguia se animar com uma história chamada XLNT <3 LULZ.

De qualquer forma, os EBLs das principais listas de downloads eram todos importados de Xian — romances "operários" tediosos sobre como subir na vida, tratados capitalistas sobre o avanço rápido na cadeia corporativa. Todos os livros que Nat preferia ler eram escritos por pessoas que viveram muito tempo atrás. Não havia músicas novas também — a safra atual de estrelas pop era toda formada por bandas cover, que repetiam a música de outra era. Era como se até a imaginação tivesse morrido quando o gelo veio.

Wes espiou a capa por cima do ombro dela.

— Quem é William Morris?

— Era um poeta.

— Lê alguma coisa pra mim — disse ele. Nat não achava que ele fosse do tipo que gostava de poesia, mas folheou o livro e limpou a garganta antes de escolher um trecho.

— É uma história... sobre um dragão... e um herói — disse ela.

— O que acontece nela? — perguntou ele.

— O de sempre. — Ela deu de ombros. — O herói mata o dragão.

Wes sorriu e foi ajudar Shakes com o motor. Por toda a neve branca, Nat jurava ver pequenas flores brancas surgindo por todo lado. Devia ser alguma ilusão. Flores não podiam crescer na neve e no lixo. Ela se aproximou de um banco de neve, certa de que a ilusão se dispersaria, mas não foi o que aconteceu. Ela se abaixou para pegar algumas flores.

— Olha — disse para Wes, que estava por perto. Ela lhe entregou uma.

— Como isso é possível? — disse ele, maravilhado com a flor delicada na sua mão.

Ela balançou a cabeça e, mais uma vez, os dois trocaram um sorriso tímido e rápido.

O som de um trovão do outro lado do vale fez com que eles largassem as flores e se esquecessem delas por ora. Em um segundo, estavam agachados atrás do caminhão.

— O que é isso? — perguntou Nat. Será que as patrulhas haviam finalmente conseguido alcançá-los de alguma forma? Ela ouvira bombas demais na vida e reconhecia de imediato o som de um projétil explodindo. — Você acha que os buscadores nos encontraram?

— Vamos torcer para que não — falou Wes, quando uma segunda explosão balançou o caminhão. — Shakes teria captado o sinal deles no scanner.

Eles estavam estacionados no alto de uma estrada sinuosa. MULHOLLAND DRIVE estava escrito numa placa antiga. As casas ainda estavam intactas ali, só que enterradas na neve até o telhado. Pelo menos agora eles estavam longe das trepadeiras pretas e o ar era mais puro ali em cima, com uma nova cobertura de pó branco imaculado sobre o chão.

Uma terceira explosão estrondosa chacoalhou a colina, alta como um tiro de canhão.

— Espere um minuto — disse Wes. — Isso parece um dos nossos...

— O que você está fazendo? — perguntou Nat, enquanto Wes rastejava pela lateral do caminhão, murmurando o nome de Zedric quando mais uma explosão ecoou do outro lado da colina.

Ela se abaixou quando uma enxurrada de neve caiu das árvores.

— Larga isso! O que você pensa que está fazendo? — gritou Wes, saindo de trás do caminhão.

Ela se levantou e viu para onde Wes estava indo. Zedric estava se equilibrando em cima de um velho Bentley preto. Os pneus estavam furados e não restara nenhuma janela. Alguém arrancara os bancos e o motor havia sumido. Zedric ria enquanto tentava se firmar no capô do carro, que desmoronava aos poucos sob o seu peso.

— Olha isso! — gritou Zedric, mirando o seu RPG no par de vigas que sustentava uma casa grande do outro lado da colina. A longa fachada de vidro devia ter sido bonita um dia, mas as janelas estavam todas estraçalhadas e o telhado estava ondulado feito um macarrão instantâneo. As casas vizinhas também estavam empoleiradas pela colina sobre pequenos pilares estreitos.

Uma batida alta interrompeu os pensamentos dela.

Wes derrubara a arma da mão de Zedric, que bateu no nariz do menino quando a arma caiu na neve.

— Que droga é essa? — ralhou Wes.

Zedric encarou-o com raiva.

— Eu só estava me divertindo um pouco!

Por um momento, Nat achou que ele fosse atirar em Wes, mas o menino menor pareceu ter mudado de ideia.

Ouviram um estalo — mais uma explosão —, mas diferente desta vez, e todos se viraram para ver casa branca e comprida desmoronar pela encosta da colina e colidir com a pilha de lixo lá embaixo.

— Você atirou nos suportes, não atirou? — perguntou Wes.

— Foi divertido — repetiu Zedric, pegando a arma e limpando um pingo de sangue do nariz.

— Muito obrigado. Você acabou de informar a equipe de buscadores exatamente onde estamos. Onde está o seu irmão? Precisamos sair daqui antes que eles apareçam.

Zedric deu de ombros, mas todos sabiam onde procurar.

— Uma vez catador, sempre catador — murmurou Wes, e Nat entendeu que a tentação tinha sido grande demais para Daran. O riso de hiena de Zedric ecoou pelo desfiladeiro quando uma segunda casa desapareceu penhasco abaixo.

— Suponho que você não tenha sido idiota a ponto de atirar na casa em que seu irmão está — questionou Wes.

Zedric encarou Wes com raiva, o sangue escorrendo do nariz.

— Qual é o seu problema, cara? — queixou-se. — Não estou machucando ninguém.

— Acha ele logo.

— Daran! — gritou Zedric.

— Daran! — Shakes chamou também, e Farouk fez o mesmo. Nat entrou no coro.

Após alguns minutos, Daran saiu cambaleando de dentro da casa, carregando nos braços um amontoado de lixo: torradeiras, um ventilador e o que parecia ser parte de um liquidificador. E correu, ofegante, de volta para o furgão.

— Shakes... estamos prontos pra partir? — perguntou Wes.

— Pronto, só esperando vocês.

Wes gritou as ordens.

— Todo mundo dentro do furgão! Já!

— Por que a pressa? — perguntou Farouk, enquanto todos viam Daran correr na direção deles, abrindo caminho com dificuldade pela neve.

— Essas casas estão recheadas de latas de refrigerante, todas elas. Todo mundo sabe. Daran deveria saber disso, e ele sabe — avisou Wes, decepcionado. — ANDA! — berrou.

— Ele ficou preso — disse Nat, enquanto todos viam Daran se debater na neve funda. Mas quando ela foi ajudar, Wes a puxou de volta.

Houve mais uma explosão. Essa não foi da arma potente nem de uma casa deslizando pela encosta. Os dois foram atirados para trás e caíram no chão enquanto o ar se enchia de uma mistura de pó branco e fumaça preta.

— Lata de refri — disse Wes, chutando para longe uma lata enferrujada na qual Nat pisara sem perceber. — Velha, por isso não explodiu assim que você encostou.

Nat ficou só olhando para ele, abalada demais para conseguir falar.

— Pode me agradecer depois — disse ele. — DARAN, ANDA LOGO, CARA! Zedric... vai ajudar o seu irmão.

Zedric permaneceu firme, encarando Wes, os olhos arregalados de medo.

— Nós não vamos deixar vocês, meninos... entendeu? Vai tirar o seu irmão lerdo daquela trincheira! Agora!

Zedric não se mexeu.

— As latas explosivas têm uma função para detonar por proximidade — explicou a Nat. — Quando uma delas é acionada, envia um sinal para as outras. Este vale inteiro poderia desmoronar. Tudo isso para que Daran possa comprar uma dose de oxigênio em K-Town.

Na deixa, outra explosão pulverizou a casa atrás deles. Wes xingou — a explosão fez Daran voar e ficar com a cara enfiada na neve preta.

— Máscara! — gritou Wes, e Shakes jogou para ele uma máscara de gás. — Se você ouvir mais uma explosão, pisa no acelerador. — Eu encontro vocês em K-Town! — Ele vestiu a máscara e foi atravessando a neve e a fumaça na direção do soldado caído.

— Vem — disse Zedric, empurrando Nat para dentro do VTL.

— Todas as latas explosivas dentro do raio de um quilômetro vão começar a explodir em alguns minutos!

Mas Nat permaneceu firme.

— Não podemos sair sem eles. Shakes, não podemos deixar ele aqui! — disse ela, desesperada.

— Não se preocupe, não perdemos ele ainda — prometeu Shakes.

Uma terceira explosão desencadeou uma quarta. Nat sabia que teriam que ir embora logo — caso contrário, acabariam todos mortos.

Mas alguns minutos depois, Wes finalmente surgiu no meio da fumaça. Daran estava pendurado no seu ombro. Ela recuperou o fôlego e saiu do furgão correndo para ajudá-lo a arrastar o garoto inconsciente pela neve. Shakes pulou para fora da cabine e abriu a porta de trás. Eles deslizaram Daran para a área de carga e, em seguida, desceram a colina o mais rápido que podiam, com os ecos das bombas no vale.

16

AS PAREDES DO DESFILADEIRO desmoronaram atrás deles, e, à medida que a neve caía, esmagando a cobertura de flores, as pétalas liberavam suas sementes, enchendo o ar com uma nuvem de pontos cintilantes. Ainda que estivessem fugindo, Wes pensou que aquela era uma das visões mais bonitas que ele já vira.

— Nanos! — gritou Farouk.

— Não! Não são nanos! — disse Wes. — É outra coisa.

— Sementes... são sementes! — disse Nat, animada. — Olha!

A equipe ficou olhando as sementes sendo levadas para o alto pelo vento, espalhadas sobre a paisagem nevada, brilhando e girando, uma nuvem de vida, ao invés da morte.

Wes olhou nos olhos de Nat e viu que ela estava pensando a mesma coisa: então foi assim que as flores acabaram cobrindo a área. De alguma forma, por algum motivo, algo estava crescendo no deserto. A terra estaria se curando? Existia esperança para o futuro? Alguma coisa além daquele inferno congelado?

Por ora, a encosta da colina derretera sob o estresse das muitas explosões e derramava numa catarata de neve e escombros molhados. Wes balançou a cabeça. Era tudo um desperdício tão grande, e era assustadora a facilidade com que tudo fora destruído — como se as casas fossem feitas de palha: bastou apenas um sopro e elas já eram. Era um milagre terem sobrevivido por tanto tempo.

Quando estavam na metade do que restara da rodovia 101, Daran voltou a si, irritado por ter deixado sua pilhagem para trás. Ele tinha pouca coisa para justificar as dores: um relógio de ouro e uma colher de prata no fundo dos bolsos da calça. Os metais tinham algum valor em K-Town, mas não muito. Ele teria se dado melhor caso tivesse segurado firme o lampião de querosene que encontrara na garagem. Ele ainda reclamava quando chegaram às ruas da cidade fantasma coberta de neve, resmungando entredentes e xingando o irmão mais novo por ter aprontado com seu dedo rápido no gatilho.

— Ah, agora cala a boca — disse Shakes, incomumente.

Wes balançou a cabeça para Daran, cansado demais para ficar bravo. Então, virou-se para Nat:

— Você está sangrando — disse ele, apontando para a lateral da cabeça dela.

— Engraçado, não senti nada.

— Shakes... para o furgão. Zedric... faz um curativo no seu irmão, o corte pode infeccionar, e traz um pouco do antibiótico pra mim quando terminar — ordenou Wes.

Eles pararam num estacionamento abandonado, do que um dia fora um shopping. Nat recostou-se no capô enquanto Wes limpava suas feridas com uma esponja.

— A lata de refri deve ter te acertado, então — disse ele. — Hã? — Ele ficou olhando para ela.

— O quê? — perguntou ela.

— Acho que não estava tão ruim quanto eu pensava... Estava pronto para dar uns pontos, mas parece que está quase cicatrizando.

— Eu te disse, não senti nada — repetiu ela. — Estou bem.

Wes podia jurar ter visto um talho feio e profundo, mas quando empurrou o cabelo dela, não era nada — uma ferida superficial —: o sangue se reduzira a um pingo. Ele não quis pensar no que isso queria dizer e decidiu ignorar por ora. Talvez ela não tivesse sido atingida com tanta força. É, isso.

— Bela equipe a sua — disse ela, revirando os olhos na direção dos Slaine. Daran gritava com Farouk e Shakes o prendia no chão enquanto Zedric enrolava um pedaço de lona na cintura dele.

Wes balançou a cabeça, com o maxilar rígido. Por que ela tinha que falar isso assim? Ele não gostava que ninguém insultasse os meninos.

— Eles são bons. Não a minha primeira opção, mas é um trabalho sujo levar as pessoas pela Pilha. Não tem muita gente que queira fazer isso — disse ele, com um olhar penetrante para ela, como se dissesse: *Se eles não estivessem aqui, você também não estaria.* — Só consegui arrumar desertores.

— Está certo — falou ela, sentindo a repreensão. — Desculpe.

Ele suspirou.

— Você sabe como funciona. — Ele não tinha certeza de se ela sabia, mas ela devia ter ficado em Vegas por tempo suficiente para saber que abandonar ao serviço militar era como abandonar a sociedade. O exército era a única chance para gente como eles na cidade. Sem uma dispensa honrosa, havia pouca chance de ser contratado para qualquer trabalho decente.

— Deixar a vida militar não é fácil — explicou ele. — Então, quando eles acabam vindo para mim, tento ensinar a serem soldados melhores. Não há espaço para heróis nem brincadeiras estúpidas nessa linha de trabalho. No fim das contas, o único objetivo do soldado é continuar vivo, nada mais, nada menos. — Ele franziu a testa e seguiu limpando a ferida, tentando e não conseguindo ignorar a faísca entre eles quando seus dedos tocavam a testa dela. — O cara sai atirando pra todo lado, é meu dever fazer com que ele vá devagar, colocar o cara na linha. Fiz um favor a Zed ao arrebentar o nariz dele. Pode salvar a vida dele, da próxima vez em que pensar em fazer algo estúpido.

— Então, por que você saiu? — quis saber ela. — Shakes disse que você ganhou um Coração Púrpura e uma Medalha de Honra. Disse que você teve a chance de ser um general algum dia, talvez.

Ele suspirou, pondo uma atadura na cabeça dela, pressionando para fixar.

— Eu acho que não tinha uma tendência natural para fazer carreira, digamos assim. E você, onde serviu? — perguntou ele, com inocência.

— Não servi — disse ela.

— Ah, certo, conseguiu um passe para ensino avançado?

— Não... — Mas ela não desenvolveu a resposta. — Achei que você tivesse pesquisado sobre mim? — Ela sorriu, mas o tom foi reservado.

Ele olhou bem para ela.

— Nada de perguntas.

— Obrigada por isto — disse ela, apontando para o trabalho dele.

— Não tem de quê.

— Chefe, temos que ir — disse Shakes, aproximando-se deles. — Farouk pegou um sinal de buscadores no radar. Estão dois cliques ao norte.

Wes fez que sim, escondendo a onda de náusea que sentiu com a notícia.

— Vamos, talvez a gente consiga despistá-los.

Eles subiram no VTL e Wes assumiu a direção de novo. Manteve-se nas estradas menores, passando por quintais e pela terra áspera, forçando o furgão a ir o mais rápido possível. O grupo estava silencioso, tenso; até os Slaine estavam mansos. Sabiam que Wes estava bravo com eles por entregarem a sua posição.

— O que acontece se os buscadores nos encontrarem? — quis saber Nat.

— Vamos esperar que não encontrem — disse Wes.

— Você só fica dizendo isso. Eles vão nos matar?

— Existem coisas piores que levar um tiro e morrer rápido — disse ele, sucinto. Não adiantava nada ficar assustando todo mundo. Ou seriam pegos, ou conseguiriam escapar. Vida ou morte, mas não era sempre assim? As prisões militares eram conhecidas pelo tratamento brutal dado aos prisioneiros, e Wes esperava que eles não acabassem numa delas. Tivera sorte até então, talvez a sorte continuasse do seu lado.

— Se parecer que eles vão nos prender, atira em mim, OK, chefe? — sussurrou Shakes, ao lado dele. — Prometa. Prefiro morrer na sua mão que na deles.

— Não vamos chegar a esse ponto — disse Wes, impaciente. — Para com esse papo derrotista.

— Vai mais rápido — sussurrou Nat, atrás dele. A respiração dela estava quase dentro da orelha dele, e ele sentiu um arrepio.

— Estou dando tudo que ele pode — respondeu Wes.

— Acho que despistamos eles — disse Farouk, depois de olhar no scanner.

Nat respirou aliviada, mas pareceu que o jovem soldado falara cedo demais. Ela ergueu a cabeça bem quando Wes pisou no freio e o furgão parou fazendo ruído.

Dois Humvees camuflados de branco estavam boqueando a estrada.

Os buscadores haviam encontrado sua presa.

EXISTEM COISAS PIORES QUE LEVAR um tiro e morrer rápido, Wes dissera um momento antes. Até ele tinha de admirar a própria bravata. Foi uma bela fala. Ele afastou o medo. Talvez ainda houvesse esperança, uma vez que os Humvees não atiraram neles logo de cara.

— Está tudo bem, deixa comigo — disse ele a Nat ao desligar o motor.

A brincadeira de Zedric com explosivos nas colinas levara os buscadores direto na direção deles, exatamente como Wes alertara, e passar por cima do vergalhão e encontrar a caravana de caçadores não ajudara. Agora eles não tinham para onde ir. Não adiantaria correr, os caminhões estavam perto demais e armados em excesso. Mesmo se tentasse, havia um par de drones circulando acima deles e que atirariam se recebessem ordem.

Um soldado com listras de oficial desceu do Humvee mais próximo, seguido por um grupo de homens. Todos tinham um fuzil pendurado no ombro, mas ninguém fez menção de atacar.

Daran segurou a escotilha e sacou a arma.

Shakes fez menção de fazer o mesmo, mas Wes o deteve.

— Esperem, meninos, eu cuido dessa.

Ele abriu a sua porta com um chute e pulou na estrada lamacenta e coberta de neve.

— O que você está fazendo? — perguntou Shakes. — Esses não são guias de turismo burros que você pode enganar; são garotos dos ERA, sabe.

— É, então, como eu já fui um dia — disse Wes. Ele saiu do furgão, o coração martelando no peito, mas o caminhar suave e lânguido como sempre, mantendo um sorriso preguiçoso ao se aproximar.

O oficial estava apoiado numa das grades da frente do Humvee, o ruído do motor ligado vindo de trás dele, fazendo nuvens de fumaça subirem do capô quente.

— Bom dia, senhor — disse Wes.

Não houve resposta. O soldado ficou olhando para o céu branco e nublado, e esperou Wes chegar mais perto.

Espero estar pensando certo. Wes manteve a calma enquanto andava na direção dos buscadores. Viu que os dois Humvees estavam com suas armas longas apontadas para a cabeça dele, os canos imensos giravam lentamente para acompanhar o seu avanço. Ele notou que o grupo de soldados parado atrás estava com um marcado entre eles, um garoto da sua idade, com os olhos vermelhos brilhando de ódio, a marca na testa parecendo um terceiro olho. Wes ouvira que quem apresentava o terceiro olho sabia ler mentes. A equipe de buscadores provavelmente o havia usado para localizá-los. Esse programa devia ter sido encerrado após Santonio, mas, sabendo como as coisas funcionavam, não deveria ter ficado surpreso ao vê-lo em pleno funcionamento.

Ele se concentrou para ficar com a mente vazia de pensamentos.

— É bem difícil explosões daquele tamanho passarem desperce-bidas por aqui — disse o oficial com uma fala arrastada, finalmente quebrando o silêncio. — Da próxima vez é só nos passar a sua locali-zação por rádio. Vai facilitar um pouco a vida de todos nós.

— Sinto muito por isso. — Wes sorriu. — Detesto causar incon-venientes a vocês.

— O seu pessoal não sabe que não deve ficar brincando nas colinas?

— São apenas crianças — respondeu ele.

— Mais um motivo para mantê-los em segurança. — O oficial ficou o encarando.

Lá vem, pensou Wes.

— Soube que vocês, atravessadores, conseguem ganhar bem transportando gente ilegal para o outro lado da Pilha de Lixo. Quanto está dando uma viagem hoje? Cinco, dez mil watts?

Wes olhou bem para o soldado de olhos vermelhos.

— Cinco. — Era mentira, mas Wes forçou-se a acreditar que era verdade. O menino não desmentiu.

Wes ficou aliviado, talvez tivesse funcionado por algum motivo, uma vez que mantivera a cara de paisagem e a mente vazia.

O oficial deu um riso afetado.

— É mesmo? Passe para cá. Estou com frio e os meus homens querem sair desse lixão dos infernos. Aí vocês podem seguir viagem.

Wes apenas balançou a cabeça ao entregar, relutante, a ficha de platina que estava no seu bolso.

— Vocês estão dificultando as coisas para um contrabandista honesto.

O oficial abriu um sorriso largo ao pegar a ficha de Wes.

— Da próxima vez, é só nos esperar na fronteira que eu posso fazer um negócio melhor para você. Melhor não querer ficar com o ouro se nós pudermos ajudar.

Wes tentou rir, mas a coisa toda era horrível. Ele precisava daqueles créditos, assim como o seu pessoal. Pensou em socar o desgraçado arrogante no queixo, mas se lembrou das armas T. Os dois canos ainda estavam mirados na sua cabeça e o menino marcado não tirou os olhos dele por um segundo. Não duvidou que eles ainda fossem capazes de atirar ou arrastá-los para uma das prisões.

Ele se virou, voltou para o furgão correndo de leve e sentou no banco do motorista.

— O que eu falei pra vocês, estamos bem — disse ele, acelerando.

— Eles vão simplesmente nos deixar passar? Assim, sem mais nem menos? O que eles queriam, então? — perguntou Nat, enquanto os meninos respiravam aliviados.

— A taxa de entrada na cabine de pedágio — Wes brincou. — Olha, finalmente estamos em K-Town.

NÃO HAVIA NADA DO OUTRO LADO — era o que dizia o governo, ou o que queriam que as pessoas acreditassem, pelo menos. Enquanto o VTL passava pela detonada Wilshire Boulevard, Nat via sinais de vida por todo lado: prédios desenterrados na neve, com placas chamativas em coreano e linguagem de Internet, com os símbolos quase intercambiáveis. As ruas fervilhavam de pessoas de todos os tipos, uma cacofonia de ruídos e uma variedade de cheiros. Era mais que um assentamento. Se havia algo a ser chamado de capital do País do Lixo, era esse lugar.

Wes pôs a mão no braço de Nat quando ela desceu do furgão.

— Olha por onde anda — disse ele, e ela fez que sim para dizer que entendeu. Ele não se referia apenas aos passos dela, mas para a atenção dela ao andar pela área. Essa era uma terra sem lei, povoada por todo tipo de criminosos: catadores, traficantes de escravos, veteranos de guerra, refugiados e ilegais.

Os irmãos Slaine e Farouk desapareceram num prédio com um símbolo de farmácia pintado na porta. Viciados em oxigênio. A mania de ar puro.

— Almoço? — sugeriu Shakes.

— Você só pensa em comida? — repreendeu Wes.

— E tem outra coisa pra pensar? — perguntou Shakes, e era uma boa pergunta.

Nat percebeu que estava morrendo de fome. Não comera muito desde a noite em que Wes bateu à sua porta. Ela se perguntou quando alguém ia notar seu desaparecimento. O que aconteceria com seu apartamento, com os livros que empurrara para debaixo da cama? Ela apostara tudo em Wes e sua equipe sem olhar para trás por um segundo. Havia apenas o caminho adiante.

Mas e se Wes — junto com todos os outros — estivesse certo? E se não existisse o Azul? Ela esperou para ouvir a voz na sua mente protestar... mas não ouviu nada. Talvez porque a voz soubesse que era tarde demais para ela voltar atrás. Eles não estavam muito longe do litoral e, com gasolina suficiente, era provável que chegassem ao píer à noite. Ela tocou a pedra pendurada no seu pescoço, pensando que agora faltava pouco.

Shakes os guiou dentro de um prédio escuro, por uma escada e os três entraram num restaurante turo-turo lotado no porão. Nos turo-turo (Nat sabia que significava "apontar-apontar" numa língua esquecida), para comer, o cliente só precisava apontar para a comida que queria, uma vez que quase ninguém conseguia ler um cardápio. Havia um grande balcão de almoço com mesas de vapor expondo uma variedade de pratos de diversas origens étnicas. Mas, ao contrário das combinações industriais, a comida era singular e diferente de tudo que ela encontrara antes.

Havia um tonel com sopa de bolinhos de peixe, um preparado com uma massa que não lembrava nem um pouco peixe, mas tinha um gosto delicioso; espeto de carne tostada — carne de porco dos contrabandistas que trabalhavam nos recintos aquecidos — quase impossível de encontrar e caríssima em Nova Vegas, mas disponível ali; pratos de arroz cheirosos com legumes de verdade no meio; e um macarrão lisinho com alho de verdade e gengibre, fumegante e tentador.

— Tudo isso vem dos atravessadores? — perguntou ela, enquanto eles apontavam para suas escolhas e recebiam pratos cheios de arroz, macarrão e carne.

— A maior parte. — Wes fez que sim com a cabeça. — Mas algumas são rações militares que os caras descarregam aqui, para trocarem estoques de comida por armas.

— Ração militar! Mas isso quer dizer que...

— K-Town não existiria sem a permissão do militares — disse Wes. — Eles precisam ficar de olho no País do Lixo e ter um lugar para fazerem negócios com traficantes de escravos sem ninguém saber.

— Então os racionamentos de comida também não são reais — disse ela.

A falta de recursos foi a razão para darem um cartão de Ab-Al para cada cidadão. A não ser para quem fosse rico e pudesse comer no minúsculo, porém luxuoso, setor privado, todos os aspectos do fornecimento de comida eram racionados, distribuídos em pequenas cotas.

— Vai saber, mas aqui tem comida — disse Wes.

— Enquanto nós passamos fome comendo gororoba. — Shakes balançou a cabeça.

— Cinco centavos — disse a caixa do outro lado do balcão.

Nat ficou surpresa ao ver que a menina tinha olhos vinho claro, e continuava olhando para ela, com uma expressão lânguida, quase entediada.

Wes pagou o almoço dela com uma moeda de prata real.

— Eles não aceitam watt aqui. Só a antiga moeda de Antes.

Mas Nat ainda encarava a garota. Ela não conseguia digerir o fato de que a garota marcada estava andando por aí tão livre, sem ninguém notar nem se importar.

— Muitos refugiados marcados ficam presos em K-Town — disse Wes, mexendo no cotovelo dela para que ela andasse. — Eles economizam watts suficientes para atravessar a fronteira, mas ficam sem nada para ir a qualquer outro lugar. Por isso, trabalham, na esperança de ganhar o suficiente para pagar um transporte e sair daqui. Mas a maioria nunca consegue.

— E ninguém liga? — indagou ela, olhando para os militares espalhados pelo local.

— Aqui, pelo menos, não.

Eles se acomodaram para fazer a refeição. Nat ficou encantada com a textura — ela nunca comera legumes como esses antes, nunca comera carne que não fosse processada ou que não fosse tofu com gosto de carne. Era uma revelação. Ainda assim — como em Nova Vegas — todos bebiam Nutri. Água limpa era rara, até em K-Town.

Wes tomou um gole e acenou para um homem barbado na mesa ao lado.

— Olá, sabe se Rat ainda comanda a mesa? Ainda rola aquele jogo? Slob, por acaso, está por aí? Ou algum outro dos irmãos Jolly? — perguntou ele, limpando os lábios com o guardanapo.

— Devem estar. Isso não muda. Tá dentro?

Nat empurrou o prato. Sentiu um mal estar por ter comido tanto.

— Tem cassino aqui? — perguntou ela, sentindo uma animação de jogadora diante da perspectiva.

— Melhor ainda: tem uma partida de pôquer com apostas altas — respondeu Wes.

Ela ergueu as sobrancelhas. As coisas estavam começando a ficar interessantes.

— O que você está pensando? — perguntou ela.

— Preciso, por exemplo, pegar meu navio de volta.

Ela ficou olhando para ele. Ele acabou de dizer o que ela achou que ele disse?

— Como assim, pegar seu navio *de volta*? Você não tem um navio? Como vamos atravessar o oceano?

— Relaxa, relaxa... Eu tenho um navio, só que não neste exato momento. Mas isso pode ser corrigido. — Ele deu de ombros.

Ela arregalou os olhos e se virou para Shakes.

— Você sabia que ele não tinha um navio? E vocês aceitaram o trabalho mesmo assim?

Em seu favor, Shakes conseguiu ficar encabulado.

— Achei que você não jogasse — ela acusou Wes.

Ele lançou um sorriso do gato de Alice para ela.

— O que eu posso dizer? O que vem fácil, vai fácil.

Shakes gargalhou.

— Como? Quando Slob o vir, ele vai sair da mesa. Ele sabe que você vai querer o barco. Não vai arriscar ter que te devolver, afinal, você que ganhou dele antes.

— Não sou eu que vou ganhar — Wes apontou para Nat. — Ela vai.

O lugar não era exatamente um cassino. Era apenas mais uma sala lotada num porão com algumas mesas de roleta, mesas de carteado, uma mesa de craps e um bar. Nat achou o barulho e o cheiro de suor e fumaça avassalador quando entrou na sala, um pouco sem estabilidade por causa do salto alto. Ela estava vestida como uma *tai tai*, uma esposa troféu rica de Xian, fazendo um passeio exótico em K-Town, a caminho de Macau.

Com a ajuda de um vídeo blog e algumas moedas de prata do estoque de Wes, ela conseguiu encontrar o traje apropriado. Nat trajava um vestido chinês clássico vermelho, um coque no longo cabelo preto, com dois hashis cintilantes, e a pedra azul continuou presa à corrente no seu pescoço, disfarçada de penduricalho decorativo. Farouk revestira a roupa com uma falsa bateria de fusão que piscava em vermelho na gola. Ela protestou, dizendo que congelaria antes de passar pela porta, mas Wes estava determinado. As *tai tai* não usavam nenhum tipo de casaco pesado: elas desfilavam pela cidade com as pernas à mostra como um sinal de riqueza e conforto.

— Você está bem assim — Wes reconheceu antes de Nat sair do abrigo. — Você acha que consegue?

— Fica olhando. — Ainda que estivesse nervosa, era tarde demais para dar para trás agora e ele também sabia disso. Além disso, jogar pôquer era exatamente o que ela sabia fazer.

Os irmãos Slaine, vestidos com uniformes de chofer, atuariam como guarda-costas dela. Se alguma coisa acontecesse, eles garantiriam que ela saísse dali com vida. Nat não sabia se confiava em Zedric e Daran para salvarem a sua vida, mas ela não tinha escolha. Sem navio, era melhor voltar para casa.

— Sala VIP? — perguntou ela ao leão-de-chácara que estava à porta próxima ao bar.

— Impressão digital — disse ele, apontando para um leitor. — E nada de músculos aqui dentro. — Ele balançou a cabeça na direção dos companheiros dela e ergueu uma lanterna para verificar as pupilas dela.

Wes alertara que havia uma chance de Nat ter que conduzir o jogo sozinha, mas se ela tivesse chegado ao salão sem nenhum segurança, ninguém ia acreditar que ela fosse quem estava fingindo ser.

Daran piscou e sussurrou:

— Não se preocupe, ficarei por perto.

Ela os dispensou com um aceno de dedos com unhas pintadas e sorriu para o leão-de-chácara, pondo de volta os óculos de grife e pressionando a mão contra o leitor. Farouk havia inserido sua foto e histórico falso no sistema. Ela era Lila Casey-Liu, a esposa de dezesseis anos de idade de um magnata da telefonia molecular.

Nat teria de fazer muito mais do que convencer um leão-de-chácara — teria de enganar Slob, um dos traficantes de escravos mais temidos do Pacífico. Seu nome verdadeiro era Slavomir Hubik, mas todos o chamavam de Slav ou o Slav ou SLB, seu pseudônimo em linguagem de Internet, que se transformara em Slob. O Slob estava longe de ser o que o nome indicava. Era um pirata asseado de dezenove anos de algum lugar em Nova Trácia, um dos territórios fora-da-lei mais conhecidos. Era um dos homens mais importantes da armada apavorante de catadores que vagavam pelas águas negras, fornecendo escravos para as fábricas de roupas de Xian, drogas para Nova Vegas e garotas e garotos para prostituição para qualquer um que pagasse o preço da noiva. Havia até rumores de que os traficantes não vendiam apenas carne de animal. Para os compradores desesperados, eles estavam dispostos a vender o carregamento humano que encalhava.

O Slob tinha uma cicatriz acima da sobrancelha direita, cabelo tingido de branco, estilo drau num tom militar e, nessa noite, usava um agasalho aveludado vintage — um sintético de verdade, não da pele barata de animais que alguns traficantes preferiam. Seu rosto era cheio de ângulos agudos, bonito, mas com um ar provocativo. Ele não olhou quando Nat juntou-se à mesa.

— Estou dentro — disse Nat, sentando-se ao lado do crupiê, tradicionalmente a melhor posição na mesa. — Cem mil.

Ela deu um sorriso radiante ao passar um cartão de crédito adulterado. Farouk lhe garantiu que o cartão passaria pelo scanner do salão, mas quando estivesse fora de alcance, o saldo seria zero.

— Estão se sentindo com sorte hoje? — perguntou aos colegas de jogo. O Slob não era o único traficante de escravos à mesa, ela percebeu pelas tatuagens nos rostos. Havia uma menina, mais ou menos da idade dela, igualmente emperiquitada, que acenou para ela com a cabeça.

— Amei os seus sapatos — disse a menina, num tom afetuoso.

Nat jogou de maneira conservadora no começo: permitiu-se perder algumas rodadas, mas não a ponto de chamar atenção. Wes a avisara para trazê-lo para o jogo devagar. *Ele é um cara esperto, não vai esperar que você agite muito as coisas. As* tai tai *gostam de jogar pela emoção, os traficantes deixam que participem porque elas trazem grana alta para a mesa. Ele vai gostar do desafio. Ganhe dele um pouco.*

Chegou a hora. Nat venceu uma rodada e a seguinte. Na terceira, ela quintuplicou seu dinheiro.

— Grande vitória para uma mocinha — comentou o traficante, com um sotaque que engolia as vogais.

— Heh — disse Nat, em tom de desdém.

— Está muito chato para você?

— Vamos jogar com emoção — disse ela, com um brilho nos olhos.

Ele deu de ombros.

— Claro. O que você quer?

— Ouvi dizer que você tem um barco rápido.

O traficante pareceu se divertir.

— Você não pode ficar com o *Alby*. Fora de cogitação.

— Muito medo de perder, Slob?

Por um instante, Nat viu a raiva no olhar do traficante. Ninguém o chamava de Slob na cara. Mas Nat sabia que ele não revidaria; vira o modo como ele olhou para as suas pernas. Ela deu uma risadinha, para ele achar que estava flertando, mantendo a personagem.

O traficante lhe deu um sorriso curto.

— Por favor, me chame de Avo.

— Avo, então — disse ela.

— Se eu colocar o Alby no jogo, o que você me oferece? — Ele inclinou-se na direção dela com um sorriso de lobo. — Essa joia no seu pescoço?

— Esta? Não passa de bijuteria — disse ela, passando a pedra para dentro da gola e desejando que ele não tivesse chegado a notá-la, irritada consigo mesma por não ter tirado. — Este é o verdadeiro tesouro. — Nat pôs um saquinho de veludo na mesa. Ela puxou a corda e mostrou a ele o que havia dentro: cristais diminutos que cintilavam à luz, reluzentes feito diamantes.

Era flor de sal. Sal marinho. Sal de verdade, não do sintético — que era, ao mesmo tempo, salgado demais e não salgado o suficiente —, mas o verdadeiro, de antes das enchentes, quando o mundo ainda estava inteiro. Os últimos do mundo, coletados antes do envenenamento dos oceanos. Era uma das lembranças que ela levara do centro de tratamento, surrupiado da cozinha do comandante, e ela estava guardando para o momento certo. Wes não perguntou onde ela conseguira, só disse que não era o suficiente para comprar um barco, mas que poderia ser suficiente para conseguir um de volta se ela fosse esperta o bastante.

Avo Hubik a encarou.

— Você sabe o valor disso?

— Sim — disse ela com firmeza.

— Duvido. Se soubesse, não apostaria tão facilmente. — Ele pegou as suas cartas.

— Em Nova Kong, nos banhamos nisso. — Ela balançou as cartas feito um leque. O resto da mesa saiu, observando os dois circularem um ao outro, como numa dança de acasalamento, a que antecede uma morte.

— Por que você quer tanto o Alby?

— Eu tenho um hobby. Gosto de tomar das pessoas aquilo que mais importa para elas. Deixa a vida interessante. — Ela bocejou.

— Você não pode ficar com o navio.

— Veremos — disse ela, num tom meigo.

— Está bem. Me deixe ver o sal.

Ele aproximou o saquinho dos olhos e depois o jogou para a menina bonita de cabelo laranja vivo e olhos dourados, que estava atrás da cadeira dele. Uma sílfide, talvez? Nat não tinha certeza. A marca dos magos no rosto dela, em forma de serpente, significava que era curadora. Nat sabia.

— Cheque isso — disse ele.

— É verdadeiro — respondeu a menina, depois de provar um pouco com o dedo. Seus olhos brilharam de cobiça.

Nat desviou o olhar, perturbada.

— Mostre as suas cartas — disse ela, mostrando as dela: um straight flush.

Desta vez, o traficante deu um sorriso largo.

— Full house. — Ele pegou o saco de sal da mesa.

— Meu marido vai me matar — balbuciou ela.

— Vou facilitar. Se você ganhar a próxima, pode ficar com o barco — disse ele sorrindo, agora que podia se dar ao luxo de ser generoso. Jogou as chaves do barco no meio da mesa. — Sou um cavalheiro.

Nat acenou com a cabeça. Ela estava preparada. As palavras de Wes vibraram no seu ouvido. *Ele vai ficar arrogante, vai querer se mostrar... e, quando ele quiser...*

Essa era a sua chance. Ela vinha observando o jogo com atenção, contando as cartas. O crupiê distribuiu as primeiras. Rei de paus. Dama de ouros.

Avo Hubik deu um sorriso afetado.

A próxima: dois de copas.

O traficante analisou as próprias cartas franzindo a testa.

Uma imagem veio a ela de modo involuntário: Avo pegando outra carta e era um rei, o que lhe daria um par alto, que faria com que ele ganhasse o jogo, uma vez que ela só tinha lixo na mão. A imagem desapareceu. Era uma premonição. Um aviso. Ela entendeu que não poderia deixar isso acontecer e começou a entrar em pânico. Ela tinha que fazer alguma coisa! Mas o quê? Ela não sabia controlar seu poder, não podia fazer nada... ficou paralisada, fria...

Uma rajada de vento repentina soprou as cartas do baralho, que se espalharam pela mesa.

— Mas que...? — protestou o crupiê.

A menina de olhos dourados ficou fitando Nat com um olhar fulminante.

Nat não ousou erguer a cabeça e franziu a testa, fingindo estar concentrada nas cartas.

Aquilo foi ela? Como aconteceu? Não importava, o importante era que as cartas tinham sido embaralhadas.

Avo não pareceu ter achado nada. Descartou uma carta e pegou outra.

Ela pegou a carta seguinte e, de algum modo, antes de ver a carta ela sabia que estava com a mão vitoriosa. Dois de paus. Com o dois de copas na mesa, formava um par.

O crupiê jogou a carta derradeira. Nove de paus.

Nat sentiu um arrepio de ansiedade.

O traficante mostrou a mão dele com um sorrisão. *Ace high.*

Nat mostrou a dela.

Ela vencera com as cartas mais baixas do baralho. Um par de dois.

O traficante ficou pálido.

Ela pegou as chaves da mesa.

— Creio que isso me pertence.

— FOI *ISSO* QUE EU GANHEI? Esse é o seu navio lendário? Acho melhor devolvermos pro Slob!

Wes ignorou-a e pulou para dentro do barco, que estava atracado num píer apodrecido, no limite extremo da cidade. Havia um esqueleto de montanha-russa e uma roda-gigante não muito longe deles, e um punhado de barcos balançavam na água, todos eles abandonados e quase inundados, os cascos cheios de buracos de tiros, motores faltando. O resto da equipe o seguiu, mas Nat permaneceu no píer, de braços cruzados e uma expressão de raiva e frustração.

— Você vai ficar aí parada o dia todo ou vai entrar? — disse ele, por fim, ajudando Shakes a puxar a lona.

— Eu não vou entrar *nisso*... Parece que está prestes a afundar!

— Fique à vontade — continuou ele, assobiando, enquanto o grupo encontrava seus lugares e carregava os suprimentos para a jornada. Ele desenrolou a lona, sentindo prazer de estar a bordo novamente. Wes estava com saudade do seu navio, e a sua perda fora um golpe mais duro do que ele gostaria de admitir. Ele não era desses tolos sentimentais, superapegados ao próprio veículo. Um carro era só um carro, um furgão era só um furgão. Mas ele tinha mesmo um carinho especial por este barco e, apesar disso, estava achando mais divertidos do que irritantes os insultos de Nat. A embarcação era um antigo navio da Guarda Costeira, um barco pesqueiro adaptado, com mais de um século de idade e construído para durar, com quinze metros de comprimento e o casco surrado, o convés cheio de furos e uma Jolly Rogers pintada de forma tosca a estibordo e ALB-187 gravado na janela acima da porta. Os corrimãos de aço estavam enferrujados e a pintura estava descascando, claro, dando ao barco um ar desleixado e deteriorado, mas Alby tinha algo que ia além da aparência. Nat podia não saber, mas ele e Shakes haviam realizado trabalhos importantes sobre aqueles motores; era como se a velha embarcação tivesse um propulsor de foguete no lugar das hélices, de tão rápido que conseguia ir.

— Sério, nós trocamos uma das coisas mais valiosas do planeta, sal, por isto? — dizia Nat. — Isso não é engraçado!

Wes parou o que estava fazendo para olhar para ela, tentando não revirar os olhos. Tinha de admitir, ela fora muito durona, não hesitara por um segundo. Sem ela, ele nunca teria conseguido o barco de volta. Mas já estava bom de bancar a princesa.

— Ninguém está rindo — disse ele. — Sinto muito se Alby não é como aquelas baleias brancas e brilhantes que a marinha usa. Se eu soubesse que você era tão esnobe, teria te entregado por tentativa de atravessar a fronteira.

Ele retornou à tarefa, mas ela permaneceu no píer.

— Você vai entrar ou não? — disse ele, sem paciência, depois viu o olhar dela.

— Atrás de você — sussurrou ela.

Wes farejou o ar e suspirou. Ele conhecia bem o fedor; entendeu no mesmo instante o que estava atrás dele. Com um movimento gracioso, sacou a pistola e atirou antes mesmo de se virar. A primeira bala atingiu o convés, a segunda passou de raspão na orelha da criatura, arrancando um pedaço do lóbulo. O thriller, o cadáver apodrecido de um menino, que muito provavelmente tinha ficado encolhido na sombra da lona, cambaleou para trás, afastando-se. Ele era humano no formato, mas sua pele não refletia a luz e seus olhos eram de um branco cego, opaco. Wes esvaziou o resto do pente no ar e a criatura mergulhou na água negra.

Ele respirou aliviado até ver que aquele não era o seu único problema.

— Nat! Entra na droga do barco! — gritou, atirando mais uma vez.

Nat virou para olhar para trás e gritou. Um cadáver em decomposição estava tentando pegá-la. O corpo, um dia, fora uma garota, mas não era mais. O rosto estava pendurado na orelha, a carne apodrecera, transformando-se numa massa inchada, dilatada, e tentava agarrá-la com as mãos mortas, frias. O corpo desmoronou e Wes atirou nos joelhos. — ANDA! — Ele estendeu a mão e ela finalmente aceitou.

Estavam por toda parte, fervilhando no passadiço, mancando para fora das sombras, saindo das cabines apodrecidas do parque de diversões e do carrossel quebrado. Havia tantos, que alguns caíram entre as tábuas podres do píer, nas águas negras. Os thrillers estavam longe de ser irracionais; seguiam com intenção, tentando se apoiar com as mãos e os pés.

— Eles não estão mortos! — disse Nat, trêmula, ao ser puxada por Wes para dentro do barco.

— Que novidade — murmurou Wes. Mas entendeu o que ela quis dizer. Viu o horror no seu rosto ao processar a informação. Os thrillers não estavam nem um pouco mortos. Estavam muito vivos, *conscientes*, com a angústia e o desespero de uma intensidade enervante.

— SHAKES! CORTA A CORDA! — ordenou ele, enfiando a chave na ignição e tirando o motor do ponto morto. O barco ainda estava atracado ao píer e, quando saiu, as duas cordas de popa se romperam, chicoteando o ar. Uma terceira, enrolada sobre a proa, pressionou a frente da embarcação, raspando lentamente no casco. O som era lancinante.

Nat puxou uma faca do bolso de Wes e cortou a corda. As mãos dela na cintura dele o perturbaram por um momento, mas ele se recuperou rapidamente.

— Boa.

A corda cinza voou pelo convés e bateu com força nas costas de Daran.

— Cuidado! — O soldado olhou nervoso na direção deles.

— Desculpe! — gritou ela.

Quando ele viu que fora ela quem causara, fez uma careta e tentou sorrir.

— Tudo bem!

Mas o barco estava livre, e eles zarparam com tudo, fora de perigo, finalmente — quando, da parte de baixo do convés, veio o som de um tiro. Wes xingou o traficante de escravos e sua tripulação preguiçosa. Ele e seus garotos sabiam como proteger um navio de uma infestação de thrillers, mas estava óbvio que os traficantes não se davam ao trabalho de tomar as mesmas precauções.

— Vai pro leme — ordenou Wes, dando a Shakes o comando do navio.

— Vou com você — disse Nat.

Ele não recusou, e Daran os seguiu escada abaixo para dar apoio.

Lá embaixo, Zedric estava com uma arma apontada para uma das criaturas. O thriller estava com uma ferida no ombro, onde o soldado o acertara. Na cabine bem iluminada, Nat conseguiu ver o rosto da criatura. Era uma garota. Sua pele era cinza e manchada, e seus olhos roxos estavam tão sem vida como o resto. E ela usava um pijama cinza claro familiar.

— Me ajuda — sussurrou ela. — Por favor.

Seu cabelo... Nat viu que, sob a poeira, a terra e a sujeira, a menina tinha o cabelo de um amarelo vivo, deslumbrante. Era uma sílfide, ou um dia havia sido, e Nat sentiu seu sangue gelar diante da descoberta. O que estava acontecendo com eles? Por que estavam assim?

Daran ergueu a arma para atirar, mas Wes segurou o cano.

— Dá um descanso pra ela, cara, vamos deixar essa nadar — disse ele, tirando a arma da mão do soldado.

A criatura viu a sua chance e saiu disparada para o convés. Houve um barulho quando ela caiu no oceano.

Zedric chutou a parede, mas Daran o apressou para sair da cabine.

— Anda logo! Ela não tocou em você? Tem certeza? — Gritou ele para o irmão.

— Por que você fez aquilo? — perguntou Nat a Wes, encarando-o fixamente. — Por que a deixou ir? — Ele nunca atirava para matar, ela notara.

Wes guardou a arma e os levou de volta para cima.

— Ela não é a nossa primeira passageira clandestina. Todos querem vir com a gente, pegar uma carona para as águas.

— Os thrillers?

— É.

Nat olhou para o píer, onde centenas haviam se juntado, arrastando os pés e gemendo, os braços estendidos na direção deles, implorando, pedindo alguma coisa. Havia mais algumas sílfides sob a imundície, e os de olhos brancos e de cabelos prata. Draus. Só podiam ser, mas esses não eram nem um pouco assustadores, só exibiam uma tristeza extrema. Por isso que Wes não atirara neles. Os thrillers não estavam atacando; estavam pedindo ajuda.

Ela nunca estivera perto o suficiente para vê-los. Quando escaparam, vira alguns de longe, e conseguira manter a distância, mas agora ela via toda a verdade muito claramente.

Então havia uma coisa sobre a qual o governo não mentira.

Aqueles marcados pela magia estavam marcados para a morte.

Os thrillers não eram as vítimas de testes químicos nem de mutilações nucleares. Eram pessoas. Pessoas marcadas. Pessoas mágicas cujas marcas de magia os apodrecia de dentro para fora, derretendo sua carne, deteriorando seu corpo, enquanto sua mente permanecia tragicamente alerta. Os militares os arrebanhavam para zonas e centros seguros para mantê-los longe do resto da população, e controlavam de perto as fronteiras por esse mesmo motivo.

Era por isso que as equipes militares de K-Town não se preocupavam em prender a garota marcada que trabalhava como caixa. Na visão deles, ela já estava no lugar certo. Ela já era refugo, já era parte do lixo. Os thrillers eram fugitivos de MacArthur, refugiados que não conseguiam encontrar saída, condenados a vagar pela Pilha de Lixo, incapazes de morrer.

Buscando um refúgio, com esperança de encontrar o Azul.

Exatamente como ela.

Se ficasse, a magia dentro dela a mataria aos poucos, esgotando a vida, mas mantendo-a viva. Ela ficaria presa numa casca física em decomposição, enquanto sua mente ficaria alerta para toda a amplitude do horror que lhe ocorria.

Ela ficou olhando a massa de marcados debatendo-se no píer, o terror e o desespero deles diante da sua incapacidade de escapar. *Nos leve com você. Nos leve para casa.*

Wes olhou para ela.

— Pronta pra partir?

Eles estavam longe da parte rasa, em alto mar.

Nat deu a mesma resposta que dera alguns dias atrás.

— Pronta.

Se ficasse, iria apodrecer. Mas se fosse embora...

Ela fechou os olhos. Havia um monstro dentro de si, um monstro que era parte dela, e, quanto mais ela se aproximava dele, mais a voz obscura na sua cabeça ficava parecida com a sua própria voz.

Em seu futuro haveria fogo, fumaça e destruição. Ela seria o catalisador de algo terrível. Ela conseguia sentir o poder dentro de si, a força louca, selvagem e incontrolável que tinha a habilidade de destruir mundos inteiros.

Eu sou o monstro, pensou. *A voz é minha.*

PARTE III
A VIAGEM INTERMÉDIA

— Deus te salve, velho Marinheiro!
Dos demônios que te castigam!
Por que estás assim? — Com a minha besta
Atirei no Albatroz.

— SAMUEL TAYLOR COLERIDGE,
"A BALADA DO VELHO MARINHEIRO"

ELA NÃO DEVERIA TER SIDO TÃO DURA com Wes em relação ao barco — sentiu-se um pouco mal com isso — porque, mesmo com o seu olhar inexperiente, notou que, assim como com o VTL, ele aperfeiçoara a estrutura para se adequar ao novo ambiente. Melhorara o casco, acrescentando camadas de aço e carbono para encobrir o antigo casco de alumínio, e cada centímetro da embarcação havia sido pintado — borrifado, na verdade — com tinta cinza e preta, uma camuflagem que pretendia imitar o lodo opaco do oceano.

A cabine da tripulação tinha beliches, sendo que as camas não passavam de redes de malha de ferro presas à parede, cada uma com um cobertor. O cômodo ao lado tinha uma grande mesa de piquenique de plástico parafusada ao chão, perto de um fogareiro preto de carvão. O teto acima do fogareiro ficava aberto para o céu, para a fumaça sair, e, empilhadas ao lado, estavam as caixas de madeira com o estoque de comida que eles levaram para a jornada.

O navio oferecia pouca privacidade e nenhum conforto, mas isso não era novidade. A não ser quando era jogada na solitária, lá no centro, ela tinha uma cama dobrável no meio de um quarto do tamanho de um ginásio. Viu um beliche num canto que parecia não ter dono e jogou a mochila no cobertor áspero. Espiou através da portinhola suja. Do lado de fora, o céu cinza mal se distinguia das águas cinzentas do Pacífico. O mar tóxico nunca congelava, mas fervia com o veneno, vez ou outra brilhava à luz tênue do dia, cintilando em cores iridescentes. Poderia ser bonito se não fosse tão mortal, treme-luzentes girando em nuvens laranja e verdes, dançando às vezes com anéis finos de fogo, mais um produto do coquetel desconhecido de substâncias químicas do oceano.

Ela se largou na rede e recostou a cabeça na malha de ferro. Mas depois de algum tempo, sentiu claustrofobia na cabine e subiu até o convés. Encontrou Wes debruçado na amurada, olhando para a água escura.

— Encontrou alguma coisa?

Ele apontou para uma coisa no meio do oceano, cercada de grandes pontos de tinta preta.

— O que é aquilo? Um grupo de ilhas? — perguntou ela.

— Não... São trashbergs.

— Trash... ah, como icebergs?

— É, só que feitos de lixo. — Wes sorriu. — O oceano está cheio deles.

Nat vira nas redes que os oceanos pré-Inundação eram lisos, azuis e vazios. Agora o Pacífico estava lotado de lixo, denso e abarrotado de sujeira, um País do Lixo flutuante. Era um espinheiro, o lugar perfeito para se esconder, perfeito para os traficantes de escravos saquearem e caçarem peregrinos e refugiados.

— Acha que vamos conseguir chegar? — perguntou ela, quase em tom de desafio.

— Com certeza é o que espero — respondeu ele, com o sorriso que era a sua marca registrada. — Preciso daqueles créditos.

Ela sorriu ao ouvir isso.

— Desculpe pelo ataque que eu tive por causa o barco... Eu só estava... De qualquer jeito, foi uma grosseria da minha parte.

— Não foi nada. — Ele sorriu e coçou a cicatriz no rosto. Ela não havia reparado até então a linha fina e branca acima da sobrancelha direita.

Ele pareceu ter reparado que ela ficou olhando.

— Lembrança do Texas. Eu caí na avalanche e Shakes me acertou sem querer com a picareta enquanto me tirava do gelo. Achei que ele fosse me matar em vez de me salvar. — Ele riu.

— Boa. — Ela sorriu, gostando do jeito com que a cicatriz o fazia parecer ao mesmo tempo mais perigoso e mais vulnerável. — Parece que isso acontece muito contigo. Mas aposto que a sua namorada não gostava muito. — Não sabia ao certo por que dissera isso, mas saiu antes que ela pudesse pensar.

— Quem disse que eu tinha namorada? — disse ele, erguendo a sobrancelha da cicatriz. Seus olhos escuros se franziram.

— Ninguém.

— Bom, não tenho mais, caso alguém esteja interessada.

— Quem está interessada?

— Você está? — Ele olhou bem nos olhos dela.

— Eu poderia perguntar o mesmo para você — brincou ela.

— E se eu estivesse interessado? — Ele deu de ombros.

— Não seria uma surpresa. Tenho certeza de que metade da equipe tem uma queda por mim. — Ela revirou os olhos. Não sabia com certeza o que estava fazendo, mas era engraçado deixá-lo um pouco nervoso. Então quer dizer que ele estava interessado? Já estava na hora de admitir.

— Só metade?

— É, não gosto de me gabar — disse ela em tom de modéstia.

Eles se encararam e Nat sentiu a atração dos olhos castanhos dele, cor de mel e âmbar, brilhantes e divertidos. Ficaram a centímetros de distância, seus corpos quase se tocando. Eles estavam ao ar livre numa temperatura abaixo de zero e, no entanto, ela nunca se sentira tão aquecida.

— O que você está fazendo? — perguntou ele por fim.

— O mesmo que você.

Ele balançou a cabeça.

— Não comece algo que não vai poder interromper.

— Quem disse que eu quero interromper?

Ele ficou olhando para ela e houve um silêncio demorado, angustiante, e, por um segundo, ela ficou com medo de respirar. Wes virou-se para ela, inclinando-se, o rosto tão próximo que parecia que ia beijá-la, mas mudou de ideia no último segundo. Ele não estava mais olhando para ela; estava com o olhar fixo na pedra que ela usava no pescoço.

Ele se afastou e voltou a olhar para as águas agitadas, jogando no oceano um seixo que estava no bolso.

— O que você quer, Nat? — perguntou ele.

— Eu poderia perguntar o mesmo a você — respondeu ela, tentando esconder a mágoa na voz. Ele sabia da pedra? Por que olhara para a pedra daquele jeito? *Não se pode confiar num atravessador. Ele te entrega para a polícia por uma merreca qualquer.*

Wes franziu a testa.

— Olha, vamos começar de novo, está bem? — perguntou. — Por que você não me conta alguma coisa sobre você, algo que não está nos registros oficiais, algo que Farouk não conseguiu descobrir?

— Para que você possa me conhecer, quer dizer. Por quê?

— Por que não? Como eu disse, temos uma longa estrada pela frente.

Talvez ele estivesse mentindo e tivesse, sim, uma garota em Nova Vegas. Talvez tivesse mais de uma. Ou talvez ele só quisesse mesmo ser amigo. Nat não conseguia saber qual das possibilidades a incomodava mais.

— Vai, me conta alguma coisa. Conta sobre a primeira vez em que esteve na Pilha.

— Como você... OK, está bem. — Ela respirou. — Você está certo. Já tentei fugir antes. Esta não é a minha primeira viagem pela P. L. Eu era órfã, como você adivinhou. Na época, eu morava com a sra. Allen, a mulher que me criou. Ela teve a ideia de sairmos do país quando eu tinha seis anos. Ela queria uma vida melhor para nós duas, perdeu a fé nos ERA.

Wes apoiou o queixo nas mãos.

— O que aconteceu?

— O atravessador que recebeu todo o nosso dinheiro não pagou a propina certa no primeiro posto alfandegário, então, depois de nos deixar passar, o guarda chamou a polícia e nós fomos presas por não termos visto.

— No nosso ramo, chamamos esses caras de jumentos — disse Wes. — Gente sem noção que não sabe como a coisa funciona.

— Eles a levaram e eu nunca mais vi — disse Nat, num tom suave. A sra. Allen não era a sua mãe, mas fora a única que ela tivera. Seus olhos ficaram um pouco marejados. — A sra. A me encontrou quando eu era bebê. Ela disse que eu era APR — disse ela, abraçando a si mesma om força. Abandonada Para Remanejamento.

— Seus pais eram soldados, então — Wes acenava com a cabeça.

— Foi o que ela me disse. — A sra. Allen explicara a Nat que isso acontecia muito: as pessoas deixavam os filhos, por não quererem levá-los aos seus postos, achando que era mais generoso deixá-los do que levá-los para as frentes de batalha. O abandono como forma de amor. — Acho que eram do exército, não sei. Não faço ideia de quem eram.

— E o que aconteceu com você depois? — perguntou Wes.

Ela deu de ombros.

— O de sempre. Custódia do governo. Cresci num lar coletivo. — Ela não mencionou o verdadeiro motivo pelo qual sua mãe a abandonara. Mesmo motivo pelo qual a sra. A tentou sair do país com ela.

— E eu achando que Shakes tinha uma história de fazer chorar. — Wes sorriu.

— Pior que a minha?

— Pede pra ele te contar depois, é impressionante. Deve ter sido horrível crescer desse jeito. Lar coletivo não é brincadeira. — Lançou um olhar solidário para ela.

— Pois é. — Nat fez que sim com a cabeça. — Pelo menos já passou. — Ela ficou comovida com a preocupação dele, ainda que pensasse haver um motivo escondido por trás, especialmente pelo modo como ele alternava sentimentos contraditórios em relação a ela. Nat era jogadora, entendia do negócio.

— Agora é a minha vez. Me conta, Wes, por que você aceitou esse trabalho? Eu não estou te pagando o suficiente... não pelos riscos que estão por aí. Qual é o seu interesse?

— Talvez eu queira ver o que tem lá fora também — defendeu-se ele. — Se existe um paraíso... eu não quero ficar de fora.

Mas Nat sabia que havia algo por trás daquele sorriso. Algo sobre o que ele não estava sendo honesto. Ela enfiou a pedra azul dentro da camisa.

Isso fazia dos dois desonestos.

WES VIU NAT SE AFASTAR DA AMURADA, depois voltou a olhar para a água. Ele se perguntou quanto da história dela era verdade. Quem era ela, afinal? Ela disse que o reconhecia de algum lugar, e Wes se perguntava se ela estava certa e ele apenas se esquecera. Mas tinha certeza de que se lembraria de tê-la conhecido. Ele coçou a cicatriz na testa. Engraçado ela ter ficado curiosa quanto à cicatriz, igual a Jules. A história de Shakes e a picareta no gelo era mentira. Mas talvez um dia ele lhe contasse a verdade. A que não contara nem para Jules.

No seu primeiro encontro com Juliet Marie Devincenzi, ela rira quando ele contou a história da avalanche, toda a confusão de como ele fez Shakes se sentir culpado pela cicatriz.

Wes ainda estava no convés, diante da amurada, quando Shakes o encontrou, olhando para uma foto que ele tirara da carteira.

— Guarda isso — disse Shakes, com uma careta. — Melhor deixar quieto.

— Eu sei, eu sei — concordou Wes.

— Olha, chefe, Jules era legal, mas... — Shakes deu de ombros.

— Mas?

— Você sabe por quê — o amigo o lembrou. Shakes nunca gostara muito de Jules e a culpava por alguns dos problemas deles.

Wes guardou a foto.

— Você acha que ela realmente morreu n'A Perda?

— É o que ouvi dizer. Qual é o problema, chefe? Ela deixou a gente na mão depois daquele bico no Trabalho dos Sonhos. Tudo bem, descanse em paz e tal, não gosto de falar mal dos mortos, mas ela pisou na bola feio com você.

— Não, cara. — Wes balançou a cabeça. — Não foi assim que aconteceu.

Ele conhecera Jules logo depois de deixar o serviço militar. Ela já dava as cartas na época, uma verdadeira profissional, e precisava de alguém forte, de um motorista e um veículo de fuga. Escolhera-o para o trabalho, por ter ouvido falar que ele tinha nome nas corridas da morte e sabia andar bem em Nova Vegas. Jules era alguns anos mais velha. Eles se deram bem logo de cara.

Wes nunca fora apaixonado por Jules, nem sabia que a amava até estar totalmente envolvido. Ela também o amava — ele nunca ia se esquecer disso. Teria feito qualquer coisa por ela a certa altura, mas ela pedira algo que ele não poderia dar.

— Nunca te contei, mas ela queria se casar, tirar a licença, o pacote completo — Wes disse a Shakes. — Queria ir embora também. Sempre falava em fugir para o Azul. Acreditava nele. Mas estava disposta a tentar qualquer lugar, K-Town, Xiang, talvez, tinha amigos que moravam em Shangjing.

— E você não?

— Não. — Wes balançou a cabeça. — K-Town não é lugar pra se morar, e como não tínhamos visto, eu achava que não conseguiríamos dar conta de viver em Xian como ilegais. — Só que tinha mais. A irmã dele, Eliza, estava em algum lugar e ele não podia ir embora sem descobrir o que acontecera com ela, se ela sequer ainda estava viva.

Juliet dissera que entendia e não insistira. Então eles ficaram em Nova Vegas e, aos poucos, de forma imperceptível, o amor começou a desaparecer e eles se afastaram. Jules quisera ir embora

— e ele a decepcionara. Wes viu que não conseguia conviver com a frustração dela. O sentimento o olhava na cara todos os dias. Ele não podia escolher uma, Jules ou Eliza. Ele se sentia perturbado, o sentimento destruía o amor que sentia, deixava-o furioso e travado. Shakes entendeu errado. Wes terminara com ela, não o contrário, pouco antes do bico no cassino Trabalho dos Sonhos.

Ele pegou a carteira e olhou para a foto dela de novo. Não tivera vontade de ter intimidade com mais ninguém depois disso. A equipe começou a chamá-lo de padre e brincar que era um celibatário. Ele não ligava. Começou a pensar que talvez os meninos estivessem certos, que ele desistira desse tipo de coisa, que não tinha mais interesse. Mas algo dentro dele ganhara vida ao conhecer Nat, e ele sentiu o início de algo familiar... não apenas atração, mas as brasas de uma emoção que reprimira por muito tempo. Ela não era mais a garota dele.

Natasha Kestal.

Não podia ficar com uma garota que precisasse de tantas coisas dele. Ele não tinha nada para dar. Seu coração estava tão remendado quanto o seu navio.

Nat.

Jules.

Quando soube que Juliet morrera no bombardeio, ele não quis acreditar, mas fazia pelo menos um ano que não a via. Um ano longo, solitário.

Ele se perguntou o que teria acontecido se tivesse beijado Nat, se tivesse agido à altura da ousadia — vira o olhar ela, o convite — e, mais do que qualquer coisa, se quisesse aceitar. Estava feliz por ter se contido, por não ter deixado Nat vencer. Ela estava jogando de alguma forma e ele não entraria nesse jogo. Estava jogando o próprio, como Shakes o lembrara.

— E aí, chefe, já perguntou a ela sobre aquela pedra? — quis saber o amigo. — Perguntou onde ela conseguiu? O que é?

— Quando chegar a hora, meu amigo — disse ele, pensando na safira azul reluzente que Nat usava. — Quando chegar a hora.

Talvez ele devesse tê-la beijado. Não era isso que ele estava querendo? Que ela se apaixonasse para que ele pudesse pegar o que queria? Então, por que não a beijara?

APÓS A CONVERSA NO OUTRO dia, eles evitaram ficar a sós. Wes não aparecia muito, fazia as refeições sozinho e quase não saía do alojamento do capitão. Nat tentava não pensar muito a respeito, nem em por que instigara aquele quase beijo, para começar. Ela esperava que ele viesse a gostar dela e pensasse duas vezes antes de aprontar. Era só isso. Então, por que se sentira tão estranha? Ele não era nada para Nat... e, ainda assim, ela quisera que ele a beijasse porque ela *o* quisera. Se eles já estivessem em Nova Creta, estaria livre de Wes, do navio e da sua confusão.

Ela passou a ler o seu livro perto das ferragens do leme, ficando algumas horas presa à história. Daran e Zedric também iam para lá e se sentavam longe dela, na proa, com as pernas pendendo acima da água. Daran dava o seu sorriso lisonjeiro de costume e perguntava se ela queria se sentar com eles. Ela balançava a cabeça e voltava ao livro.

Depois que seus olhos se cansavam, ela guardava o livro e olhava para o oceano. Estava preto e oleoso como sempre... mas, abaixo da superfície, ela via um reflexo... um clarão de luz? O que era aquilo?

Uma barbatana?

Um peixe?

Mas não havia mais peixes no mar, todo mundo sabia disso.

Mas era um peixe. Tinha que ser. Ela viu o clarão vermelho e brilhante rodopiar na água.

— Vocês viram isso? — Ela apontou.

Daran apertou os olhos para ver.

— Um costas vermelhas! — disse ele. — Só pode ser! Já vi fotos deles antes. Que louco... nada consegue viver nessa água!

— Não... Não é um costas vermelhas. É uma daquelas enguias — disse Zedric.

— Não, é o costas vermelhas, otário, não é enguia. É um peixe, ou você está com flagelo branco nos olhos.

Daran estava certo, era um peixe. Lembrou-se das fotos que vira de salmões em restaurantes de facsimisushi.

Nat ficou encantada.

— Por que eles ficam dessa cor?

— Aí você me pegou — resmungou Daran.

— É camuflagem — informou Zedric. — Quando a água estava azul esverdeada, os peixes também estavam, mas agora que as águas não estão azuis, os peixes também não estão. Eles mudam de acordo com a água.

Daran deu uma risadinha.

— Não sei de onde você tira essas coisas, mano.

Os três ficaram num silêncio amigável. Nat gostou. Os irmãos Slaine a assustavam, especialmente Daran. Ela estava prestes a descer quando ouviu Zedric gritar de repente. Ela se virou e viu que havia um pássaro branco pousado na antena do navio.

— O que é isso? — perguntou Zedric.

— É um pássaro — explicou Nat, perguntando-se como ele sabia o nome de um peixe desconhecido e, no entanto, não fazia ideia do que era um pássaro.

— Ele nunca viu um — justificou Daran, um pouco constrangido pelo irmão.

— Nem eu — suspirou Nat. Além dos ursos polares, os únicos animais que vira eram das filmagens antigas na net ou em livros de fotos de sobreviventes. Animais de estimação eram um luxo, uma raridade, e os zoológicos eram inexistentes em Nova Vegas. O governo, supostamente, mantinha reservas ecológicas com animais e plantas nos cercos, que custavam centenas de milhares de créditos de calor, enquanto o resto da população congelava, mas ela nunca tinha ido a nenhuma delas.

O pequeno pássaro branco era lindo, suas penas eram delicadas e lustrosas, os olhos negros brilhavam de curiosidade. Quando abriu as asas, mudou de cor de repente, ficando rosa, amarelo e turquesa. O redemoinho de cores era intenso sobre o fundo de névoa cinza. Mágico. O animal pulou no braço de Zedric e começou a dançar nos ombros dele. Nat sorriu.

Era um milagre encontrar uma vida tão vibrante no refugo e na lavagem do oceano escuro e poluído. A ave pulou do braço de Zedric para a palma da mão de Nat e a cumprimentou com uma bicada amigável. Em seguida, abriu as asas, inflou o peito e começou a cantar uma melodia maravilhosa, que ecoou sobre as águas.

Uma canção linda, Nat ficou deslumbrada. Mas os meninos ouviram a música de forma diferente. Eles taparam os ouvidos e gritaram de dor. Zedric se curvou e o rosto de Daran ficou vermelho.

— PARA! FAZ ESSA COISA PARAR! — Daran gritou com raiva.

— Ele vai atrair o lamentador! — Ele pôs a mão no bolso da calça, tirou a pistola e mirou no passarinho.

— NÃO! — gritou Nat, tentando proteger a criatura. Mas era tarde demais. A bala de Daran atingiu o alvo, e a ave soltou um grito de lamento ao cair no convés, com o sangue saindo do peito branco.

Nat ajoelhou-se para fazê-lo reviver, mas o pequeno corpo sem vida já estava frio. Morto. Era tão bonito e agora não existia mais. Ela ergueu a cabeça e encarou o soldado com raiva.

— Você o matou!

— Ei... — disse Daran, recuando.

Mas Nat foi para cima dele. Ela só quis empurrá-lo um pouco, mas, sem encostar as mãos nele, o fez voar para a outra ponta do convés, quase rolando para fora.

— Daran! — gritou Zedric, puxando o irmão de volta para a segurança. Ele ergueu Daran, ofegante. — O que aconteceu?

— Foi ela — disse Daran, apontando para a garota no meio deles.

Os dois soldados ficaram encarando Nat, que ainda segurava o passarinho morto. Ela o chamava num tom suave. *Volta pra mim, volta pra mim, meu amiguinho.*

— Desce agora — disse Daran. Nat olhou e viu que os dois estavam com armas apontadas para ela.

— Anda! — gritou Zedric.

Com a maior delicadeza possível, Nat largou o pássaro no oceano e foi descendo, pensando como conseguiria escapar dessa.

— Não toque nela! — Alertou Daran, enquanto eles apressavam-na a entrar na cabine do grupo e fechavam a porta.

— Vamos todos nos acalmar — disse ela, pensando rápido. — Aquilo foi um acidente... não fui eu... o navio deu um tranco. — Ela nunca ficara sozinha com eles antes e Wes tinha sumido. Onde ele estava? E onde estavam Shakes e Farouk? Na casa de máquinas, ela se deu conta, onde nunca conseguiriam escutá-la. — Eu não fiz nada!

— Fez, sim! — disse Daran, balançando a pistola, a expressão ameaçadora. — Eu senti. Você me empurrou... mas com a mente. Eu deveria ter percebido.

— A gente não devia ter aceitado trabalhar com essa equipe. Todo mundo dizia que Wes era louco... ingênuo... Agora temos certeza. — Zedric estava quase histérico. — O que nós vamos fazer? Vamos todos morrer!

— Cala a boca! — Daran gritou com o irmão. — Calma, ninguém vai morrer. Mas temos que nos certificar.

— De quê?

— De que ela é marcada.

— Eu não... eu juro... não sou marcada — disse Nat, horrorizada. — Vejam os meus olhos!

— Você poderia estar usando lentes — disse Zedric. — Ouvi falar disso, elas escondem as cores, deixam cinza os olhos marcados.

— Não estou!

— Prova — disse Daran. — Mostra pra gente que você não é marcada. — O olhar dele era malicioso.

— O que você está querendo dizer? — Nat sentiu um arrepio subir a espinha. Ela notara que Daran havia trancado a porta quando entrou. Ela estava sozinha com eles, e Wes estava na outra ponta do navio. Ela era burra demais. Era verdade o que dissera; não tivera a intenção de empurrar Daran. Ela não sabia como controlar seu poder. Nem tinha certeza se conseguiria invocá-lo agora. A voz na sua cabeça estava em silêncio. Ela a abandonara mais uma vez.

Daran disse furioso:

— Eu disse para provar.

— Não. Não. De jeito nenhum. — Nat balançou a cabeça. — Está falando sério? Isso é uma brincadeira?

— Vai, agora... mostra que você não tem — rosnou ele num tom ameaçador, arrancando o casaco dela dos ombros, e o irmão chegou a abrir um sorriso.

— Não! — Ela tentou pedir de uma forma diferente. — Vocês não deveriam fazer isso. Vocês sabem o que dizem que acontece quando a pessoa entra em contato com...

— Ora, ora, o que é isso? — disse Daran, concentrando-se na pedra pendurada no pescoço dela e que ficou à vista quando o casaco foi rasgado. — O que temos aqui?

— Você ouviu o que Shakes disse — lembrou Zedric.

— Ah, sim, ouvimos. O velho Shakes fala alto demais, e ouvimos ele perguntando da pedra pro Wesson. Dá pra ouvir tudo que eles dizem naquela amurada. O vento carrega o som até o leme, não é, Zed? O que o velho Shakes disse? "Você perguntou a ela sobre a pedra, chefe?" — disse ele, imitando a voz de Shakes de modo cruel.

— E todos sabemos que pedra é essa, não sabemos?

Daran estava tão perto que ela conseguia sentir a respiração dele em seu rosto e estremeceu de repulsa.

— Ah, entendi, você não gosta de mim, mas daria tudo para *ele*, não? Se entregaria de bandeja, bem provável, para o nosso líder destemido — Ele se aproximou ainda mais, olhando a pedra. — Típico de Wesson não cumprir o que combinou com a gente, hein, Zed? Não é um chefe muito bom, é? A gente já podia estar em Vegas, ricos feito reis...

— Não sei do que você está falando — disse Nat, cobrindo a pedra para protegê-la, dando um passo para trás.

— Me dá aqui — rosnou Daran. Ele tentou pegar a pedra...

— NÃO TOQUE NISSO! — gritou Nat e, num instante, ela era fogo e chamas, seus olhos ardiam verdes e dourados, queimando as lentes cinza. Zedric gritava e Daran erguia a mão, que estava pegando fogo.

Alguém abriu a porta com um chute e Wes apareceu no vão.

— O que está acontecendo aqui? — perguntou ele, e quando viu o que estava acontecendo, com um golpe poderoso, atirou Daran com força contra a parede.

— Que droga é essa? O que você pensa que está fazendo? — A voz de Wes era suave e perigosa.

— Tomando o que é meu por direito — zombou Daran, com a mão fumegante e vermelha. — Olha o que ela fez! OLHA O QUE ELA FEZ COMIGO!

— Ela é marcada! É um monstro! — gritou Zedric, curvado no canto.

Daran grunhiu e Wes o olhou com desprezo, os olhos escuros lampejando uma raiva penetrante. Ele jogou Daran contra a parede mais uma vez, tão nervoso que não conseguia falar.

— Você *sabia* o que ela era e a trouxe mesmo assim — acusou Daran. — Ela tem um tesouro maior que deus e você o deixa com ela! — Ele ardia de ódio. — Você nem tentou tomar dela! Que espécie de atravessador é você?

Wes deu um soco no rosto dele e o rapaz caiu, contorcendo-se.

— ELA ESTÁ APODRECENDO! — gritou Zedric.

— CALA A SUA BOCA! — ordenou Wes. Ele se virou para Nat, que já estava de pé e pusera o casaco de volta. — Você está bem?

Ela fez que sim. Wes foi ajudá-la, quando o barco começou a jogar para os lados. As redes e lâmpadas balançavam com força.

— Trashbergs que não estavam no mapa, só pode ser — disse Daran com a voz rouca, no chão.

— Shakes não consegue segurar o leme sozinho — disse Zedric, nervoso, encarando o irmão, que deu de ombros.

Wes olhou com raiva para os seus soldados.

— SAIAM! Mas ainda não acabamos — avisou ele, enquanto os garotos passaram por Nat, esbarrando nela de raspão ao saírem para subir a escada.

— VOCÊ ESTÁ BEM? — perguntou Wes, indo devagar na direção de Nat, mantendo o equilíbrio enquanto o navio guinava para estibordo. — Ele não... te machucou. Machucou?

— Não — disse ela, aflita. — Não se preocupe, eu nunca deixaria ele tocar em mim.

— Os meninos só sabem o que viram nas redes. Eu poderia jogá-los no mar agora, mas são a única equipe que eu tenho. Desculpe, não consigo fazer mais que prometer que vou fazer de tudo pra não deixar que cheguem perto de você até o fim da viagem.

Ela balançou a cabeça.

— Há quanto tempo você sabe sobre mim? — perguntou ela, os dedos tremendo um pouco ao fechar o zíper do casaco, cuidando para que a pedra ficasse escondida debaixo das muitas camadas novamente.

Wes ficou olhando para o teto.

— Eu não sabia, mas suspeitava.

— Você não se importou? Não achou que fosse... pegar? E apodrecer? — Ela fechou o casaco até o pescoço.

— Não — disse ele, num tom suave. — Essa coisa toda é mentira mesmo. Não dá para pegar a marca. Ou você nasce com ela ou não, certo? Não é uma doença.

Ela ainda estava tremendo com o calor e o fogo — ela poderia ter *matado* Daran. Pior: *quis* matá-lo, não quis nada a não ser atear fogo nele e depois sentiu a vergonha de ser quem era, um monstro. Ela não disse nada sobre a pedra, embora Wes soubesse, isso estava claro. Então, por que ele não tentara tomá-la dela, como Daran fizera?

— Foi por isso que a sua amiga, a sra. A, tentou sair do país, não foi? Porque você é marcada.

Nat ergueu os olhos verde-dourados para os olhos escuros dele.

— Eu tinha três anos quando entendi que as pessoas tinham medo de mim.

Ela contou a Wes sobre quando estava brincando no apartamento do vizinho. A sra. Allen às vezes a deixava lá quando ia trabalhar. Nat não gostava do menino com quem deveria brincar. Ele era mais velho e mau, beliscava-a quando ninguém estava olhando e nunca a deixava pegar o biscoito que ela gostava, além de mandá-la ficar de pé num canto por uma miríade de infrações banais. Ela tinha medo dele, e um dia ele contou à mãe uma mentira descarada, que fora ela quem jogara a bola pela janela, deixando o frio entrar. Depois, quando a mãe dele saiu da sala, Nat o empurrou. Ela não pusera a mão nele, mas o empurrara com a mente — jogou-o para o outro canto da sala, e ele bateu a cabeça com força na parede e ficou curvado no carpete, choramingando.

— Foi ela! Foi ela! — gritara ele.

— Eu não toquei nele! — berrara ela em sua defesa.

— Ela lhe empurrou? — perguntara a mãe.

— Não — dissera David. — Mas foi ela. — Ele olhara para ela com aqueles olhos escuros cruéis. — Ela é um *deles*.

Depois disso, Nat não era mais bem-vinda na casa dele, e quando a velha sra. Allen descobriu o que acontecera, começou a planejar a fuga delas.

— Eles a mandaram para MacArthur, não foi? Quando pegaram vocês na fronteira? — Wes ergueu o queixo dela com os dedos e tirou a lágrima do seu rosto com suavidade. A pele dele era áspera no rosto macio dela, mas ela se sentiu reconfortada com o gesto delicado. — É de lá que você vem. Você escapou.

— Sim.

Ele assobiou.

— Sinto muito.

— A culpa não é sua. Você não me pôs lá.

— Então é por isso que não conseguimos encontrar nada sobre você — disse ele. — Farouk é muito bom nas redes. Achei estranho você não ter um perfil on-line.

— Eles nos deixam de fora. É mais fácil desaparecer com alguém se a pessoa nunca existiu — disse ela.

— MacArthur é um hospital militar. Você fazia parte do programa de prodígios?

Ela olhou para ele, perplexa:

— Você sabia disso?

Ele fez uma careta.

— É, eu coordenei uma das primeiras equipes.

— A gente poderia ter trabalhado junto, então — disse ela.

— É por isso que eu pareço familiar?

— Talvez. — Ela hesitou. — Eu estava na equipe de Bradley. Meu comandante.

Agora era a vez de Wes ficar assustado.

— Ele era meu comandante também. — Ele franziu a testa. — Que tipo de trabalho você fazia pra ele?

— Se eu conseguisse lembrar... Eles bagunçam a nossa cabeça, sabe, para manterem as coisas em segredo, fazerem a gente esquecer... Eles usavam banhos gelados para, de algum modo, congelar as memórias. Eu nem sei quem sou, qual é o meu nome real — disse ela, ressentida.

— Eu gosto de "Nat" — disse ele, sorrindo. — É um nome tão bom quanto qualquer outro.

— Então agora que você sabe com certeza o que eu sou, o que vai fazer a respeito?

— Levá-la aonde você quer ir. Você está indo para o Azul, não está? Pode admitir agora.

Ela soltou o ar.

— Sim.

— Bom, então é pra lá que nós vamos. Vou te levar lá ou morrer tentando. OK?

— OK. Estou bem, pode ir agora.

— Tem certeza?

— Sei cuidar de mim.

— É o que você fica me dizendo. — Ele suspirou. — Olha, talvez seja melhor você sair da cabine da tripulação... Pode ficar comigo no beliche da cabine do capitão, se quiser.

— Obrigada — disse ela, e se viu dando um abraço desajeitado em Wes, surpreendendo os dois. Apertou o rosto contra o peito dele. Não era como no outro dia, quando ela estava flertando com ele. Ela queria abraçá-lo porque estar perto dele a fazia sentir-se melhor. Nunca percebera como ele era alto. Ela só ia até o queixo dele e podia escutar o coração dele batendo sob as muitas camadas de roupa.

— Você não precisa me agradecer — disse ele, dando tapinhas um tanto rígidos em suas costas. — Vou receber os seus créditos — brincou.

— É o que você fica me lembrando — disse ela, baixinho.

Eles ficaram no meio da cabine, simplesmente se abraçando, e ela sentiu um consolo no calor dos braços dele.

— Você sabia desde o começo, não? — sussurrou ela. — Que eu era marcada?

— Se eu sabia, isso importa? Você não tem que esconder mais. Não no meu navio, pelo menos. Além disso, seria uma pena esconder os seus olhos.

Ela sentiu a respiração dele no rosto.

— Por quê?

— Porque são lindos. — Seus rostos estavam a centímetros de distância e ela tremia nos braços dele. Ele se inclinou para perto e ela fechou os olhos...

Então o navio virou para bombordo novamente, jogando os dois contra a parede. Eles ouviram um som insuportável — como uma lousa sendo arranhada —, um lamento agudo e dissonante e depois, uma batida estridente, enquanto se afastavam um do outro.

— Vai lá — disse ela, empurrando-o. — *Vai!*

Wes balançou a cabeça e xingou, correndo para fora da cabine para ver o que acontecera com o navio.

O SOM FICOU MAIS ALTO E MAIS insuportável. Wes tapou os ouvidos ao correr pelo convés na direção da ponte de comando. Ele hesitou por um instante, paralisado, quando viu o que havia acontecido. Era pior do que imaginara. Agigantando-se acima dele, estavam duas montanhas de lixo flutuante, um trashberg duplo, composto de máquinas enferrujadas. Lembranças de uma civilização morta e de um estilo de vida diferente — malas de couro com letras douradas, máquinas de café cromadas com alavancas e mostradores complexos, garrafas de sabonete líquido com rótulo francês e óculos de sol de estilistas famosos — coisas das quais Wes ouvira falar, mas nunca vira. Era tudo lixo agora. O metal enferrujara, o couro esmaecera, o papel apodrecera com o bolor, até o plástico feito para nunca degradar estava rachando e derretendo. Tudo se misturava na formação de uma nova paisagem, uma montanha flutuante coisas descartadas.

Primeiro Daran e agora aquilo — o dia podia fica pior? Ou ele só estaria irritado por ter perdido mais uma oportunidade de beijar Nat? Ele fora sincero, mas estava surpreso com a profundidade dos seus sentimentos. Ficara preocupado quando não a viu lendo no convés — a ausência dos irmãos Slaine o perturbara também —, quando ouvira os gritos, temeu o pior. E vê-la daquele jeito, o casaco puxado nos ombros... poderia ter batido a cabeça de Daran no chão até ele ficar imóvel. Wes sentiu asco e vergonha da sua equipe e se questionou se tomara a decisão certa ao contratar os meninos.

Farouk encarava o sistema de navegação e ergueu a cabeça nervoso quando Wes se aproximou.

— Não estavam no radar, juro, saíram do nada — disse ele.

— Qual é a gravidade? — perguntou Wes, dirigindo a pergunta a Shakes, que estava ao leme.

Shakes não podia responder, uma vez que estava jogando todo o seu peso para puxar o leme a estibordo com a ajuda de Daran e Zedric, um de cada lado, os três se esforçando para guiar o navio, enquanto os trashbergs espremiam Alby entre eles, as pilhas de aço partido e vidro estilhaçado cavando um talho longo, feio, no casco do navio, pressionando o metal espesso.

— Saiam! — gritou Wes, assumindo o leme. — Não dá pra sair daqui direcionando o leme! — Ele segurou as alavancas de câmbio. Os dois motores e suas hélices estavam lado a lado, e ele achou que se pusesse um na ré e o outro para frente, eles forçariam o barco a girar.

Mas o casco continuou a rasgar. Wes acelerou o motor ao máximo que ousou.

— Ele vai aguentar! — disse Wes. — FIRME AGORA! — A proa estava começando a virar, forçando metade do navio a empurrar um monte de lixo. Ele se moveu rápido para manter o equilíbrio quando o trashberg empurrava por baixo, erguendo a frente do barco de modo arriscado para fora da água.

— Vamos perdê-lo! — alertou Shakes.

Wes olhou para o leme com fúria.

— Não sob a minha guarda! AGUENTA! — Ele pôs os dois motores em ré, e o casco vibrou enquanto ele lutava pelo controle do navio. O guincho ficou mais alto à medida que o barco empurrava o beemote. A água atrás deles começou a borbulhar com o giro desenfreado das hélices, presas no seu próprio rastro. Parecia que as montanhas de lixo reivindicavam o navio como sendo parte delas.

Shakes gritou quando uma onda de destroços tombou sobre o convés, mas isso foi o pior que aconteceu. Como os dois motores tinham sido retirados de ex-petroleiros militares, eles iriam dilacerar o barco antes que acabassem de girar. Mas Wes entendeu que podia aproveitar a potência deles direcionando o motor estibordo para frente, deixando o outro acelerar em ponto morto por um momento. Ele estava usando os dois motores para os tirarem dos trashbergs só com a força.

Eles viram quando geladeiras quebradas, torradeiras enferrujadas, sofás ensopados e uma mesa de centro sem duas pernas caíram do céu e se estraçalharam nas tábuas do piso. Os móveis deslizaram juntos, formando salas de estar grotescas antes de serem carregados de volta para o oceano quando o navio inclinou para o outro lado. Uma Barcalounger mofada ficou no convés, o couro cheio de furos.

Wes segurava firme o leme, lutando com os freios e desviando dos trashbergs, até ficarem em águas relativamente calmas.

Farouk deu um tapa nas costas dele.

— Conseguimos.

Ele fez que sim com a cabeça e relaxou as mãos.

— Segura — disse a Shakes. — Vou verificar os danos.

No convés, ele viu Nat ajudando os meninos a limpar tudo. Os irmãos Slaine não eram bobos de chegar perto dela, notou com irritação. Teria que lidar com eles depois. Deixá-los com medo de deus, se estavam achando que poderiam sair ilesos com aquele tipo de coisa que fizeram sob a guarda dele.

— Está muito ruim? — perguntou Nat, pondo um cachecol em torno do pescoço.

— Ficamos presos no meio de um campo de lixo. — Wes suspirou.

— Vamos ter que contornar. É perigoso passar perto demais deles. Poderíamos acabar presos numa pilha de lixo, ou pior, enterrados debaixo dela.

Shakes chegou para ajudar e empurrou uma espreguiçadeira para as águas agitadas.

— Acho que a sua viagem acabou de ser prolongada — disse ele.

— Maravilha — suspirou ela.

Wes enxugou a testa com a luva e olhou acima do parapeito para examinar o talho feio e longo na lateral do seu barco.

— Por sorte, não atingiu o casco interno.

— Senão...

— Estaríamos afundando, literalmente — disse Shakes, animado. — Mas não se preocupe, isso não aconteceu ainda.

— O bom é que não cobro por quilometragem, senão você estaria encrencada — disse Wes, com um sorriso contraindo o canto da boca.

Nat começou a rir, mas seu riso rapidamente virou uma tosse. Ela enfiou o rosto no braço.

— Bom, isso não é uma perfumaria, com certeza.

Wes suspirou. Os trashbergs cheiravam pior que o oceano, e a ideia de estender a viagem ainda mais seria um desafio para todos, mas Wes não podia deixar que afundassem no desânimo.

— A coisa parece feia, mas podemos remendar, não, Shakes? — perguntou ele.

— Já fizemos antes — Shakes fez que sim. — Vamos começar já. — Ele olhou fixamente para Nat. — Ei... você está diferente. O que é? — Ele apertou os olhos diante do rosto dela.

— Meus olhos — disse ela, com timidez. — Não consegue ver a diferença? Sério?

— Nosso amigo Shakes é daltônico. — Wes piscou. — Tudo bem, Farouk vai lhe atualizar — disse ele, e o menino mais novo ficou de boca aberta para Nat, sem dizer nada.

— Anda, não fica olhando pra ela — disse Shakes, empurrando Farouk para que eles pudessem voltar para a ponte de comando, deixando Wes e Nat no convés. Enquanto o barco deslizava para fora das sombras dos trashbergs, eles conseguiram ver a extensão completa da montanha de lixo.

— Não tem fim — sussurrou Nat, fascinada com o imenso zigurate de podridão, decomposição e coisas descartadas na sua frente.

— Continentes de lixo — disse Wes.

Nat balançou a cabeça, perturbada com a visão de todo aquele desperdício. O mundo estava acabando de forma irreversível, dominado por descartes, do País do Lixo aos oceanos tóxicos, e o restante era uma terra baixa, congelada e inabitável. Que espécie de lugar era esse para se crescer? Em que tipo de mundo eles haviam nascido?

— É assim... em todo lugar... em todas as águas? Com certeza, em algum lugar, as águas são limpas? — perguntou esperançosa.

Wes encolheu os olhos.

— Talvez. Se o Azul for real. — Ele tirou o localizador do bolso e começou a digitar uma nova rota na tela verde piscante. Ele surrupiara o telefone de satélite num VTL abandonado alguns anos antes, no País do Lixo. Era padrão militar e tinha a habilidade de monitorar e mapear um trajeto a partir de dados de satélite em tempo real. Se fosse pego usando ou tentando vender a coisa, sua cabeça ia rolar, mas ele o guardava para emergências. — Vamos ter que sair bastante do nosso percurso para escapar deles. Alguns têm quinze ou vinte quilômetros de largura e há maiores girando por todo lado.

À medida que o barco seguia lentamente pelas águas agitadas, a espuma ficava mais descontrolada do outro lado das montanhas de lixo, e águas escuras e imundas se erguiam em ondas, caindo sobre o convés mais uma vez.

— Vem, vamos sair daqui — disse Wes, estendendo a mão para ajudá-la a não pisar na água tóxica.

Ela segurou a mão dele e os dois desceram com cuidado até as cabines inferiores.

— Vou aceitar a sua oferta, se não se importar — disse ela, enquanto desciam a escada, e ele soltou a sua mão. — De mudar de cabine, digo.

Wes fez que sim.

— Claro.

Nat observou-o em silêncio, perguntando-se o que teria acontecido se o navio não tivesse batido no trashberg, se eles tivessem conseguido... se Wes tivesse... que diferença fazia? Pelo menos ele não a jogara no mar quando descobriu a verdade. Isso não bastava? O que ela queria com ele, afinal? Nat não poderia sentir o que estava sentindo, se é que estava sentindo alguma coisa por ele.

Mesmo assim, ela transferiu seus escassos pertences para a cabine dele. Em vez de redes, o alojamento do capitão tinha uma cama de verdade. Uma cama. Uma cama pequena.

— Hm, Wes?

— Sim? — disse ele, tirando as botas e o suéter, o que fez com que sua camiseta subisse acima do cinto, e, por um breve momento, ela viu os músculos rígidos do seu abdômen.

— Nada, não. — Ela guardou suas coisas no suporte e subiu na cama, tentando ficar bem no canto da direita, quase caindo.

— Eu não vou tentar nada, se é com isso que está preocupada — disse ele, parecendo se divertir.

— Quem disse que eu estou preocupada? — defendeu-se ela, enquanto ele se deitava rapidamente ao seu lado. Seus corpos estavam a apenas centímetros de distância e, quando ela se virou para ele, seus rostos estavam tão próximos sobre o travesseiro que quase se tocavam.

— Boa noite — sussurrou ele.

— Durma bem. — Ela sorriu e fechou os olhos. Eles estavam protegidos do lixo tóxico, mas, ali embaixo, o balanço do navio era pior. Ela se inclinou na beira da cama com ânsia de vômito. Se havia qualquer ideia de romance nesse momento, tinha simplesmente saído pela porta.

— Toma — disse Wes, passando um bracelete de metal para ela. — Vista. Ajuda com o enjoo.

Nat limpou a boca e aceitou com um sorriso agradecido. Sentiu um agito no estômago que nada tinha a ver com o mar.

— Obrigada.

— Não é tão bonito quanto aquele amuleto da sorte que você está usando, mas deve dar conta do recado — disse ele.

Amuleto da sorte?

Ele se referia à pedra que ela usava. Ela não disse uma palavra, mas ficou inquieta. Wes não era Daran. Mas ela não podia ter certeza... ele queria deixá-la segura? Ou só queria a pedra?

AVANÇAR POUCO A POUCO pela água sombria era como caminhar no piche pegajoso e com espuma, enquanto o cheiro de lixo apodrecendo permeava o ar. Os dias pareciam semanas. Cada dia era igual ao anterior: céu cinza, água escura, junto ao som monótono das ondas batendo nas laterais do barco.

 A tripulação passava o tempo com seus jogos portáteis, tomando muita bebida ilegal, tocando metal reggae nas alturas, entediados, apáticos. Nat manteve distância dos irmãos, que já estavam na deles de qualquer modo, permanecendo nas áreas isoladas do navio, cochichando um com o outro. Às vezes ela os ouvia gritar e se perguntava o que estariam fazendo. Ela notou que Zedric lhe lançava olhares de arrependimento de vez em quando, enquanto Daran era um fantasma. O que quer que Wes dissera, funcionara. Ele não conseguia sequer olhar na direção dela. Ela gostou de ver que mão dele ainda estava enfaixada. *Queimado*.

 Nat supôs que Wes tinha contado a Shakes e Farouk sobre ela, uma vez que eles não faziam nenhuma pergunta — ou talvez, assim como Wes, eles não se importavam que ela fosse marcada. Pelo menos, era o que ela esperava. Imaginou que estivessem ocupados demais com o estado no navio para prestar atenção nela. Wes não disse mais nada sobre a pedra que ela usava e Nat não tocou no assunto. Os meninos passavam os dias consertando o casco, remendando os buracos, soldando camadas de chapa de aço que Wes tinha guardado no depósito exatamente para esse tipo de eventualidade.

Nat viu que tinha pouca folga. Quando estava nas cabines de dormir, passava mal com o balanço do navio, e quando estava no convés, o cheiro era pior. A equipe passou a usar bandanas sobre o nariz feito bandidos, e ela ficou feliz por ter se lembrado de ter trazido seu lenço de seda. Ele ainda cheirava ao frasco de perfume que ela deixara sobre a cômoda, embora não soubesse se isso chegava a ajudar, uma vez que, depois de algum tempo, ela passou a associar o cheiro doce de jasmim ao fedor pútrido de decrepitude.

Os soldados estavam mal humorados, depois que a adrenalina de salvar o navio e a pele de todos baixara. A equipe estava irritadiça e cheia de não me toques. Daran e Zedric, ainda por cima, estavam ressentidos, e até Shakes, que parecia uma pessoa animada, ficava sobressaltado e irritável com frequência. Como a viagem ia levar o dobro do tempo que eles haviam planejado, as porções de alimento estavam ainda menores do que eles haviam esperado. Todos estavam enjoados e com fome, e, depois de alguns dias, Nat aprendeu a conviver com uma dor de cabeça latejante e tontura.

Naquela manhã, ela encontrou Shakes na galera, mastigando um pedaço de casca de árvore.

— Posso comer um pedaço? — perguntou ela.

Shakes fez que sim, passando um ramo a ela.

— Ajuda a matar a vontade de comer alguma coisa — disse.

Horas antes, Wes havia liberado um quarto de sanduíche de panqueca de carne e ovo para todos de café da manhã. Ele o cortou em seis partes e o deixou aquecer na tampa do motor por meia hora antes de distribuir. E só. Enquanto comiam, Nat lhes contou que, antes das enchentes, a gordura era um sinal de pobreza e que os ricos exibiam seu status fazendo dietas extremas — "limpezas" com sucos e férias em spas, onde pagavam pelo privilégio de não comer. Nenhum deles acreditou nela.

Ela mastigou o pedaço de madeira na boca e cuspiu.

— Com você consegue comer isso? — Ela tossiu.

Shakes sorriu.

— A gente faz qualquer coisa pra sobreviver. — Ele pegou a casca de volta, as mãos tremendo um pouco.

Nat abriu uma lata de Nutri. No depósito havia o suficiente para séculos. Ela deu um gole, sentindo o gosto do líquido insosso e morno.

Ela viu a mão de Shakes dar tremeliques segurando a casca, um tremor nervoso como o das asas de um beija-flor.

— Você toma alguma coisa pra isso? Ouvi dizer que tem uma droga nova agora que ajuda no tremor de flagelo branco.

— Ah, isso? — perguntou Shakes, erguendo a mão e vendo-a tremer. — Eu não tenho FB, como o chefe. Isso eu tenho desde bebê.

— Espera... Wes tem flagelo branco?

— Sim, você não notou? Os olhos dele incomodam às vezes — disse Shakes.

— Não tinha notado. — Ela sentiu uma dor por Wes, agora que soube. Não é doença, ele dissera, sobre ser marcada. Não, não como a dele. — Desculpe por ter achado que você tem. — Nat ficou constrangida.

— Não, não peça desculpa. É um erro comum. — Shakes sorriu.

— O que aconteceu? Wes me disse que a sua história era impressionante.

— E é. Ele contou que eu tenho um irmão?

— Não.

— Tenho. Mais velho. Patrick. Nossos pais eram gente boa. Civis que seguiam as regras, não como nós — disse ele, sorrindo. — Conseguiram licença para os dois filhos. Queriam mais de um. Caro, mas podiam arcar. Queriam que Pat tivesse um irmão, para brincar junto. Um dia bateram à porta. Acabou que a minha mãe preencheu parte do formulário de licença errado. Segundo filho negado. Eu era ilegal; não era um cidadão. Sabe como é, o país fica no aperto e começa a procurar desculpas para receber. Vai saber se a minha mãe realmente chegou a cometer aquele erro. Mas não importava. O Controle de População estava agindo no caso. Eu tinha três, quatro anos, não tenho certeza. Seja como for, o agente de cobrança me agarrou e foi em direção à porta, enquanto a minha mãe agarrava a minha perna, e os dois começaram um cabo de guerra bem ali na sacada. Eles ficaram puxando e empurrando e, por algum motivo, o cara me deixa cair e eu bato a cabeça bem no concreto. *Tum!*

Ela cobriu a boca, horrorizada, mas Shakes só sorria, deixando claro que se divertia com a história.

— Eu comecei a ter uma convulsão, né, e o agente a ter um ataque. Eles podem vender bebês no mercado negro por um bom dinheiro, só mais uma forma de manter a máquina de guerra funcionando, mas ninguém quer um produto com defeito. Ele não me quer mais, diz para a minha mãe e meu pai. Nem pede desculpa, e deixa com eles também a conta do hospital.

— Ai.

— Meus pais não ligaram... conseguiram ficar comigo. — Shakes sorriu. — Claro que isso levou eles à falência, e, por isso, tive que me alistar.

— Que horrível — disse Nat, baixinho.

— É a vida. — Ele não parecia muito perturbado. — Eu tenho apagões também, às vezes, ataques epiléticos. Todo mundo pensa que é só flagelo, então, consigo passar por normal.

— Não tenho certeza se "normal" é a palavra certa. — Nat sorriu. Ele deu uma risadinha.

— Poucos discordam de você nisso.

— E os seus pais ainda estão por aí? — perguntou ela.

— Só o meu pai — respondeu Shakes.

— Vocês são próximos? — Ela sabia que estava cutucando, mas sempre sentia curiosidade em relação a pessoas que ainda tinham pais.

— Na verdade, não. — Shakes fez uma careta e jogou o galho no lixo. — Nunca fomos, acho, já que ele nunca perdoou minha mãe.

— Por ter deixado você cair?

— Por me *ter* — disse ele. — Ele não é um cara ruim, mas você sabe como é.

Ela não sabia, mas fez que sim, sendo compreensiva.

— Então tentaram levá-lo... como fizeram com a irmã de Wes.

— Irmã de Wes?

— Ele disse que levaram a irmã porque os pais não solicitaram a licença para segundo filho.

— Foi o que ele te contou de Eliza?

— É.

Shakes não disse nada. Só ficou confuso.

— Mas eu pensei...

— Pensou o quê?

— Que eles tinham licença. A justiça faz uma exceção no caso deles, sabe. Porque Elisa e Wes... Eles eram gêmeos.

— Hã? — Ela não sabia o que dizer diante disso.

— Ele sempre me disse que...

— Que o quê?

Shakes jogou o galho.

— Nada. Esquece que eu disse alguma coisa. — Ele parecia nervoso.

Ela viu o desconforto dele e mudou de assunto.

— E o que você vai fazer depois disto?

— Depois de a deixarmos lá? Voltar a trabalhar na segurança do cassino, acho. Talvez até lá eles tenham perdoado o velho Wesson.

Nat sorriu.

— Obrigada pela casca.

— Disponha — disse Shakes, batendo continência.

27

DARAN ESTAVA TENTANDO PEGAR A PEDRA, e ela lutava, mas desta vez não houve como escapar. Ele zombava dela, ria, e ela estava com muito frio, muito frio, e não havia o que fazer, o fogo não acendia, o passarinho branco estava morto, não havia ninguém para ajudar, ninguém para arrombar a porta, ela estava totalmente sozinha e ele tomaria a pedra dela, depois a jogaria no mar para morrer. Ela ficou com raiva, muita raiva, mas não havia nada, ela não podia fazer nada. Estava fraca, indefesa, furiosa, assustada, e chamava... gritava... e ouviu um barulho terrível, algo guinchando...

Choramingando...

Nat despertou ao som de um grito agudo e alto ecoando através das paredes da cabine. Ela se esforçou para sair do atordoamento do sono e viu Wes de pé, paralisado no meio da cabine, sem camisa, com a calça do pijama, escutando.

— O que é isso? — sussurrou ela. Era um guincho longo, agudo, um uivo fantasmagórico, sobrenatural, como o som no seu sonho. Ela estava com frio, muito frio, como no sonho, muito frio.

Wes balançou a cabeça e vestiu um suéter, e ela foi atrás dele. Saíram da cabine e encontraram o resto do grupo de pé, imóvel, diante das suas cabines, escutando aquele som estranho, horrível.

— Carpideira — disse Zedric, a voz falhando.

O grito agudo continuou, e Nat achou que Zedric estava certo, havia algo no som que parecia luto, o som de lamento — depois ela o compararia aos gemidos de uma mãe que perdeu o filho. Era um choramingo, um tipo de dor em dobro.

— Carpideira. Como as carpideiras de funeral — disse Nat, pensando nos ritos funerários extravagantes que haviam se tornado norma para quem podia pagar, nos quais enlutados profissionais eram contratados para lamentar, chorar e puxar os cabelos para mostrar o nível de riqueza e a profundidade da perda da família. Quanto mais elaborada a demonstração de tristeza, mais cara. Como tudo naqueles dias, era uma tradição que começara em Xian e se espalhou para o resto do mundo sobrevivente.

Nat trabalhara como carpideira uma vez, caminhando na frente de um dono de cassino de alto nível. Aprendera os truques para fingir um bom choro — algumas gotas de Nutri para as lágrimas começarem a rolar, depois um pouco de imaginação — e logo ela estava chorando de soluçar. Não era tão difícil acessar a tristeza que ela tinha dentro de si. O gerente de cassino que a contratara ficara impressionado, oferecera um emprego fixo de carpideira, mas ela não queria mais. Ficara emocionalmente exaurida depois da experiência, espremera e secara a alma por um executivo qualquer que não se importava com o fato de seus funcionários terem de pagar o custo dos próprios uniformes e moradia com seu salário minúsculo.

— Está aí fora — repetiu Zedric, e fez o sinal da cruz. — Vindo nos pegar...

Daran deu um tapa na cabeça do irmão.

— Se controla, cara! — Ele se virou para Nat, com raiva. — Eu te disse... Eu disse que aquele passarinho ia chamar ela! Aquele passarinho era mau agouro!

Até mesmo Shakes e Farouk pareciam nervosos, mas Wes fez uma cara de desprezo.

— A carpideira é só mais uma história de bicho papão para afastar as pessoas da água.

— Só porque ninguém nunca viu não quer dizer que não existe — falou Zedric, mal-humorado.

— Você tem razão, as pessoas só ouviram os gritos — Wes fez que sim com a cabeça. — O lamentador é um mito tão antigo quanto esse mar morto.

— O que é o lamentador? — perguntou Nat.

— Um tipo de animal, dizem, como um dinossauro, um monstro do Lago Ness, embora fosse um milagre existir qualquer coisa que tenha sobrevivido neste oceano. — Wes fez um gesto de beber um copo d'água. — Se você engolisse meio copo dessa água tóxica todo dia, gritaria desse jeito também.

O som foi ficando mais alto e Nat pensou ter ouvido palavras naquele barulho horrível. O lamento parecia fazer sentido de alguma forma, como se estivesse se comunicando, enviando uma mensagem para o outro lado do oceano. Então a coisa ficou em silêncio e Nat prendeu a respiração, esperando que ela fosse embora.

O som era tão familiar...

— E se não for um animal, o que é, então? — perguntou ela.

— Gente. Gente morta — explicou Wes. — Alguns dizem que a carpideira é um fantasma de todos os espíritos daqueles que foram levados pelas águas negras. Os peregrinos que os traficantes de escravo enganaram e largaram, as almas dos escravos que foram jogados no mar quando não tinham mais utilidade para os seus mestres, ou não conseguiam um bom preço nos mercados de carne humana. Estão presos juntos, condenados a assombrar os oceanos mortos para sempre.

Nat estremeceu com a ideia. Se a carpideira era só um tipo de thriller — só que sabia nadar — então, por que ela sentiu que conseguia entendê-la, quase como se sentisse a sua dor? Nat começou a tremer com uma força violenta, começou a bater os dentes e sentiu como se fosse desmaiar.

171

— Nat.. o que foi? — Wes a abraçou, esfregando os braços dela com os dele, envolvendo-a. — Você está tremendo... é melhor voltar a dormir.

Eles enrijeceram quando o ar se encheu de gemidos graves e longos, ecoando da água fria. O volume dos gritos aumentou e os sons não estavam mais distantes, e sim mais altos, cada vez mais próximos.

— Ela está aqui! — sussurrou Zedric, quando um estrondo ressoou do teto.

— Alguma coisa bateu no navio! — gritou Farouk.

— O que foi agora? — murmurou Wes, soltando Nat. Ele correu até os degraus que levavam ao convés para ver o que acontecera, mas foi jogado para trás quando outro estrondo ecoou pela cabine. Então, depois veio o som de algo rasgando, um barulho terrível, alto e nervoso, como se o navio estivesse sendo dilacerado.

— MAS QUE...

O barco deu um tranco quando o primeiro motor morreu. Começou a girar num arco amplo, indo com tudo para um dos lados, quando o motor restante os levou a fazer um círculo fora de controle. Um momento depois, o segundo motor falhou de modo abrupto e o navio reduziu até parar.

— Os motores! — Shakes gritou, enquanto Wes dava um salto para subir a escada correndo, mas Farouk o puxou para trás. — Para! Não sabemos o que tem lá!

— Me solta! — disse Wes, empurrando Farouk.

Nat subiu a escada atrás dele.

— Fica aí! — gritou ele.

— Não. Se tiver alguma coisa lá, talvez eu possa ajudar!

Ele balançou a cabeça, mas não discutiu.

Eles correram juntos até o convés e olharam para baixo. Havia uma tampa de motor de aço enorme no convés de popa, jogada de cabeça para baixo como o casco de uma tartaruga. A outra tampa afundava rapidamente nas águas negras. Apenas os buracos dos parafusos permaneciam onde as tampas haviam sido arrancadas das plataformas. No porão, o motor de estibordo não passava de um vazio negro e fumegante — uma mangueira quebrada lançava gás e água para dentro do poço. Havia um buraco no fundo do navio, onde as hélices tinham sido arrancadas, e a água derramava para dentro da cavidade. O motor de proa ainda estava no lugar, mas danificado de maneira inacreditável. Seu suporte espesso de aço estava fundido, derretido, como se tivesse passado por um alto-forno. Havia cacos da máquina espalhados por todo o convés. Um motor fora arrancado do navio de forma intencional e o outro estava totalmente queimado.

— Ali! — disse Nat, apontando para algo ao longe, onde a escuridão se aglutinava em torno de uma figura gigantesca, de chifres, acima da água.

— Onde?

— Pensei ter visto alguma coisa... — Mas quando ela olhou de novo, uma luz fraca brilhou entre as nuvens e o que quer que fosse desaparecera. Ela pestanejou. Fora apenas uma ilusão de ótica?

O resto da equipe foi subindo aos poucos. Daran chutou os restos do motor, enquanto Zedric murmurava baixinho orações de vodu.

— A carpideira fez isso... fomos amaldiçoados — sussurrou ele.

Shakes suspirou.

— Os trashbergs já eram. — As montanhas gigantes de lixo era o menor de seus problemas agora.

— Estamos presos! — choramingou Farouk. — Sem motor, estamos parados na água.

— Parece que sim — concordou Wes, franzindo a testa.

Nat ficou em silêncio enquanto o grupo contemplava o desastre mais recente.

Eles estavam à deriva num mar ártico vasto e tóxico.

28

NINGUÉM DORMIU. QUANDO A MANHÃ finalmente chegou, Nat encontrou a equipe reunida no convés. Wes ordenara que todos voltassem para a cama na noite anterior, os irmãos Slaine resmungando irritados, Farouk choramingando um pouco, diante do último contratempo da perda dos motores. Somente Shakes e Wes pareciam imperturbáveis.

— Isso não é nada. — Shakes sorriu. — Quando estávamos no Texas, passamos um mês sem comer, certo, chefe?

Wes balançou a cabeça.

— Agora não, Shakes.

— Certo.

Os meninos estavam armando uma vela, e Nat viu Wes passar um pé-de-cabra curvo por baixo de uma placa no centro do convés e erguer um quadrado de aço. Zedric ergueu mais dois painéis da mesma maneira.

— Compartimentos secretos? — Nat sorriu.

— Este é um barco de atravessador — disse Wes, com um sorriso largo.

Nat olhou para baixo, para o porão, através de um zigue-zague de suportes de metal, e viu um pano molhado, amarrado em torno do mastro de aço.

Uma vela.

Ficou impressionada.

— Você sabia que isso ia acontecer?

— Não, mas eu me preparo pra tudo. Não se pode navegar pelos oceanos sem uma vela. — Wes encolheu os ombros. — Mas nunca achei que fosse precisar. Nunca achei que Alby fosse se transformar num navio do século XV. Está bem, puxem para cima, garotos — ordenou.

Shakes sorriu.

— Está vendo? Eu disse que temos alternativas.

— É, não estamos mortos na água ainda — disse Farouk. — Vamos, Nat, você sabe que nós somos bons.

— Farouk, para de flertar com a moça e me ajuda aqui — resmungou Wes, e os meninos fizeram força para erguer a vela improvisada.

— Belo trabalho — disse Nat, aproximando-se e pondo a mão no braço dele, um gesto afetuoso que não passou despercebido por ele. Nem pela equipe. Ela sentiu Wes se enrijecer sob o toque dela, como se um relâmpago tivesse se iluminado entre eles.

— Quem está flertando com a moça agora? — Shakes riu.

Nat corou e o sorriso de Wes ficou mais intenso.

Houve um momento de solidariedade e ela sentiu que, após o horror do que acontecera antes, as coisas haviam se estabilizado. A vela pegou vento e, por ora, tudo ficaria bem.

À noite, Nat recolheu-se para a cama na cabine de Wes. Ele já estava dormindo na cama, com um braço jogado sobre os olhos. Dormia como uma criança, ela pensou, olhando com carinho. O navio seguia em silêncio pelo oceano, o balanço parara por um momento e Nat ficou contente. Virou-se de costas para Wes, trocou de roupa rapidamente, vestindo uma camiseta, e se deitou ao lado dele.

— Boa noite — sussurrou Wes.

Nat sorriu para si. Então ele não estava tão apagado quanto pensara. Ela se perguntou se Wes a teria visto sem roupa e percebeu que não se importava — estava mais do que um pouco intrigada com a ideia. Só o que ela precisava fazer era se virar e pôr os braços nele... Em vez disso, ficou brincando com a pedra pendurada no pescoço. O luar refletiu nela, formando um arco-íris de cores pela pequena cabine.

— O que é isso? — perguntou Wes, a voz baixa na escuridão.

Nat respirou fundo.

— Acho que você sabe... era de Joe.

— Ele te deu.

— Eu pedi. — Ela sentiu Wes agitar-se no escuro, ao seu lado, e sentar-se, olhando fixamente para a pedra.

— Você sabe o que é?

Nat sentiu uma inibição temerária tomar conta dela, e a voz na sua cabeça ardia — dizendo-lhe para ficar em silêncio — mas ela não ficou.

— É o Mapa de Anaximandro.

Os contrabandistas e comerciantes deram-lhe o nome do filósofo grego antigo que mapeou os primeiros mares. Mas nas ruas as pessoas o chamavam apenas de Mapa para o Azul. Os peregrinos acreditavam que o Azul não apenas era real, mas que ele sempre existira como parte deste mundo, apenas escondido da visão e recebendo diferentes nomes ao longo da história — entre eles, Atlantis e Avalon. Eles juravam que as histórias que foram transmitidas com o passar das eras — descartadas por serem consideradas mitos e contos de fadas — eram reais.

Ela o viu processar a informação. Sempre supusera que ele sabia que ela estava com o mapa e que essa era a verdadeira razão pela qual aceitara o trabalho. Atravessadores como Wes sabiam de tudo que havia para se saber sobre tudo em Nova Vegas. Wes podia ser uma pessoa boa, mas não era burro.

— Você conhece a história, não? — perguntou Wes. — Que Joe ganhou a pedra num jogo de cartas?

— Na verdade, não.

— Dizem que o cara de quem ele ganhou foi assassinado com um tiro na Faixa no dia seguinte.

Nat ficou em silêncio.

— Por que você acha que ele ficou com ela por tanto tempo? — perguntou Wes.

— Sem usar, você quer dizer?

— É.

— Não sei.

— Você acha que é de verdade? — quis saber ele.

— Ele realmente viveu por um tempo absurdo. Você sabe o que dizem, que a pedra seria... bom, que ela mantém a pessoa jovem ou algo assim. Seja como for, veja por si mesmo. — Ela tirou o colar e o entregou a ele.

Wes pegou a pedra e segurou-a com delicadeza, entre o polegar e o indicador.

— Como assim?

— Levanta e olha através do círculo. Está vendo?

Ele viu e suspirou, e Nat entendeu o que ele viu.

— Joe não viu. Ele olhou e não viu nada. Talvez o mapa não tenha se revelado para ele por algum motivo. Por isso nunca usou: porque não sabia como.

— Isso é incrível — disse Wes.

— Quanto vai demorar até chegarmos lá?

— Estou calculando dez dias — respondeu ele, examinado a rota. — Mais ou menos. — Ele disse que, como muitos atravessadores haviam suposto, Nova Creta era o porto mais próximo, mas muitos navios se acidentaram, encalharam ou se perderam nas águas perigosas de Hellespont. Essa rota apresentava o esboço de uma passagem sinuosa escondida entre as águas não mapeadas até uma ilha no meio de um arquipélago. Havia uma centena de ilhas minúsculas nesse agrupamento. Ninguém sabia qual delas ia dar no Azul. Só este mapa.

Ele o devolveu a ela.

— Você não quer a pedra? — A pergunta dela era quase um desafio.

— O que eu faria com ela? — perguntou ele com a voz suave.

— Tem certeza?

Por muito tempo, Wes não respondeu. Nat achou que talvez ele tivesse adormecido. Finalmente, ela ouviu a sua voz.

— Eu quis uma vez — disse ele. — Mas não mais. Agora eu só quero levá-la aonde você precisa ir. Mas me faça um favor, sim?

— Qualquer coisa. — Ela sentiu aquele arrepio quente de novo. Ele estava tão perto dela que ela poderia tocá-lo se quisesse, e ela queria tanto, demais...

— Se Shakes algum dia perguntar sobre isso, diz que você comprou numa loja de um e noventa e nove.

Ela riu com ele, mas os dois paralisaram quando o som da carpideira rompeu acima das ondas mais uma vez — aquele grito horroroso, terrível, o som de um luto interrompido, um lamento, ecoando acima da água, preenchendo o ar com seus gritos melancólicos...

Aquela coisa, o que quer que fosse, ainda estava lá. Eles não estavam sozinhos.

PARTE IV
CAMARADAS E CORSÁRIOS

Quinze homens no baú da morte
Yo ho ho e uma garrafa de rum
A bebida e o diabo cuidaram do resto
Yo ho ho e uma garrafa de rum

— CANÇÃO TRADICIONAL DE PIRATAS

29

COM AS VELAS NO LUGAR, a viagem seguia em impulsos pequenos e rápidos, ganhando velocidade e deixando quilômetros para trás, ou nenhum, uma vez que o navio se movia à mercê do vento. Wes estava no convés, no ninho do corvo no alto do mastro. Ele apertou os olhos. Uma pequena luz surgiu na neblina e ficou mais forte e mais próxima. Wes ouviu vozes da embarcação.

Um navio!

Resgate!

Wes não era de acreditar em milagres, mas, contra a sua natureza, começou a ter esperança. Se fosse um navio mercenário, poderia conseguir fazer algum tipo de troca — só esperava que não fosse um navio da marinha nem de tráfico de escravos. Se fosse, eles estariam perdidos. Mas se fosse um colega merc... Wes acreditava haver uma espécie de honra entre ladrões, entre comerciantes, veteranos e atravessadores como ele, que trabalhava nas margens da sociedade. Claro, eles eram catadores e dedos-duros, perdedores e jogadores, mas tinham que trabalhar juntos ou seriam pegos, um por um, pelos ERA, que jogariam todos eles no cercado ou atirariam de imediato, ou pelos traficantes de escravos, que eram muito mais perigosos e não respondiam a nenhuma autoridade senão a deles próprios.

Não contara a Shakes que Nat lhe contara da pedra, e ela confirmara ser o que eles estavam suspeitando o tempo todo, até mesmo a oferecendo para ele. Por que recusara? Deveria ter tomado

— *roubado* dela — era só um jogo para ver quem venceria, quem cederia primeiro. Poderia fazer com que ela confiasse nele? Ele finalmente vencera. Então, por que sentia como se tivesse perdido?

Ela confiava nele; por que, então, estava tão melancólico? Porque Shakes ficaria decepcionado e ele devia a vida ao cara? E mais que isso? Não... Não era isso. Porque se tivesse aceitado a pedra e vendido a Bradley, eles estariam feitos, recompensados, louvados como reis de Nova Vegas? Não... Não era isso também. Por Wes, Bradley poderia se jogar de um penhasco e, quanto à riqueza, ele só precisava de uma refeição decente e um lugar para dormir para ficar feliz. Ele estava de mau humor porque eles agora estavam mais perto do destino do que jamais estiveram antes. A apenas dez dias. Uma vez que chegassem, ele nunca mais a veria.

Era isso que o incomodava.

Não havia nada que pudesse fazer para mudar isso, nada que pudesse fazer para que ela ficasse. Ele não planejara se sentir desse jeito, mas assim estava. Bem, talvez pudesse se redimir com Shakes de alguma forma. Talvez hoje fosse o dia de sorte deles. Havia um navio no horizonte.

— Está vendo? — perguntou ele, descendo até onde Shakes já estava, diante da amurada com o binóculo.

— É. Um barco.

— Que tipo?

— Difícil saber — Shakes passou o binóculo e coçou a barbicha. — Dá uma olhada.

Wes olhou e ficou desanimado. Era um navio mercenário mesmo, mas em estado muito pior que o deles, sem motor nem vela. Só mais uma tripulação sem sorte como a dele, talvez mais azarada ainda. O casco tinha um buraco enorme, mas, ao contrário do deles, não estava remendado, e o convés se enchia rapidamente de água escura. Ele estava afundando e era provável que virasse a qualquer momento. Foi sorte do navio encontrá-los, não o contrário.

Ele deu um zoom nas pessoas amontoadas no convés. Pelas lentes verdes, viu uma família com crianças pequenas. Acenavam loucamente. Wes devolveu o binóculo a Shakes, calculando os riscos, as chances. Mais cinco bocas para alimentar, pensou. Duas delas crianças. Eles já tinham tão pouco! Não podiam diluir mais os seus suprimentos, os soldados já estavam comendo casca de árvore. O que poderia oferecer àquela família?

Seus rapazes estavam juntos no convés, aguardando ordens. O navio quebrado se aproximara e agora todos podiam ver quem estava a bordo e o que estava em jogo. Wes sabia qual seria o voto dos irmãos Slaine, e Farouk provavelmente concordaria, embora a aventura que esperava não estivesse longe do que ele imaginara. Estavam todos com frio, fome e perdidos. Mas Shakes estava pronto com a corda, e Nat olhava para ele, esperançosa.

— Não podemos simplesmente ficar parados aqui sem fazer nada — disse ela, quase o desafiando a discutir com ela.

— Quando você salva a vida de alguém, se torna responsável por ela. — Wes suspirou. Mas mesmo com os seus receios, ele pegou a corda e a jogou no mar, e alguém no outro barco pegou. Melhor deixá-los afundar, pensou. Provavelmente seria mais piedoso. Mas se ele fosse esse tipo de pessoa, eles estariam indo na direção de Bradley com o Mapa de Anaximandro nas mãos e Nat no navio de dois metros.

Com a ajuda de Shakes, eles puxaram o barco que afundava para mais perto e, um por um, os soldados ajudaram a família a subir ao convés. A primeira a embarcar foi uma moça, envolta em mantos negros pesados, o corpo e o rosto cobertos pelo tecido preto, de modo que apenas os olhos eram visíveis.

— Obrigada — disse ela, segurando a mão estendida de Shakes. — Achamos que ninguém nunca ia nos encontrar aqui. — Depois notou a farda dele e estremeceu. — Ai, meu deus...

Atrás dela estavam uma mãe, um pai e dois filhos. Eles estavam agrupados num cobertor. Os pais estavam extremamente doentes, os rostos abatidos e pálidos, com uma desnutrição profunda, e Wes imaginou que eles estivessem ali por várias semanas com pouca água ou comida e, o que houvesse para comer ou beber, estavam dando para as crianças.

— Onde está o capitão? — perguntou ele, pegando a corda. A moça e a família deviam ter sido carga. Pareciam peregrinos em busca do Azul. O navio devia ser mercenário, mas onde estava a tripulação?

Ele pegou a corda e desceu ao navio que afundava. Uma vez que ele optou fazer a coisa certa, tinha que ajudar de verdade.

— Não... — disse a garota de preto. — Está...

Mas era tarde demais. Wes já estava a bordo e descera ao convés inferior para ver se conseguia encontrar a tripulação. Lá embaixo, as cabines vazias estavam cheias de água até a cintura. Ele voltou ao convés superior, foi até a ponte, e lá encontrou a resposta para a sua pergunta. Dois marinheiros, ambos mortos — com tiros na cabeça, parecia. O capitão estava ao leme, tombado para frente, frio e morto, outra bala, no meio da testa. O leme era protegido por vidro por todos os lados. Wes podia ver os buracos através dos quais os tiros entraram e saíram. As balas tinham vindo de outra embarcação, e os tiros precisos na cabeça contavam o resto da história. Se o navio tivesse sido atacado por traficantes, o homem os teria visto se aproximarem e teria se escondido do fogo. Mas a tripulação não chegou a ver as balas chegando. Só um atirador treinado poderia acertar um alvo a quase um quilômetro de distância. Os mortos nem souberam que eram um alvo.

Quem quer que tivesse feito isso nem se dera ao trabalho de embarcar no navio para procurar por passageiros. Com a tripulação morta e o casco vazando, o oceano daria conta de quem tivesse restado a bordo. Só os ERA deixariam seus cidadãos se afogarem e morrerem de fome como punição por atravessar o oceano proibido.

Então, os porta-aviões da marinha estavam de patrulha. Eles teriam de ser ainda mais cuidadosos agora, cuidar para que nenhum dos rapazes ou Nat ficassem no convés durante as horas do dia com luz. A equipe iria odiar isso — ninguém gostava de ficar preso nas cabines —, mas se os atiradores estavam por ali...

O navio caiu para o lado e Wes desceu rapidamente a escada estreita para voltar ao convés. Ele quase tropeçou no último degrau. Algo mudara: as paredes estavam se mexendo e o navio estava se enchendo mais de água. O navio estava com três portinholas abertas e talvez até alguns furos de tiros que permitiam a entrada de mais água na embarcação, aumentando o ritmo de descida que já era rápido. Wes chegou ao convés, mas era tarde demais: um lado do navio ficara preso na ponta de um trashberg e a outra estava submersa. O casco de metal desceu de repente e Wes ficou cercado pelo oceano.

Wes correu de volta para a ponte na qual estavam os homens mortos. Os olhos vazios deles o encaravam de todos os lados. A água negra o seguia escada acima. Num instante o navio ficaria totalmente submerso. Ele arrancou a cadeira do capitão da base e deu golpes no vidro quebrado. O painel rachado desabou e a cadeira voou para o oceano. Wes saiu, cortando-se enquanto se esforçava para chegar ao teto da ponte.

Ele pulou dos escombros para a corda que pendia do seu navio, mas estava longe demais e ele se debateu no ar e caiu na água.

Ele encarou Daran — que segurou a corda com um olhar inexpressivo, frio. Onde estava Shakes?

— JOGA DE VOLTA! — gritou Wes. Daran permaneceu impassível e Wes sabia o que ele estava pensando. Sem Wes, Daran só teria de lidar com Shakes e isso não seria muito difícil. Ele seria capaz de dar conta de Shakes e Nat, jogá-los no mar com a família faminta idiota assim que Wes se afogasse, depois assumiria o controle do navio e voltaria para casa. — EU DISSE PARA JOGAR A CORDA!

Mas Daran somente deu de ombros. Ficou vendo a água subir sem remorso.

Wes gritou e afundou. Tentou fechar os olhos e a boca, mas tudo aconteceu rápido demais. O líquido preto ardeu feito álcool na boca.

Ele apertou as pálpebras numa tentativa de afastar a água preta. Seus braços se debatiam no estranho líquido homogêneo, mas bateu as pernas com força e conseguiu se erguer e atravessar a superfície, arfando. Ele apertou os olhos, olhando ao redor, mas a visão embaçada era só o céu cinza e a água. A corda não estava mais lá.

Nat... ele gritou na sua mente, *está me ouvindo?*

Ondas frias batiam na sua cabeça. Ele fechou os olhos e afundou de novo. Algo bateu na sua coluna. Talvez fosse um corrimão do navio ou algum lixo aleatório. De qualquer modo, doeu e ele abriu a boca sem querer. Seus pulmões se encheram de água preta. Ele estava se afogando. Ia morrer.

Mas quando deu a última respirada, sentiu uma força quente e poderosa erguê-lo da água e na direção da corda. Ele deu um pulo e a agarrou, enquanto Shakes e Nat o puxavam para a segurança. Caiu de quatro no convés e eles o ajudaram a se levantar, Nat pondo os braços ao seu redor.

— Tudo bem, chefe? — disse Shakes, batendo nas costas dele. — Vou pegar um Nutri pra você, já volto.

— Obrigado — disse ele, segurando a mão de Nat. Sentiu o calor adorável da pele dela, tão semelhante ao calor que o salvara da morte certa. Deveria tê-la beijado no outro dia. Queria beijá-la agora.

— Nat... olha pra mim. O que houve?

Ela baixou a cabeça.

— Não chora.

— Não é nada — disse ela, tirando a mão que ele segurava.

Wes soltou-a, sentindo as emoções tumultuadas dentro de si. Ela o ouvira chamá-la. Havia algo entre eles que não podiam mais negar. Ela ficou assustada — ele ficou assustado também. Mas uma outra parte dele estava feliz, mais feliz do que ele jamais ficara na vida. Queria que ela não tivesse se afastado daquele jeito. Ele sentiu um vazio repentino, como se ela tivesse respondido à pergunta dele sem que ele perguntasse, e a resposta, infelizmente, era não. Não era para ser.

— O que foi isso? — perguntou Farouk.

— Ela puxou ele do oceano — disse Daran com rispidez.

— Como ela fez isso?

— Ela sabe fazer essas coisas porque é marcada, imbecil. Ou você é tão cego quanto Shakes?

— Ela é marcada... certo... esqueci...

— E não é a única. — Zedric apontou com a cabeça para a moça envolta em tecidos pretos.

30

NAT TROPEÇOU AO SE AFASTAR do grupo reunido perto da amurada. Ela ouvira Wes chamá-la — vira sua agonia com muita clareza — a água preta em torno do seu rosto, a boca aberta num grito silencioso. Sem saber o que estava fazendo, ela conseguira focar seu poder como nunca antes, para enviar sua força para ele e salvá-lo. Ele liberara algo dentro dela que ela nunca fora capaz de fazer antes e isso a assustava. Conseguia sentir que a voz na sua cabeça estava em silêncio, em desaprovação. Wes também estava se apaixonando por ela, e era errado incentivar isso. Tinha sido uma paquera, nada mais, mas agora... agora era diferente. O jeito com que ele a olhava! Ele não podia sentir isso. Só se magoaria. Ela só poderia magoá-lo. Era o que ela fazia. *Feria* as pessoas.

Fogo e dor.

Fúria e ruína.

Daran com a mão queimada, ensanguentada.

Ela o afastaria, decidiu. Faria com que a esquecesse. Fora errado da parte dela ter alimentado expectativas... tê-lo feito pensar que ele poderia chegar a ser qualquer coisa além do atravessador que ela contratara.

Quando se recuperou, olhou para trás para ver o que a equipe estava olhando — a garota que usava longos mantos negros, um capuz sobre a cabeça, uma echarpe no pescoço, cobrindo a boca, longas luvas pretas. Seus olhos de um violeta intenso e o cabelo dourado cintilavam no escuro do capuz.

— Eu sei o que você é — Daran falou com desprezo, apontando a arma para ela, ameaçador.

— Deixa ela em paz — advertiu Shakes, aproximando-se dele e engatilhando a sua arma.

Mas Daran não queria parar ou não conseguia se conter. Ele estava perturbado, Nat percebeu. Já estivera exaltado antes, mas agora estava totalmente perdido. Nat temeu pela garota. Daran mostrara as suas cartas — revelara suas intenções —, já tentara ferir Nat e, apenas momentos antes, tentara até se livrar de Wes. Era perigoso, um barril de pólvora pronto para explodir.

— Como você é debaixo dessa cortina que você usa? Parece um cadáver todo colorido? Ou um esqueleto pintado?

Zedric recuou, nervoso.

— Ela é nossa hóspede — alertou Wes, em tom impositivo. — E este ainda é o meu barco. Abaixe a arma, Daran. Não vou pedir mais uma vez.

Houve um silêncio desagradável e ninguém se moveu. Nat sentiu como se tivesse se esquecido de respirar. Daran se mexeu e Wes adiantou o seu ataque, mas Daran já estava com a arma engatilhada. Ele estava desvairado.

— Não quero nenhuma sílfide suja por aqui...

— BAIXA A ARMA! — gritou Wes, erguendo a sua arma. Ele atirou, a bala passou de raspão no cotovelo de Daran, mas foi tarde demais.

Daran havia atirado, procurando balear a garota de manto negro à queima-roupa.

— NÃO! — gritou Nat quando Shakes mergulhou na frente da peregrina encapuzada. Mas não havia necessidade. A bala desaparecera. Num instante, o céu escureceu e trovejou. Em seguida, as nuvens se abriram e a luz estranha que aparecera na noite anterior retornou.

Da escuridão veio o grito da carpideira. Num momento, Daran estava no convés, no outro, foi arrancado do navio por uma mão invisível.

— O QUE ACONTECEU? ONDE ELE ESTÁ? — gritou Zedric, girando, apontando a arma para todos os lados.

Um grito ecoou acima das águas, raivoso e triunfante. Ela queria sangue e conseguiu. Nat sentiu a exultação como se fosse parte de si mesma. O lamentador estava furioso e agitado, exatamente como nos seus sonhos. Fogo e dor, fúria e ruínas, uma força obscura e incontrolável, esperando para atacar — assassino, buscando vingança com ódio, ele se apoderara de Daran num segundo, o arrastara para fora do convés como se ele fosse um brinquedo. Nat deu um passo para trás, incerta quanto ao que teria acontecido — ela fizera aquilo? Fizera aquela coisa, aquele lamentador, fazer o que ela quis? Não. Não podia ser. O lamentador não era real, era? O que aconteceu com a voz — com o monstro na sua cabeça? Ela não conseguia acessá-lo. Não conseguia ouvi-lo. Começou a entrar em pânico. O que estava acontecendo?

— Lá está ele! — disse Farouk, animado. — Na água... ali!

Wes foi até a amurada com o binóculo na mão. Viu a silhueta de Daran balançando acima das ondas, balançando os braços. O que quer que tivesse apanhado Daran o arremessara a um quilômetro de distância em alguns segundos.

— Traga-o de volta! — gritou Zedric, engatilhando a arma e apontando para a garota. Mas ele não teve chance.

Houve um som de golpe, e Zedric caiu inconsciente. Shakes estava atrás dele, segurando o fuzil no alto, tremendo um pouco, mas com um sorriso no rosto.

— Me desculpe. Preciso ensinar os meninos a serem mais educados — disse ele.

A garota sorriu.

— Sou Liannan da Montanha Branca — disse ela.

— Vincent Valez — disse Shakes, sorrindo com timidez.

— Você pode trazê-lo de volta? — perguntou Wes, impaciente, apontando para onde Daran se debatia. Dava para escutar seus gritos de fúria ecoando sobre a água.

Liannan balançou a cabeça.

— Não, o drakon o pegou e somente o drakon pode decidir o destino dele agora.

— Bom... vamos ter que tirá-lo... Ele é um imbecil, mas ainda faz parte da minha equipe. — Com a ajuda de Shakes e Farouk, Wes empurrou um bote salva-vidas na água, mas uma rajada de vento potente os derrubou de volta no convés. O som doentio de lamento voltou e Wes sentiu algo quente e afiado arranhar as suas costas, rasgando as camadas de roupas e a sua pele.

Ele se virou, mas não havia nada. Shakes respondeu à sua confusão com um olhar atordoado.

— O que foi isso? — Farouk perguntou ansioso, com as mãos na cabeça.

— O drakon não permite que ele viva — disse Liannan, num tom plácido. — Não o contrarie, ou tema a sua ira.

— Estamos arriscando a nossa própria vida para ajudar aquele idiota — argumentou Farouk. — Vai, chefe, deixa ele se afogar.

Wes balançou a cabeça.

— Não... me ajuda a descer esse bote. Não vou deixar ninguém pra trás.

— Ele matou o mensageiro, atacou um familiar dele, por isso o drakon exige uma vida por outra — murmurou Liannan. — Devo aconselhá-lo a não contrariar os desejos dele.

Eles tentaram de novo, e, desta vez, o vento os deteve, fazendo o navio balançar violentamente e tombar para estibordo.

— Se segura! — Wes gritou quando Nat cambaleou para a frente e ele a segurou no momento exato. Enquanto todos buscavam apoio, Zedric escorregou e rolou para a beirada, mas Farouk o segurou e ele conseguiu segurar no mastro.

— Shakes! — gritou Nat quando eles viram Shakes cair na água escura.

— Pega ele! — gritou Wes para Farouk, mas não adiantou.

— Me tira daqui! — gaguejou Shakes, a cabeça aparecendo acima das ondas, agitando os braços feito louco. — Me ajuda!

Mas o vento segurava a todos, mantinha todo mundo agarrado aos corrimãos, incapazes de ajudar. Shakes se afogaria. Eles iam perdê-lo; Nat sabia. *Poupe a vida dele*, rogou ela, sem saber a quem se dirigia com o seu grito. *Não ele. Não Shakes. Ele é meu amigo.*

Nat ergueu a cabeça e viu a garota de manto negro olhando para ela. Os olhos de Liannan brilharam num arco-íris de cores de tonalidades vívidas. Ela olhava para Nat, sustentando o olhar, examinando-a.

— SHAKES! — Wes jogou uma corda ao náufrago, mas ela se rompeu no ar, dilacerada por uma força invisível.

Por favor, deixe-nos salvá-lo. Ele é só um menino, Nat implorou. De alguma forma, ela entendeu que aquela coisa os estava punindo porque Daran matara o passarinho. A coisa estava enraivecida e a sua fúria não estava diminuindo.

Por favor.

— ME AJUDEM! — gritou Shakes.

Liannan deixou o manto cair.

— Drakon! O menino me salvou! Deixe-o viver! — Ela tirou o capuz e a máscara do rosto. Sob os panos escuros, ela usava uma túnica branca, longa e estreita. Os cabelos longos eram da cor da luz do sol de muito tempo atrás, deslumbrantes e dourados. O ar frio da noite começou a ficar ameno, a temperatura ficou mais confortável quando uma luz penetrou a noite. A luz era forte e potente, a escuridão se reduziu e o lamento enfraqueceu.

Nat apertou a testa, tremendo enquanto uma onda de frustração e raiva passava por ela. Parecia que alguém — ou algo — a impelia a fazer alguma coisa, mas o quê? O que ela poderia fazer? Estava com raiva, com muita raiva de Daran, e confusa porque Shakes caíra. Ela respirou devagar e pausadamente e conseguiu ouvir a sílfide.

O menino me salvou. Deixe-o viver. O perigo havia passado. Era o que a sílfide estava tentando dizer, tentando fazê-la entender.

A escuridão se dissipou tão rápido quanto chegara.

Wes segurou a corda arrebentada e baixou-a para Shakes. Com a ajuda da equipe, todos puxando juntos, içaram o soldado de volta ao convés.

Shakes apareceu, esfregando os olhos sem parar e cuspindo. Sua pele e seu rosto estavam vermelhos, seu olhar estava desvairado e confuso. Farouk correu e virou um litro de Nutri na cabeça dele.

Shakes deu um grito.

Wes ajoelhou-se e agarrou o amigo pelos ombros.

— *Shakes!*

O menino trêmulo parou por um momento.

— O quê?

— Você está bem! Não está intoxicado, está bem!

Shakes baixou a cabeça e olhou para si mesmo, um pouco incerto do que procurar. Depois sorriu.

— Certo. — Virou-se para o oceano. — Mas e o Daran?

Wes jogou um colete salva-vidas no mar, sabendo que era em vão.

— Não tem vento, não temos como alcançá-lo. Pelo menos isso lhe dá uma chance... Só podemos fazer isso — disse ele, sem gostar, mas sem opção também.

Os gritos de Daran começaram a diminuir. Logo se misturaram ao som familiar da lamentação da carpideira, e ficou cada vez mais difícil distinguir os dois.

QUANDO ZEDRIC ACORDOU E VIU que seu irmão ainda estava desaparecido, ficou violento. Se eles não o contivessem, ele machucaria a si mesmo ou a equipe. Puseram-no na cela no porão do navio. Era cruel, mas não tinham outra opção.

— Pode ir... eu assumo daqui — disse Shakes a Nat, prendendo o garoto algemado ao cano mais próximo.

Ela saiu da cela e viu a sílfide se aproximar. A garota voltara a pôr a capa escura, mas não usava o capuz. Seus olhos eram puro violeta, da cor dos ásteres e do crepúsculo. Seu cabelo loiro claro era frágil e delicado como teias de aranha, como asas de fada. A marca no seu rosto era uma estrela de seis pontas. Era mais bela do que Nat esperava, uma criatura rara, exótica, como as borboletas extintas e lendárias do mundo que não existia mais.

Liannan sorriu para ela.

— Você já viu a minha espécie antes, não?

— Sim.

— Uma prisioneira, sem dúvida, ou um suvenir, um macaco de circo

Nat pensou na garota de olhos dourados e cabelos laranja, o bichinho de estimação favorito do Slob, e entendeu.

— Você falou de algo chamado drakon... o que é? — perguntou Nat.

Liannan observou-a antes de responder.

— Os drakons são protetores de Vallonis. Estão perdidos desde a ruptura, mas agora um deles voltou. — A voz dela era como o som de água caindo, tinha uma cadência adorável, como uma melodia.

— Vallonis... você quer dizer o Azul... É assim que vocês chamam?

— Sim. — Liannan fez que sim com a cabeça. — É como chamo o meu lar.

Farouk desceu a escada com passos pesados e entrou no corredor. Quando viu as duas, empalideceu e fez o sinal da cruz, como se isso as afastasse. Nat ficou magoada ao vê-lo assim — pensava que Farouk fosse um amigo, como Shakes —, mas agora o menino estava assustado com elas, espremendo-se contra a parede para que nenhuma parte do seu corpo entrasse em contato com qualquer uma das duas.

Liannan pôs a mão no ombro dele e ele se encolheu de modo visível.

— Você não tem nada a temer de mim. Não sou infecciosa. Não posso transformá-lo em um de nós, do mesmo modo que não posso me tornar um de vocês — disse ela.

Farouk não pareceu convencido e se afastou da mão dela.

— Não *toque* em mim.

Eles ouviram o som de passos na escada.

— O que está acontecendo aqui? — perguntou Wes, vendo as expressões perturbadas.

— Ela encostou no meu ombro — acusou Farouk. — E ela matou Daran.

— Não fiz tal coisa — disse Liannan. — Foi o drakon que decidiu o destino dele — continuou, voltando-se para Nat.

— Deixa ela em paz — disse Shakes, saindo da sala na qual haviam aprisionado Zedric. — Ela não fez nada com ele. Ele pediu, estava criando problema. Essas coisas acontecem aqui na água. Você não veio antes, você não sabe.

— Ou poderia não ser nada. Coincidência — disse Wes, voltando o olhar para Nat também.

— O que o traz a esta parte do mundo, Ryan Wesson? — perguntou Liannan.

— Você sabe o meu nome — disse ele, e Nat sentiu uma pontada de ciúme ao vê-lo dar a Liannan o mesmo sorriso afetado que dera a ela quando se conheceram. Sabia que não tinha nenhum direito sobre ele e que já decidira deixá-lo quase totalmente livre, mas, por algum motivo, não conseguia deixar de sentir como se ele fosse dela e somente dela.

Liannan lançou a ele seu olhar sereno.

— Conheço todos a bordo deste navio. Ryan Wesson, o mercenário. Vincent Valez, imediato, normalmente chamado de "Shakes". Farouk Jones, navegador. Daran Slaine, atualmente na água. Zedric Slaine, irmão dele. E... Natasha Kestal. — Liannan virou-se para ela e a encarou. — Que perguntou sobre o drakon...

Wes ergueu uma sobrancelha e observou Nat com um olhar questionador.

— Você é marcada — disse Liannan.

Nat fez que sim.

— Então é uma de nós. — A sílfide fez que sim com a cabeça. — Não se preocupem — disse aos outros. — Nossos poderes não são de natureza cruel, não importa no que vocês foram levados a acreditar. Sabem por que nos expulsam? Por que somos caçadas e mortas ou confinadas à prisão? Por que espalham mentiras sobre o nosso povo? Porque o mundo deles está destruído, o mundo deles está acabando, por isso nos temem, temem o que está por vir. O mundo que está retornando, que está crescendo a partir das ruínas deste. Um drakon volta a voar, e nós somos renovados na presença dele. — A voz de Liannan estava mais baixa, seus olhos, caleidoscópicos.

Farouk tremia.

— Ela está... amaldiçoando a gente, estou falando sério... façam-na parar...

Nat respirou fundo, e Wes estava com a testa franzida. Ele se virou para a garota de cabelos dourados.

— OK, chega. Você está assustando a minha tripulação, além de ter me custado um soldado — disse ele num tom ameaçador.

— E rendido uma guia. Creio que as nossas jornadas são a mesma. Você está supostamente a caminho de Nova Creta, porém, de fato está buscando o Azul. Estão seguindo na direção do portal de Arem. Natasha está usando a pedra de Anaximandro.

— A pedra! — disse Shakes. — Eu sabia!

A mão de Nat voou para o pescoço, enquanto ela encarava a sílfide.

— Como você...?

De sua parte, Wes não respondeu, mas permaneceu cauteloso.

— Posso ajudá-los a chegar ao seu destino — disse ela.

Wes suspirou.

— Olha, odeio ter que lhe dizer isso, mas você não está melhor no meu navio do que estava no seu. Perdemos nossos motores para a mesma coisa que levou Daran. Não venta há dias e começamos a comer galho. Quer se juntar a nós? Fique à vontade.

A SÍLFIDE NÃO DEU NENHUMA RESPOSTA para aquilo não ser uma gratidão fria, e Wes foi com Shakes verificar a vela — eles a ouviam bater, o que significava um vento finalmente chegando com força.

Eles deram uma volta à procura de Daran, mas não havia sinal dele. Ou a água ou aquela coisa na água havia tomado posse dele. Com Zedric no porão, Wes encaminhou a família à cabine dele, que era mais confortável. Quando foi verificar como estavam, viu que os pais estavam deitados na cama, sob um cobertor fino de lã. Nat estava sentada ao lado da cama, junto aos dois pequenos.

— Como eles estão? — perguntou ele.

Ela lançou um olhar abalado que dizia tudo. Eles estavam mortos. O menino mais novo deu um grito de dor e o irmão o acalmou.

— Sinto muito mesmo — sussurrou Nat, e só quando a criança olhou para ela, Wes percebeu o seu erro. Ele se enganara quanto aos novos passageiros. Os pequenos não eram crianças. Apenas pareciam ser. Os meninos eram homens-pequenos.

Wes ficou de frente para o grupo, ajoelhando-se.

— Este é Brendon, e este é Roark — disse Nat, apresentando-os. Brendon tinha cabelos ruivos encaracolados e lágrimas nos olhos. Roark era moreno e atarracado. Eles eram do tamanho de crianças de dois anos em altura, mas proporcionais e totalmente crescidos. Wes nunca conhecera um antes, mas eles lhe davam a impressão de ter mais ou menos a sua idade. Dizia-se que o povo-pequeno era velhaco e malicioso. Eram capazes de enxergar no mais profundo breu e se esconder onde nenhum esconderijo podia ser encontrado, o que lhes rendeu a reputação de ladrões e assassinos. Mas os dois à sua frente não pareciam nada do tipo. Tinham expressões comuns e agradáveis, e suas roupas eram caseiras e mal acabadas.

Foi Brendon quem falou.

— Obrigado por nos receber a bordo.

— Sinto muito pelos seus amigos — disse Wes, apertando sua mão.

Brendon fez que sim, segurando as lágrimas. Parecia estar prestes a desabar.

— Eles nos protegeram dos ataques quando estávamos separados das nossas famílias. Com a ajuda deles, encontramos Liannan e o barco. Não estaríamos aqui sem eles.

Os homens-pequenos contaram sua história. Eram refugiados da Alta Pangeia, onde os ERA tinham acabado de assumir o controle. O povo-pequeno vivera ao ar livre ali, junto com algumas tribos de sílfides. Foi tranquilo por um tempo, mas as coisas começaram a mudar. Muitos estavam sofrendo, morrendo do apodrecimento, a peste estranha que abatia os arcados e os mágicos e que nenhum remédio era capaz de curar. Como parte da limpeza, eles foram cercados junto com o restante dos marcados e de outros como eles, arrebanhados e forçados a viver nas áreas confinadas até serem transferidos para outro lugar. Por isso, Brendon e Roark haviam se escondido com seus amigos na fazenda deles e sobreviveram por algum tempo, no sótão, nas reentrâncias das paredes, mas ficou perigoso demais. Os vizinhos ficaram desconfiados, então eles buscaram uma passagem e decidiram percorrer a jornada perigosa até o Azul, onde ouviram dizer que havia uma cura.

Tiveram sorte por algum tempo. Seu capitão era sábio, e o navio, rápido, e seguiram num bom ritmo. Depois bateram num trashberg e começou a entrar água no navio, o que reduziu a velocidade deles. Os estoques começaram a acabar, depois foram pegos numa emboscada e ficaram à deriva durante semanas, sem nada para comer. Por serem humanos, o jovem casal sofreu mais. Morreram de inanição.

Roark pôs as mãos no rosto e soluçou. Eram soluços grandes, sofridos, e Wes sentiu-se impotente diante dessa dor. Ficou admirado com a profundidade do sentimento e sentiu inveja, de um modo pervertido. Ele não chorava assim desde que seus pais morreram, desde que ele e Eliza foram separados. Wes vira tantos de seus soldados morrerem na sua frente, sem sentir nada senão uma tristeza abstrata, distante. Talvez, se Shakes tivesse morrido, ele tivesse sentido... Wes bateu no ombro de Roark, um pouco sem jeito. Ele buscou a ajuda de Nat.

— Honraremos a vida dele — disse Nat. — Pedirei a Liannan que me ajude a prepará-los para um enterro no mar.

Nat e Wes deixaram a cabine juntos, Nat andando rápido e Wes seguindo-a de perto. Mas ele parou ao sentir um puxão na sua manga. Olhou para baixo e viu Brendon. O homem-pequeno estava com uma expressão de ansiedade e tensão, contorcendo a mão com preocupação.

— Capitão...

— Pode me chamar de Wes. Não temos formalidades aqui.

— Wes, então. Há outros de nós... mais barcos por aí... cheios da nossa gente, seguindo para o mesmo lugar. Nos separamos durante a emboscada.

Wes fez que sim com a cabeça. Ele entendeu, após ver a carnificina a bordo do navio deles.

— Os navios que atacaram vocês, eles tinham essa bandeira? — perguntou, mostrando as estrelas vermelhas dos ERA.

O homem-pequeno fez que sim.

Wes enxugou a testa. Era exatamente como ele suspeitara: navios de atiradores estavam circulando.

— Olha, eu adoraria ajudar todos os peregrinos deste oceano, mas estamos passando por dificuldades aqui e quase não aguentamos mais. Não temos suprimentos suficientes para nos alimentar, menos ainda para vocês. Teremos sorte se chegarmos ao Azul antes do grude acabar.

— Então eles estão perdidos — sussurrou Brendon.

Wes suspirou.

— Quantos navios?

— Cinco... no máximo. Estávamos seguindo-os no sentido de Hellespont quando o ataque aconteceu, depois fomos separados por trashbergs. Não os vimos desde então, mas sabemos que estão por aí. Alguns devem ter sobrevivido. Estão perdidos, com fome, e não têm ninguém. Liannan estava nos liderando. Eles seguiam o nosso barco.

Era por isso que ele não aceitava mais esses trabalhos, Wes se deu conta. Era excessivo — ele não podia salvar todo mundo — não conseguia sequer manter seus próprios soldados vivos, quanto mais de prontidão. Daran estava perdido e, embora o garoto fosse um imbecil e um marginal, ainda assim, confiara sua vida a Wes e Wes falhara com ele. Não podia continuar fazendo isso, havia tantos... e ele era jovem demais para ver tantos meninos morrerem. Agora estavam pedindo que salvasse mais alguns... para quê? Para que pudesse vê-los morrer de fome? Ou serem vítimas de flagelo branco? Ele pestanejou. Sua vista escureceu novamente, como um lembrete.

— Por favor — disse Brendon. — Por favor... Só dê a eles uma chance. Só estamos pedindo isso.

Wes olhou para Brendon. Eles eram chamados de homens-pequenos... Será que tinham um apetite pequeno? Imaginou como se sentiriam e relação a comer casca de árvore.

— Verei o que posso fazer. Daremos a volta pelo Estreito do Inferno e, se virmos alguém, pegamos, mas só. Não posso perder tempo circulando neste esgoto.

— Obrigado! — disse Brendon, apertando sua mão vigorosamente. — Obrigado!

Wes entregou a ele e a Roark alguns wafers de frango frito que estava guardando para uma emergência calamitosa.

— O que é isso? — perguntou Brendon, olhando para o objeto envolto em papel alumínio.

— Não é a coisa mais saudável do mundo, mas o gosto é bom... divide com o seu irmão.

— Ele não é meu irmão — disse Brendon, animado, já rasgando a embalagem prateada e inalando o odor.

As bochechas de Wes se enrugaram num sorriso triste. Tantas promessas ele já havia feito... Levar Nat ao Azul. Agora, esquadrinhar os oceanos em busca da gente-pequena. Ele era mole, sempre fora mole. Seu coração era o seu calcanhar de Aquiles.

LIANNAN PREPAROU OS CORPOS PARA o enterro com a ajuda de Brendon e Roark. Nat deu uma mão também, ajudando a envolver cada um deles com o pano branco, dobrando e enfiando o tecido para não ficar desarrumado. Os homens-pequenos estavam sombrios, com lágrimas rolando pelo rosto enquanto realizavam a difícil tarefa de enterrar seus amigos.

— Estamos prontos — Nat disse a Wes e Shakes, que aguardavam respeitosamente à porta. Farouk deixara claro que não queria fazer parte daquilo e permaneceu na ponte, assistindo. Juntos, os meninos ergueram o corpo do homem primeiro, depois o da mulher, e os puseram no convés. O pequeno grupo do funeral os seguiu escada acima.

— Vocês gostariam de dizer alguma coisa? — perguntou Liannan aos amigos que choravam.

— Sim. — Brendon acenou com a cabeça. Ele entrelaçou os dedos e levou um momento para se recompor. Nat achou que ele não fosse conseguir, mas ele finalmente falou, e sua voz era forte e clara. — Hoje nos despedimos dos nossos amigos, Owen e Mallory Brown. Eles tiveram vidas simples, corajosas, e foram tirados de nós rápido demais. Honraremos para sempre sua memória e sua amizade. Nós os entregamos ao mar. Que descansem na luz.

— Que descansem na luz — repetiu Roark.

Nat olhou para Shakes e Wes para que repetissem também, e os três ecoaram as palavras dos homens-pequenos.

— Que descansem na luz — murmuraram.

O grupo olhou para Liannan.

Ela caminhou na direção dos corpos imóveis, cobertos.

— Owen e Mallory, que as asas do drakon os guiem ao Paraíso Eterno.

A sílfide acenou com a cabeça e Wes e Shakes ergueram a primeira mortalha até a ponta do convés, depois a segunda, e as rolaram com suavidade para fora do navio, entregando os mortos às ondas.

Três mortos em um dia, pensou Nat. Daran era parte da equipe, mas não houvera um funeral para ele. Nenhuma palavra dita em seu nome, nenhuma bênção, mas talvez ele não tivesse merecido. O casal morto dera a vida pelos amigos, enquanto Daran teria trazido apenas morte ao grupo.

Liannan, Brendon e Roark ficaram parados diante da amurada por muito tempo, observando o mar.

Wes levou Nat para o canto.

— Colocaremos eles na cabine da tripulação.

— Certo. — Nat fez que sim, compreendendo o plano. Um espaço se abrira com Zedric no porão e seu irmão perdido. — Voltarei para lá também. Para a cabine da tripulação, quero dizer.

— Ah, é? — disse Wes, pego de surpresa.

Fazia sentido, agora que Daran não era mais um fator.

— Tem algum problema? — perguntou ela, sem querer parecer brusca. Mas se ia cortar a coisa toda pela raiz, tinha de fazê-lo agora, e rápido.

Wes deu de ombros.

— Faça o que quiser, não importa para mim.

— Certo — disse ela, sem conseguir evitar se sentir só um pouco magoada com o tom dele. Ainda que quisesse afastá-lo, ficou irritada com a sua desistência tão rápida. Apenas algumas horas antes, ele segurara a sua mão por um segundo a mais que o esperado quando ela o salvara das águas.

— Eu vou, então — concluiu ela, derrotada pelo orgulho.

— Beleza — disse ele, distraído, e foi para a ponte para se juntar a Shakes.

Nat recostou-se na parede. *Bom, está feito.* Ela se envolveu com os braços, protegendo-se da corrente ártica, mais solitária que nunca.

Ela logo se arrependeu da decisão precipitada de levar os seus pertences de volta à cabine da tripulação. Não deveria ter decidido voltar. O quarto do capitão era mais aconchegante, mais quente e tinha uma cama de verdade. Agora, voltara a dormir sobre um cobertor, sobre a malha de metal frio.

Ela ficou com a rede mais baixa a bombordo e, acima dela, Brendon ressonava de leve, enquanto, acima dele, o nariz de Roark assobiava feito uma chaleira aguda. Pelo menos Farouk, que falava dormindo, estava ao leme, de plantão, ou seriam três na sinfonia noturna.

Liannan ficara com a rede do outro lado do quarto, perto de Shakes, e Nat ouviu os dois sussurrando baixinho no escuro, com uma intimidade recém-descoberta. Ela sentiu a falta de Wes, sentiu a falta de saber que ele estava perto. Não era exatamente o barulho que a incomodava, notou. Na verdade, depois de viver sozinha, gostava de sentir o aconchego de ter gente por perto. Ela apenas sentia saudade dele, ainda que ele só estivesse a poucos metros de distância. Ele sentia a falta dela?, perguntou-se Nat. Quando finalmente adormeceu, não teve sonhos.

Na manhã seguinte, Nat acordou ouvindo Shakes gritar. Ela subiu correndo até o convés e o encontrou chutando a amurada. Wes segurava a cabeça com as mãos, frustrado.

— O que aconteceu?

— Zedric. Farouk — disse Wes, o rosto vermelho de raiva.

— O que eles fizeram? — perguntou Nat, sentindo uma pontada de medo.

— Foram embora — disse Shakes.

— Embora?

— Eles nos abandonaram ontem à noite. Pegaram um dos botes salva-vidas e se foram. Farouk deve ter soltado Zedric — explicou Wes. Ele estava decepcionado com Farouk. Entendia a raiva de Zedric, mas achava que o garoto magrelo estivesse do seu lado, pensava que ele fosse leal. Era difícil não poder contar com a sua equipe. Não era sempre assim, especialmente não durante a guerra. Ele e Shakes eram os únicos sobreviventes da companhia Delph, mas houvera outros: Ragdoll, Huntin' John, Sanjiv. Todos homens bons e nenhum sobrevivera.

— Temos sorte que não nos mataram enquanto dormíamos — disse Nat.

Shakes socou a parede mais próxima.

— Eles levaram o resto dos suprimentos. Nos deixaram sem nada. Nem sequer um galho para mastigar.

— Mas por quê? Não sobreviverão por muito tempo por aí. Por que correriam esse risco? — perguntou Nat.

— Os atiradores acabaram com a tripulação do outro navio. De algum jeito, um deles deve ter notado e concluído que seria melhor se arriscarem com os ERA do que conosco — respondeu Wes.

— Devem estar comendo ração da marinha agora, enquanto nós vamos morrer de fome — falou Shakes, mal-humorado, erguendo cada uma das latas e vendo que estavam vazias.

O resto do grupo estava reunido perto da cozinha, esperançoso, mas não era possível encontrar nada. Brendon tirou do bolso alguns wafers esfarelados que Wes lhe dera e dividiu com o grupo.

— Obrigada — disse Nat, sorrindo. Brendon tinha a mesma idade dela, mas tenha um rosto de homem sábio, enquanto Roark era um pouco mais velho. Não eram irmãos, mas da mesma tribo, ela ficou sabendo. Primos distantes, talvez. A genealogia dos pequenos era complicada demais para Nat entender, embora Brendon tivesse tentado explicar antes. Ela mordeu o biscoito.

— Não como um desses desde criança.

— Nunca comi antes — disse Brendon. — Tem um sabor muito interessante.

— Estamos cercados de água e não há nada para comer. De onde viemos, cortamos o gelo e pescamos — disse Roark.

— Verdade? — perguntou Shakes, curioso. — O único peixe que já comi era uma espécie de substituto. Achei que os oceanos tivessem secado.

— Não a nossa parte — disse Roark.

Nat balançou a cabeça. Por que ela não percebera antes? *Peixe... o brilho da cauda do costas vermelhas debaixo d'água...*

É claro!

34

— NÃO SEI POR QUE NÃO pensei nisso antes! — disse Nat, com o rosto iluminado. — Podemos achar comida.

— Onde? — perguntou Shakes. Até Liannan pareceu intrigada, embora a sílfide tivesse explicado que o seu povo não necessitava de muito alimento, motivo pelo qual tinham vida longa.

— Lá! — disse Nat, apontando para o mar cinzento através da portinhola.

Shakes balançou a cabeça.

— Ah, poxa, achei que você tivesse uma ideia de verdade. Lá só tem lixo.

— Não, não — insistiu Nat. — Eu estava lá... no dia em que... no dia em que batemos nos trashbergs. Com Daran e Zedric. Estávamos olhando para o mar e os vimos... os costas-vermelhas. Tem peixe lá.

Wes suspirou.

— Não tem peixe no oceano desde...

— Eu estou dizendo para vocês, nós já os *vimos*. E Daran disse que tinha visto antes. — Agora ela se dera conta do que os irmãos Slaine estavam fazendo naquela semana antes de Daran se afogar, quando saíam de fininho sozinhos. Estavam pescando! Estavam *comendo* e escondendo do resto da tripulação.

— Se você estiver certa, eu consigo pescar — disse Roark. — Donnie pode ajudar.

— Sim. — Brendon abriu um sorriso, contente em ser útil.

— Pena que não temos nenhuma vara — disse Wes. — Nem isca, aliás.

Roark estava determinado.

— Varas não são necessárias para este empenho. A essência da pesca é uma boa linha. Algo forte o suficiente para aguentar o peso do costas-vermelhas, mas leve o suficiente para permitir ao peso puxar a linha para baixo. Alguma ideia?

Wes sorriu. Nat notou que ele gostou do jeito que Roark pensava.

— Eu vi um carretel de arames no porão, não do pesado. Pode ser leve o suficiente para funcionar. — Ele acenou com a cabeça para Shakes, que foi descer para procurar os arames.

— Do lado estibordo... — gritou Wes.

Shakes ergueu a mão.

— Eu sei onde está, chefe.

— Mas é seguro para comer? — perguntou Nat. — Com todas as toxinas da água negra?

Wes deu de ombros.

— Não é o ideal, mas podemos arriscar. Precisamos comer.

Nat concordou.

Uma hora depois, o grupo confeccionara duas varas de pescar, usando tubulação de metal dos corrimãos do convés e o carretel de arame que Shakes encontrara no porão.

— Pronto, vai servir. — Roark fez que sim.

Wes fez anzóis com pregos curvados e os entregou a Nat, que finalizou as varas enfiando os pesos e os anzóis no arame longo e delicado.

Roark e Brendon pegaram as varas e foram ao trabalho. Nat viu os dois cortarem um pedaço de pano da camisa de Brendon e amarrarem no arame. O pano agiria como um marcador logo acima da superfície. Se um peixe puxasse a linha, o pano vermelho desapareceria abaixo da água. Legal.

Nat virou-se para Roark.

— E a isca?

Wes suspirou.

— Não temos nada sobrando. Posso achar uma minhoca em algum lugar debaixo do convés, mas só isso.

— Isso também não é um problema — continuou Roark. — Somente os peixes do fundo do mar gostam de minhoca. Nós não queremos comer esses mesmo, são cheios de chumbo e sabe-se lá de que mais. Pescaremos perto da superfície, onde a água é um pouco mais limpa. Quanto à isca, não precisamos de comida. Vejam. — Roark e Brendon sussurraram algumas palavras, pegaram um pedaço de metal e o colocaram no anzol.

— O que estão fazendo? — perguntou ela.

— Uma pequena mágica — respondeu Brendon, abrindo um sorriso.

— Uma coisinha para atrair os peixes — disse Roark. — Assim que entrar na água, ela vai girar e dançar igualzinho a um peixinho de água doce. Quando o peixe começar a morder, haverá mais.

Nat duvidara no começo, mas a ideia de Roark pareceu mais real de repente. As esperanças dela aumentaram: talvez eles finalmente fossem comer hoje.

— Então é verdade o que dizem sobe vocês — disse Shakes, animado.

— O que dizem? — perguntou Roark, apertando os olhos, obviamente a par dos rumores mortíferos a respeito do povo-pequeno que corriam entre os mortais.

— Só que vocês são mais inteligentes que a maioria — disse Nat, num tom suave. — Não é mesmo, Shakes?

— Eu posso ajudar também — disse Liannan, saltando do barco para o mar gelado, com seu corpo esguio e leve o bastante para andar sobre a água. O grupo assistiu encantado, e Shakes pareceu estar num estado de veneração completo.

Os homens-pequenos lançaram as linhas e a sílfide deu um suspiro de susto.

— Eles estão vindo! — disse ela. — Estou vendo lá embaixo.

Liannan voltou na ponta dos pés até o barco e se juntou a Nat na observação do pequeno ponto vermelho balançando na superfície. Roark deu um leve puxão na linha, tentando ver o anzol. Eles não tinham molinetes, portanto, tinham que enrolar o fio na vara ao erguer a linha. No meio do caminho, pararam.

— Ele fugiu — murmurou Roark. Ele olhou do gelo para as expressões de desespero da tripulação. — Paciência... Nós o pegaremos da próxima vez.

Roark precisou de três tentativas para, finalmente, pescar o costas-vermelhas e conseguir puxá-lo para fora d'água antes que ele escapasse do anzol tosco. Depois de pegarem o segundo, os dois homens-pequenos estavam tremendo, e Roark passou a vara para a sílfide, que lançou a linha num ponto distante da água. Nat fez o mesmo com a segunda vara, entregue por Brendon, lançando o mais longe que pôde.

Nat manteve um olho no pano vermelho e outro no horizonte. As sombras pareciam se alongar mais a cada minuto. Ela estava pronta para desistir quando finalmente puxou da água seu primeiro costas-vermelhas.

— Peguei um! — gritou ela, e Liannan correu para ajudá-la a enrolar o fio. O peixe vermelho ficou enlouquecido ao descer ao convés. Nat quase teve de pular em cima dele para impedir que caísse de volta nas ondas. Ela riu alto ao segurar o peixe nas mãos sem luvas. A pele era fria como gelo e escorregadia como óleo. O corpo musculoso flexionava com força contra o aperto dela. Nat percebeu que, com a exceção do pássaro alguns dias antes, ela nunca segurara um animal selvagem antes. O costas-vermelhas batia nas mãos dela, o que fez seu coração disparar. *É isso o que perdemos?*, pensou ela. *É isso o que o gelo tirou de nós?* Ela se perguntou se o Azul seria assim, o costas-vermelhas tão cheio de vida que era quase uma pena comê-lo.

Por algum motivo, os costas-vermelhas trouxeram uma corrente morna com eles, uma corrente limpa de água não poluída.

— O que é isso? — perguntou ela a Liannan.

— Água do Azul — disse a sílfide. — Os oceanos estão derretendo, o mundo está mudando, voltando ao que era.

As garotas puxaram mais dois peixes da água gelada e depois eles pararam de morder a isca.

Antes de erguerem o último da água fria, Shakes já estava fritando os peixes. Ele e Wes haviam limpado e preparado a pesca do dia, tirando as tripas e as espinhas, mas mantendo o resto intacto. O fogão estava quebrado; então, Shakes improvisou, montando um cilindro de propano sob uma placa de metal. O propano queimava com força — parecia que ele estava tostando os peixes com um lança-chamas —, mas deu certo.

— Costas-vermelhas à la Shakes — disse ele animado, servindo os pratos.

O grupo se reuniu em torno da mesa com os pratos de peixe. Wes olhou para as caras de expectativa.

— E... o que estão esperando? Comam — encorajou ele. — Já disse, não fazemos cerimônia no meu navio.

Nat ficou um pouco cética ao ver que a pele dos peixes estava queimada por fora, mas mudou de impressão assim que cortou. A carne era branca e úmida. Ela mordeu um pedaço e sorriu.

Ela não conseguia se lembrar de ter tido uma refeição melhor. Lembrou-se das refeições pequenas e silenciosas em casa, hambúrgueres falsos de micro-ondas, enquanto assistia a um programa nas redes. Mesmo depois de ter contratado a equipe de Wes, ela comera sozinha, por se sentir desconfortável na presença dos irmãos Slaine.

Brendon e Roark encontraram uma jarra rara de hidromel entre as latas de Nutri e enchiam copos para todo lado.

— Mais uma pequena mágica? — perguntou Nat.

Brendon fez que sim com a cabeça.

— Quem me dera tivesse sido o suficiente para salvar os meus amigos.

Ao fim do jantar, ela viu Shakes e Liannan afastando-se do grupo aos poucos. Nat sentiu um alívio ao descobrir que a adorável sílfide estava mais interessada no imediato do que no capitão.

— Esse aí está apaixonado — observou Brendon, apontando para os dois.

— É, essa foi rápida. Mas não dá para culpá-lo. Ela é um espetáculo. — Roark deu um sorriso em devaneio. — Parece uma fada.

— Ele também não é nada mal — provocou Brendon, pegando na mão de Roark.

Ah. Então essa era a ligação entre eles. Não eram irmãos mesmo. Longe disso. Nat sorriu.

Lá fora, no convés, Shakes inclinou-se para perto da sílfide etérea, e Nat pôde ver que Liannan não pareceu se importar. Nat virou-se para dizer alguma coisa a Wes, mas parou. Seu rosto perdeu o brilho.

Wes não estava lá. Sua cadeira estava vazia.

A NOVA EQUIPE SE ACOMODOU, Brendon era melhor em mapear o trajeto do que Farouk tinha sido. Alguma coisa nos trashbergs fez a bússola ficar caótica e girar fora de controle, algo a que Farouk nunca fora capaz de ajustá-la, motivo pelo qual eles haviam batido nos trashbergs e desviado do curso. Agora que todos sabiam da pedra, não havia mais fingimentos quanto ao destino deles — o Azul. Nat passava as manhãs perto do leme com eles, enquanto Wes consultava o mapa, segurando a pedra Azul perto do olho, enquanto fazia as correções no teclado de navegação. Brendon fez alguns cálculos para a bússola e mapeou o trajeto atrás de um documento manchado de café que encontrara na sala de máquinas. Se tivessem continuado a seguir a bússola como estava, como Farouk fizera, ficariam viajando em círculos.

Mas com Brendon na ponte, mantiveram-se em linha reta. Ele guiou o navio com destreza pelos montes de lixo que atravancavam o oceano. Suas mãos pequenas moviam-se com agilidade — ele parecia ter uma percepção natural de como *Alby* reagiria ao virar o leme. Enquanto Farouk preferia passar esmagando as pilhas menores de gelo e lixo, Brendon movia-se com graça entre as obstruções, dando guinadas pelo oceano abarrotado sem bater uma vez sequer nos entulhos. Resultava num passeio muito mais suave — sem o ruído constante de arranhado que o navio fazia quando Farouk o guiava pelo oceano.

Enquanto Brendon os mantinha seguindo na direção certa, Roark comandava a cozinha e a pescaria diária. Finalmente estavam com uma boa velocidade e seu medo de morrer de fome começou a sumir. Era a melhor equipe que já tivera, pensou Wes. Trabalhavam como grupo, como uma unidade, funcionando de forma suave. Em algumas noites, estavam numa alegria completa, com Nat liderando os jogos de cartas e ensinando-os a jogar buraco, uíste, snap ou pôquer, quando estavam se sentindo dinâmicos. Os homens-pequenos ensinaram a eles o Código dos Leigos, uma forma de se comunicar por batidas, além de jogos que conheciam: Segredo de Homem-Pequeno e Quem é a Sardinha. Liannan tentou ensinar um jogo do seu povo, mas era complicado demais e incluía assobios agudos e cantos que ninguém conseguiu imitar nem entender.

Liannan e Shakes tentavam manter seu romance crescente debaixo dos panos, e, fora o fato de Shakes sorrir feito doido o dia todo, e de Liannan corar sempre que ele se aproximava, eles pareciam apenas amigos muito íntimos, rindo diante das cartas ou provocando um ao outro quando um dos dois não conseguia adivinhar o Segredo do Homem-Pequeno.

Wes estava contente por Shakes, mas também estava apreensivo por ele. Não fazia ideia do que Shakes estava pensando, era melhor não se envolver, mas também estava com inveja da alegria do amigo. Nat deixara claro que não estava interessada nele e ele respeitava os desejos dela, ainda que estar tão perto e, no entanto, tão longe, o deixasse inquieto. Quanto antes ele a deixasse no Azul, melhor para todos. Então ele poderia dar meia-volta e esquecer que um dia se conheceram.

Naquela manhã, ela estava perto demais novamente, ajudando-os a navegar pelo estreito.

— Aqui está — disse ele, devolvendo a pedra ao terminarem a tarefa. Os dedos dele roçaram na palma da mão dela, mas

Wes aprendera a ignorar a sensação de eletricidade e saiu de perto rapidamente.

Nat ficou olhando Wes sair da ponte, sentindo-se perturbada com a sua saída abrupta. Era tudo com a melhor das intenções, de verdade, uma vez que não havia nenhuma chance de ficarem juntos. Mas quando o encontrou diante da amurada algumas horas depois, foi até ele sem pensar.

— Sua irmã? — perguntou Nat, vendo, por cima do ombro dele, a foto que ele segurava.

— Sim, é Eliza.

Ele lhe mostrou a foto de uma menininha com roupa para neve, ao lado de um boneco de neve. Ele também estava na foto, com o braço gorducho pendurado no ombro da irmã.

Nat ficou olhando por muito tempo.

— Com quantos anos você disse que ela estava quando foi levada?

— Deixa eu ver... Eu tinha sete.

— Ela também.

Ele franziu os olhos.

— Shakes te contou, né?

— Sim.

— Éramos gêmeos, mas eu saí primeiro. Ela sempre foi a minha irmãzinha mais nova.

— Então, o que aconteceu com ela... de verdade?

Wes suspirou. Era difícil falar a respeito. Ele não se lembrava de muita coisa.

— Houve um incêndio — disse ele, em voz baixa. — Os alarmes do detector de fumaça não funcionaram. Veio do nada e, em seguida, estava em toda parte.

Um incêndio que surgiu do nada. Nat sentiu um arrepio no corpo todo. Não. Não poderia ser verdade.

— Ela foi queimada?

Ele segurou a foto com mais força.

— Não, aí é que está... Nunca encontraram o corpo. Disseram que ela devia ter virado cinza, desintegrado, mas, sério, teria ficado alguma coisa... algo para identificá-la...

Fogo e dor. Ela fechou os olhos e pôde ver. As ruínas cheias de fumaça... a criança queimando nas chamas...

— Ela está viva. Tem que estar. Está por aí, em algum lugar — disse ele.

— Sinto muito — sussurrou Nat. Sentia mais do que ele imaginava.

— Está tudo bem. — Ele ecoou as palavras que ela lhe dissera outro dia: — A culpa não foi sua.

Nat não respondeu. Ela queria tocar nele, mas era como se Wes estivesse atrás de uma parede de vidro. Ele a odiaria agora. Sempre a odiaria. Ela não precisava afastá-lo; já o fizera. *O fogo. A criança. O fogo que veio do nada. A criança que foi levada.*

— Wes, tem uma coisa que você precisa saber sobre mim... — disse ela, a voz quase inaudível, bem quando Shakes veio correndo do leme.

— Mais navios! — falou ele. — Roark avistou navios nos trashbergs. O garoto tem uma visão de piloto de caça.

Wes endireitou-se.

— ERA?

— Não tenho certeza. Longe demais ainda — respondeu Shakes, seguindo Wes até o convés.

Roark estava descendo do ninho do corvo e relatou suas descobertas.

— Não estão com a bandeira.

— Os motores são altos demais também — disse Wes. Ele pegou o telescópio e olhou para o horizonte distante. Focalizou a lente e conseguiu enxergar melhor. Conseguiu escutar também.

Ouviu o som de tiros de armas e canhões.

Brendon saiu da ponte e ficou ao lado de Roark.

— O que é?

— Uma batalha — disse Wes, ainda espiando os navios pelas lentes, vendo balas voando entre eles. — Entre dois traficantes de escravos, parece. — Ele os reconheceu pela silhueta. Os dois navios gigantes estavam tão sobrecarregados de lixo que pareciam mais favelas do que navios. Era exatamente como ele temera quando os navios da marinha os deixaram sozinhos.

— Traficantes de escravos — sussurrou Brendon. — Não pode ser bom.

Nat sentiu um pavor, pensando nos traficantes de K-Town que ela vira. Homens impiedosos, de olhar duro e tatuagens feias.

— Parece que os dois são da equipe de Jolly — disse Wes, passando a ela o binóculo para que visse o crânio e os ossos pintados nos dois navios.

— Quem é Jolly? — perguntou Nat, devolvendo o binóculo.

— "Jolly" Roger Stevens, também conhecido como o maior babaca que já navegou o cinza do oceano — resmungou Shakes.

— Então por que estão brigando um com o outro?

Eles ficaram vendo os navios convergirem. Ficou claro que um estava seguindo o outro, a tripulação se preparando para embarcar no navio menor. Colidiram com um estrondo e, no momento seguinte, as duas tripulações estavam em combate corpo a corpo. Homens tombaram no mar. Tiros se misturaram a grunhidos e risos.

— Traficantes roubam uns aos outros o tempo todo. É mais fácil que vagar pelo mar em busca de peregrinos — explicou Wes.

— Com sorte, destruirão um ao outro — disse Shakes. — Aí poderemos simplesmente passar...

— Alguma vez já tivemos tanta sorte? — Wes suspirou. — Mas volte ao leme e tente ficar atrás de um dos trashbergs. Talvez consiga nos esconder.

Alby seguiu na direção de uma pilha de lixo flutuante e, por um momento, Wes achou que talvez pudessem finalmente ter sorte. Mas os tiros pararam. Os catadores pararam de brigar.

Wes olhou pelo telescópio, examinando os dois navios, e percebeu por que o ataque parara — as jaulas de escravos do navio atacado estavam quase tão vazias quanto os do que atacava. Não havia quase nenhuma pilhagem pela qual brigar.

Ele deu zoom nos dois capitães, que se encontravam no convés do navio. Eles deram um aperto de mãos e se viraram, parecendo olhar diretamente para ele.

Os traficantes os haviam descoberto.

E ficou claro: eles eram os próximos.

36

WES CALCULOU AS SUAS CHANCES. Ele tinha Shakes, uma crupiê de vinte e um, uma sílfide e dois homens-pequenos do seu lado, e nenhum deles, a não ser ele e Shakes, tinham experiência de combate. Disse a Shakes para ficar do seu lado e ordenou que todos os outros fossem para baixo do convés para pegarem botes salva-vidas.

Mas ninguém saiu do lugar.

— Queremos lutar — falou Brendon com bravura, enquanto Roark fazia que sim. — Não vamos mais fugir.

— Você não vai se livrar de nós assim tão fácil — disse Nat.

Liannan já vigiava a aproximação dos traficantes.

— Se você tiver um plano, recomendo que divida conosco agora. Eles logo virão para cima de nós.

— Olha, não é que eu não admire a coragem de vocês — começou Wes. — Mas esses caras são violentos... Shakes e eu já tivemos que lidar com eles antes. Deixem a gente cuidar disso agora. Uma palavra errada e qualquer um poderia acabar morto. Desçam todos para o convés inferior. Se eles embarcarem, tirem um bote salva-vidas... Eles têm um pequeno motor, pode ser que vocês ganhem tempo, e um pouco de distância — continuou Wes, pegando a arma. — Brendon, Roark... vocês sabem usar isto?

— Não usamos ferro — disse Brendon, sacando uma adaga de prata do bolso. — Mas estamos armados. E estamos com Liannan.

— Ela não ajudou muito contra os franco-atiradores que acabaram com a sua antiga tripulação — lembrou Wes.

— Eu não os vi — Liannan disse num tom frio, ao aparecer no convés para se juntar ao grupo. — Os navios são feitos de ferro... que repele o nosso poder.

— É uma pena — suspirou Wes. — Estamos precisando mesmo de ajuda agora.

— Eu vou ficar aqui em cima com vocês. Não vou embora — falou Nat. — Eu sei lutar. — Ela ficou encarando Wes até ele fazer que sim.

— OK, mas se formos invadidos, não teremos chance — conformou-se ele.

— Então, morreremos juntos — concluiu ela. Não poderíamos pedir mais que isso, pensou.

— Chefe... — disse Shakes, virando-se para Wes. — Lembre-se: se chegar a esse ponto, tira a minha vida, antes de chegarem aqui. Prefiro morrer aqui a morrer numa jaula. Atire em mim primeiro, OK?

— Não seja idiota — disse Wes, apertando os dentes, o coração batendo forte. — Não vai chegar a esse ponto, eu sempre te digo.

— Não vai? — Shakes tentou sorrir, mesmo com o rosto mais pálido que a vela do navio.

— Ainda quer ficar aqui em cima? — Wes perguntou a Nat.

Ela fez que sim.

— Aquele bote salva-vidas é um perigo. Prefiro morrer lutando a morrer de inanição no oceano.

— Faça como quiser, mas se não acabarmos com eles, vamos acabar uns com os outros — disse Wes.

Shakes estendeu a mão trêmula.

— Dentro.

Wes bateu em cima da mão dele. Nat fez o mesmo.

— Fechado. — Liannan e os homens-pequenos acrescentaram suas mãos.

Com a morte deles justificada, Wes suspirou.

— Está bem, se vocês querem lutar, comecem ficando fora do campo de visão deles. Não podemos revelar quantos somos. Peguem algo pesado e se escondam. — Ele fez um gesto para Nat, apontando para um lugar atrás de uma das paredes, onde ela podia desaparecer. Brendon e Roark entenderam de imediato, se esconderam atrás de entulhos e desapareceram por completo. Wes olhou ao redor, à procura de Liannan, mas ela já não estava mais lá. Nat notou que ele estava confuso, e apontou para o alto. A garota escalara o mastro e estava escondida entre as velas, seu corpo élfico delgado quase invisível no tecido ondulante.

Nat agachou-se entre os meninos. Eles esperaram, prendendo a respiração, sem falar. Ela ouvia o som dos motores ficando mais alto.

Um dos navios de escravos acelerou na direção do barco deles, o aríete da proa empurrando gelo e escombros para o lado, arando a água.

Wes ergueu a mão, pedindo silêncio, e fez um gesto para Shakes, apontando na direção da proa do navio que se aproximava. O soldado se arrastou para trás da grande arma no convés. A arma não era uma nenhuma beleza, mas dava um tiro colossal. Wes soldara a base de um obus velho atrás de um escudo de metal. O escudo permitia que a pessoa mirasse e atirasse com algum grau de proteção. A arma de cano curto era como um canhão em miniatura e lançava balas do tamanho de uma bola de beisebol. Seria uma arma formidável se eles tivessem mais de uma bala. Shakes verificou se o cano estava carregado e acenou com a cabeça para Wes.

Eles só tinham uma tentativa. Portanto, precisavam fazer valer. Wes esperou até o navio se aproximar. Se conseguissem acertar um bom tiro, poderiam ser capazes de afundar o navio dos traficantes antes de chegar perto o suficiente para que a tripulação nadasse até eles. Um bom tiro poderia até assustá-los e fazer com que fossem embora se achassem que eles tinham mais munição.

Wes pensou na sua estratégia: ele queria assustar os traficantes antes que pudessem ver como a sua tripulação estava mal armada, mas, quanto mais distante estivessem, mais difícil seria atingir o navio.

Então, ele aguardou o máximo que pôde e deu o sinal para Shakes.

O amigo mirou a grande arma sem pressa. O mecanismo de pontaria estava faltando, então, Shakes teve que adivinhar para acertar o alvo.

O navio estava a um quilômetro e meio de distância... um quilômetro...

Wes estava a ponto de gritar para Shakes quando o soldado finalmente apertou o gatilho.

A arma do tamanho de um canhão disparou com tal força que o convés todo estremeceu e uma nuvem fina de fumaça invadiu o ar.

Mas quando a fumaça se dissipou, os traficantes ainda estavam indo na direção deles. O tiro passara longe, acertou um pedaço de gelo a dez metros da embarcação.

Shakes praguejou e Wes subiu atrás do escudo de metal.

— A culpa não é sua — disse ele a Shakes, sem tirar os olhos do navio de escravos. — A munição dessa coisa tem décadas de idade. É um milagre que tenha disparado.

Os dois ficaram olhando, com as mãos nos revólveres, enquanto o navio se aproximava. A embarcação era como a deles, reconstruído e caindo aos pedaços, mas, ao contrário de Alby, que fora muito bem restaurado, o navio de escravos parecia uma mixórdia. O casco era reforçado com capôs de carro, portas de geladeira, folhas de metal corrugado e retalhos desajeitados de lixo. Saía fumaça de suas chaminés. Wes avistou alguns canos de arma agourentos saindo do meio do labirinto de metal.

O navio estava tão perto que era possível ouvir os traficantes falando uns com os outros.

Todos se encolheram nos seus lugares e esperaram.

— O que estão dizendo? — Roark sussurrou para Nat.

Ela tentou escutar.

— Não tenho certeza. — A linguagem dos traficantes soava brutal aos ouvidos dela, corrompida, só consoantes, sem vogais. Então, ela percebeu que eles estavam *falando* linguagem de Internet, uma linguagem que existia apenas para ser escrita, não falada... ainda que ela tivesse ouvido em bolsões de K-Town e vez ou outra quando era crupiê em Nova Vegas.

Agora o navio de escravos estava bem ao lado deles. Os mercenários haviam jogado uma escada de corda e estavam entrando no navio deles. Uma tropa esfarrapada de garotos e homens com cara de durões subiu a bordo, junto com algumas mulheres de cara assustadora, com armas e hastes de aço afiadas. Nat contou trinta.

De frente para ela, Wes pôs a arma no coldre.

— O que você está fazendo? — perguntou ela, horrorizada. Eles haviam planejado lutar. Mas agora parecia que Wes simplesmente ia desistir.

— Se lutarmos, vamos morrer. Eles são muitos, achei que fossem enviar apenas um grupo pequeno de ataque, mas não podemos dar conta de todos eles — disse ele. — Seria suicídio. Temos que nos entregar.

— Mas nós dissemos...

Wes não a deixou terminar.

— Vou deixá-los eles nos levarem. Talvez eu consiga escapar na conversa... Conheço esses caras. E se não der, vai me dar um tempo para pensar em outra saída.

— Outra saída? — disse Nat, enfática.

— Não se preocupe... Eu nunca daria o seu colar para eles. Prometo. Eu engoliria antes. — Abriu um sorriso.

Wes fez um sinal com a cabeça para Shakes e o resto da equipe. Ele foi saindo de trás do escudo do obus devagar, com as mãos para cima em sinal de rendição. O grupo fez o mesmo. Não houve discussão nem debate. Wes ficou admirado. Eles seguiam ordens melhor que a sua antiga unidade. Os homens-pequenos largaram as adagas que haviam sacado para a batalha. Liannan desceu do mastro e caminhou majestosa à frente, segurando seus mantos em torno de si. Shakes manteve-se por perto numa atitude protetora. Nat era a última.

Os traficantes murmuravam e gesticulavam um para o outro, enquanto cercavam o pequeno grupo. Dois deles pegaram Wes. Tinham as mesmas cicatrizes, como arranhões de gatos ou galhos, no rosto. Wes sabia que os clãs mais baixos de traficantes de escravos cortavam o rosto dos bebês assim que nasciam. As cicatrizes cresciam como parte do rosto — marcando-os para sempre como gente do oceano negro.

— Só isso? São apenas vocês? — indagou o maior deles. Wes notou que o seu rosto não tinha as cicatrizes: esse homem crescera fora dos clãs de traficantes. Ele falava a língua padrão, mas suas palavras eram quase incompreensíveis. Fedia como o mar e suas roupas eram manchadas e esfarrapadas. Provavelmente usaria os trapos até se desintegrarem.

— Sim — respondeu Wes.

— Achei que você estivesse comandando uma tripulação maior aqui, dois soldados e quatro passageiros?

— Perdemos alguns — disse Wes.

Houve um burburinho no grupo maior, e os mercenários ficaram quietos, afastando-se para a chegada do capitão do navio. Nat abafou o susto. Era o rosto familiar de Avo Hubik, o Slob, o traficante de quem ela ganhara o navio. Exatamente como em K-Town, Avo era elegante e belo, os olhos negros profundos como a noite. Como o traficante que falara, ele não tinha cicatrizes no rosto lisinho e bonito, mas exibia uma tatuagem de esqueleto no antebraço. Nat notou que a cicatriz acima da sobrancelha tinha quase a mesma forma e no mesmo lugar da cicatriz na testa de Wes. Coincidência, ela questionou, ou outra coisa?

Avo andou pelo convés com um sorriso.

Parou quando viu Nat e o sorriso cresceu.

— Ah, aí está você. Como suspeitei, você era fajuta demais para ser um troféu decente. Eu deveria ter imaginado que você estava trabalhando para esse cara — disse ele, apontando para Wes.

Wes deu de ombros, como se não tivesse sido pego numa armadilha. Sua atitude tranquila combinava com a de Avo. Dois velhos amigos e adversários se reencontrando.

— Slob, bom te ver de novo — disse Wes, com um sorrisão. — Quanto tempo.

— Wesson — disse Avo. — Já avisei muitas vezes que não era pra me chamar assim.

Wes riu.

— Deixa a gente, Slob. Você pode ficar com o seu navio de volta... mas estou avisando: não toque na minha tripulação.

— Eu *estou* com o meu navio de volta, não notou? Seu querido Albatroz tem um nome apropriado — disse o traficante de escravos, já sem o sorriso. — E quanto à sua tripulação... — Seu olhar se dirigiu rapidamente para as duas garotas, mantendo-se em Nat.

— Nem pense nisso, pervertido — alertou Wes.

Avo riu.

— Não se preocupe, Wesson, suas assistentes desleixadas não fazem o meu tipo — desdenhou ele.

Wes começou a falar mais rápido.

— Ei, cara, seja legal, vai, você me conhece, me deixa trabalhar pra você. Tenho uma boa tripulação aqui, sabe que posso dobrar a área que você normalmente seria capaz de cobrir em um dia. Jolly nem terá que pagar a minha taxa de costume... Faço o favor de aceitar um desconto. — Ele deu o seu sorriso sossegado e charmoso, enfrentando outro trapaceiro, mas, desta vez, não era um guia de safári, nem uma equipe preguiçosa de buscadores. Era o catador mais temido das águas negras.

Avo deu uma risada curta e ríspida.

— Bradley disse que você amoleceu e eu não acreditei. Agora te vendo com um bando de meninas e anões, estou achando que ele estava certo. Agora entendo por que você não teve coragem de aceitar o trabalho. — Ele deu uma risada de escárnio.

— Do que ele está falando? — perguntou Nat, olhando para Wes. — Que trabalho?

AVO RIU DE NOVO.

— Conta pra ela. Por que não? Que Bradley te ofereceu um trabalho bom, bem fácil, de perseguir peregrinos nas águas negras Tirar o lixo do oceano. Sorte nossa que você não aceitou. Parece que, em vez disso, resolveu se juntar a eles.

Wes suspirou. A coisa não estava indo como ele esperava.

O segundo navio de escravos parou ao lado de Alby. Era parecido com o primeiro, com uma longa fileira de contêineres balançando feito jaulas nas beiradas do convés. O capitão, um pirata esguio, careca e com cara de poucos amigos, subiu no navio. Era pálido e amarelado, diferente dos catadores antigos, que tinham o rosto moreno, queimado de sol. Os raios de sol não chegavam mais ao oceano, era tão cinzento aqui quanto em qualquer outro lugar do mundo, e, assim, os traficantes eram tão pálidos quanto qualquer cidadão de Nova Vegas. Assim como Avo, Wes notou, o cara novo tinha um localizador militar no quadril.

O traficante careca era conhecido como Orelha, Wes lembrou agora. Assim chamado porque não tinha a orelha direta. Seu navio chamava-se Van Gogh.

— É só isso que temos? — perguntou, olhando com desprezo para a tripulação desgrenhada de Wes.

— É, parece. — Avo fez que sim. — Os meninos deram uma olhada. Um bote salva-vidas está faltando, mas é só. Perderam alguns no caminho, segundo Wesson.

Orelha cuspiu no convés. Ficou claro que não tinha muita consideração pelo navio. Wes notou marcas de queimadura no casaco dele e se perguntou se seriam resultado da briga um pouco antes com Avo.

— Cara ou coroa? — perguntou Avo, atirando uma moeda de prata para o alto.

— Cara — respondeu Orelha.

— Coroa — Avo mostrou-lhe o lado de cima da moeda. Ele sorriu e apontou direto para Nat. — Aquela ali.

— Não! Não machuque ela! — gritou Wes. — Avo, juro por deus que se você...

— Espera... espera... — disse Nat, quando Avo tirou uma lâmina do bolso de trás e foi andando na sua direção. Ela se contraiu para não ser tocada por ele.

— Relaxa... — disse o traficante, puxando a manga dela para cima. E marcou a pele da mão dela com um S torto.

Wes lutou contra os homens que o seguravam.

— Preciso te alertar... ela é marcada!

O traficante abriu um sorriso.

— Exatamente. Marcada, mas ainda saudável. Por isso a quero... Ela vai valer um preço mais alto no mercado. Vardick, leve-a pro Titã. — Ele acenou com a cabeça para um dos mercenários, que agarrou Nat pela mão cortada.

— Wes...! — gritou ela.

— Não! Não luta com eles... não...

Mas Nat deu um chute em Vardick; ele bateu na lateral da cabeça dela com o cabo do fuzil e ela caiu com força no convés.

— Não estraga a cara dela — disse Avo, irritado. — Eles não gostam quando parece que apanharam demais.

Wes se livrou dos piratas que o seguravam e deu um giro, enterrando o punho no estômago do traficante mais próximo, quebrando suas costelas e mandando-o para o chão. Os traficantes tinham muita força bruta, mas nenhum deles sabia brigar direito. O homem tinha o dobro do tamanho de Wes, mas mal teve a chance de fazer um movimento e Wes o acertou. O treinamento militar acabava sendo muito útil em momentos como este, e, neste exato momento, com traficantes por todos os lados, ele enfrentaria a tripulação inteira se precisasse.

— Chega disso — disse Avo, erguendo a pistola sem ânimo. — Senão eu o faço ver o que farão com ela.

Wes parou e se entregou. O pirata em quem batera deu-lhe um chute nas costas e ele caiu no convés.

— Agora — disse Orelha —, eu fico com o Vibra aqui.

Liannan lançou um olhar preocupado para Shakes quando os homens de Orelha o levaram para o lado deles. Shakes não soltou nenhum som quando fizeram um corte na sua orelha. O sangue escorreu da ferida.

Avo examinou o resto do grupo.

— Fico com a sílfide — disse, por fim. — Talvez Jolly a queira pra coleção dele.

Liannan manteve as mãos atrás das costas. Não queria ficar com a marca deles. Mas não adiantou: dois homens de Avo se revezaram, abriram sua mão à força e talharam sua pele.

— Os pequenos. — Orelha apontou. — Fico com os dois, dois pelo preço de um, certo?

Como Shakes, Roark e Brendon não choraram nem gritaram quando cortaram suas orelhas. Wes sentiu orgulho da sua tripulação. Só esperava ter uma ideia para tirá-los daquela situação. Ele não mentira para Nat, mas as coisas ficaram piores do que ele pensara. Ele estava contando com fato de permanecerem todos no mesmo navio, mas agora que estavam sendo divididos entre os dois... seria mais difícil resgatar todos eles.

— O que vai fazer com os pequenos? — perguntou Avo, curioso.

— Territórios fora-da-lei... O circo vai pagar muito por eles.

— Eu fico com Wesson aqui — disse Avo, sem ânimo.

Wes manteve um sorriso enquanto o pirata talhava a sua mão.

— Você vai se arrepender disso, Slob. Eu juro. Lembre-se disso. Avise Jolly também. Eu vou atrás dele quando for atrás de você.

Eram palavras de bravura, vazias, ele sabia, mas esperava que dessem coragem ao seu pessoal. Ele estava contente que, no mínimo dos mínimos, Nat estava consigo.

— Vincent! — gritou Liannan, quando os dois grupos foram arrastados para os seus respectivos navios.

Mas Shakes nem ergueu a cabeça. Já havia desistido, pensou Wes, e talvez ele também devesse.

38

A PARTE DE TRÁS DO TITÃ SERVIA de habitat para os prisioneiros, com contêineres dispostos numa fileira em forma de ferradura pelo perímetro do convés. Os contêineres estavam montados de modo a ficar metade sobre o convés e metade pendendo acima da água. A posição deixava mais espaço livre no convés, mas Wes supôs que os catadores não buscavam um melhor aproveitamento do espaço. Deixadas ao ar frio do oceano, as jaulas ficavam duas vezes mais frias, e qualquer tentativa de fuga tinha grandes chances de acabar nas águas negras.

O único meio de entrar ou sair era através de uma porta de ferro pesada, trancada por um ferrolho com o mesmo diâmetro do braço de Wes. Havia um buraco denteado no meio da porta, suficiente para deixar entrar alguma luz. Um catador de pele cinzenta pressionou a ponta da faca nas costas de Wes ao apontar para a porta aberta da jaula, e Wes entrou, com Nat logo atrás. Através de furos no chão de aço, eles viram as águas escuras do oceano correndo abaixo deles. O ruído alto da água em movimento ecoava dentro da caixa, o que fez com que os dois estremecessem. A sensação na jaula era de dez graus mais frio que no convés do navio.

Pendendo acima da água, não havia nada que os isolasse do oceano congelante.

Wes sentiu cheiro de fruta madura e nozes, e, por um momento, esqueceu o frio ao olhar ao redor à procura de comida. Mas a caixa de carga estava vazia. Ele se perguntou se haveria alguma coisa do outro lado da porta, mas não viu nada. Por um segundo, achou que o frio estivesse começando a pregar peças com a sua mente. Sentiu pânico, depois percebeu que cheiro estava sentindo. Ele avistou, em letras de um laranja desbotado, o logo da Comidas-NV numa das paredes. A empresa especializada em "Novos Alimentos Para Você" — comida que não demandava refrigeração nem cozimento. Simplesmente eram guardadas no armário e usadas conforme a necessidade. Garantiam que a comida permanecia fresca e livre de bactérias durante décadas. *Estoque por um século!...* ou algo assim. Ele esquecera o slogan. Comida imortal. O cheiro da Comidas-NV permanecia forte. O cheiro ainda estaria ali quando o mundo acabasse. Era a barata dos alimentos — indestrutível até no quesito nojeira.

Ele riu, Nat também. Estavam prestes a morrer de fome, sentindo apenas cheiro de produtos alimentícios processados.

O sorriso dela desapareceu rapidamente. Ele percebeu que Nat estava pensando em alguma coisa.

— É verdade? O que Slob disse? — perguntou ela. — Sobre o trabalho?

Wes suspirou.

— Sim, é verdade. Me ofereceram esse trabalho que ele está fazendo. — Ele contou a Nat a respeito da missão que recusara. *Isso não é trabalho, é assassinato*, ele dissera a Bradley. — Os ERA usam traficantes de escravos para matar ou torturar seus próprios cidadãos. Não se importavam com o que eu fizesse com os peregrinos... desde que garantisse que eles desaparecessem. Se o Azul for real, eles não querem que ninguém mais encontre.

— Você deve ter uma reputação e tanto — disse Nat, pensativa.

— Pois é, eu recusei a oferta deles, não? Isso tudo é culpa minha. Eu não deveria ter te deixado sair de Nova Vegas.

— A escolha foi minha. A culpa não foi sua.

— A culpa foi exatamente minha, mas espero que Avo me escute. Temos um passado juntos. Ele vai me ouvir, pelo menos. Ele teve a diversão e a vingança dele, já ganhou. Eu estou numa jaula.

— Você e Avo... Vocês têm a mesma cicatriz na sobrancelha direita. Mas você disse que Shakes o atingiu com um machado no gelo. Que foi um acidente.

Wes fez uma careta e pareceu desconfortável.

— Alguma hora eu te conto.

— Ele serviu ao exército com você, não? Avo Hubik. Disseram que ele é de Nova Trácia, mas não pode ser, ele não tem sotaque. Fiquei pensando nisso quando ganhei Alby. Aliás, sempre achei que Alby fosse uma abreviatura de ALB-187, mas Avo chamou o navio de Albatroz.

— É uma piada antiga entre a gente, de que o navio é mais um fardo que qualquer outra coisa. Você está certa, ele não é de Trácia, é um ex-militar do exército... Servimos na mesma unidade — disse Wes. — Agora ele é mercenário, igual a mim.

— O que vai acontecer se você não conseguir convencê-lo a ter piedade de nós em nome dos velhos tempos?

Wes sentou-se.

— Bom, se eu o conheço, um dia desses, ele vai se distrair ou ficar com preguiça, e eu posso fazer a gente escapar, tirar todos nós daqui de uma vez.

— E se isso não der certo? Seremos leiloados como escravos, certo? Quer dizer, se tivermos sorte, isso é o que vai acontecer. Porque se ninguém nos quiser, vão nos vender nos mercados de carnes, não vão? Os territórios fora-da-lei estão passando fome. Aceitam qualquer tipo de carne. — Ela estremeceu. Ouvira os rumores sombrios sobre o comércio de carne humana. Primeiro eles cegavam os escravos com ácido, depois tiravam a pele, para depois matar e separar as partes.

— Não vai chegar a esse ponto, Nat. Não vou deixar. Lembra o nosso pacto?

Nat não respondeu.

— Mas por que ele disse que eu daria um preço mais alto... O que eles fazem com os marcados?

— Não sei. — Wes não queria olhar nos olhos dela.

— Sabe, só não quer me falar. — Nat sentiu um embrulho no estômago. Wes estava tentando se manter firme, mas ela viu o medo no olhar que ele se esforçava muito para esconder, e lembrou que ele era muito jovem. Que todos eles eram muito jovens. Wes era bom demais em fingir. Mantinha a calma, fazia com que os outros acreditassem que ele era mais velho e estava no controle. Mas ele só tinha dezesseis anos. Ainda era apenas um garoto. Todos eles, crianças e órfãos. Slob era o pior deles, Nat se deu conta, o brigão mais malvado do play.

O frio parecia mordiscá-los em todas as direções. Não havia nenhuma distração, nada para ver ou fazer. Os dias e as noites se prolongavam de um modo que não era natural, e sempre havia o vento ártico, queimando feito um fogo que não oferecia nenhum calor.

Durante os dias que se seguiram, eles ficaram na jaula sem nada para comer, nada para beber a não ser sincelos que se formavam nos cantos. Nat sentiu-se bem no começo, mas no terceiro dia sentiu tontura e não conseguia sequer se sentar. Ficou claustrofóbica na jaula, com a energia esgotada, com uma fome que nunca sentira antes. Ela tentou dormir, mas seu corpo tremia toda vez que o vento soprava pelos buracos de balas. O ar frígido passava pela sua pele, despertando-a do sono, retirando as últimas gotas de umidade do seu rosto avermelhado.

Nat ouviu o som de algo rasgando e, por um momento, pensou que a caixa estivesse prestes a cair na água. Ela ergueu o rosto e viu Wes rasgando uma faixa longa de tecido do forro do seu colete.

— O que você está fazendo?

Ele não respondeu, apenas continuou rasgando mais uma faixa longa das suas roupas.

— Você vai congelar! Para!

— Toma — disse ele, dando a ela a faixa mais longa. — Come.

— O que é? — Ela estava fraca demais para conseguir estender o braço.

— É Fruta de Bacon. Tem gosto de fruta, aparência de bacon. Os militares fazem rolos disso com esses tubos de poliisocianurato. O poliiso é basicamente a substância que se usa pra fazer isolamento térmico de casas. O revestimento mantém a fruta seca em bom estado durante anos. Shakes e eu descobrimos que dá pra fazer isolamento pessoal mais barato e com a mesma facilidade, então, enchemos os nossos casacos disso. — Ela ficou vendo Wes enfiar a mão no forro do colete e arrancar uma longa tira de tecido lá de dentro. — Eu estava guardando até precisarmos de verdade. Parece que esse dia chegou. Nunca cheguei a pensar que ia acabar comendo o material. — Deu uma mordida e sorriu. — O gosto é pior que a aparência.

Ele estava errado. Nat achou aquilo a coisa mais deliciosa que já comera. A fome desapareceu por um momento enquanto ela mastigava.

De manhã, o guarda empurrou xícaras de metal com mingau e água pelo buraco na porta. Junto com a Fruta de Bacon, foi o suficiente para impedir que morressem de inanição, mas só.

Ainda assim, toda vez que a porta batia, Nat tinha a certeza de que era Slob. Ela não gostara do jeito com que ele olhara para ela — ela quase pôde ver os watts nos seus olhos. À medida que os dias passavam e nada acontecia, porém, Nat começou a achar que talvez ele se esquecera dela, ou talvez Wes conseguira convencê-lo a não vendê-la por ora.

O que eles faziam com os marcados? Por que tinham um preço mais alto no mercado?

Nat conseguia ouvir Liannan no contêiner ao lado, o que significava que a sílfide ainda estava viva. Mas e quanto a Shakes e os homens-pequenos? Ela imaginou como estariam se saindo e rezou para que ainda estivessem vivos.

Ela adormeceu no ombro de Wes, quando ouviu uma voz suave chamar o seu nome no escuro.

— Nat? Nat? Está me ouvindo?

— Liannan! — disse Nat.

— Não consigo falar por muito tempo, o ferro é forte demais, mas consigo projetar um pouco a minha voz. Estou com medo, Nat.

— Não fique, Wes vai nos tirar daqui. Ele vai, sei que vai.

— É esse ferro todo — disse Liannan num tom suave. — Se pelo menos houvesse uma forma de sair desta jaula.

— Talvez haja — disse Wes, manifestando-se —, se você conhece esses caras. Amanhã eles estarão entediados e pode ser que nos deixem sair das caixas. O que é bom e ruim.

— Ruim como?

— Quando os traficantes ficam entediados, eles fazem os escravos darem um show.

WES ESTAVA CERTO. Alguns dias depois, os traficantes os deixaram sair ao ar livre. Nat ficou feliz em sentir algum calor no rosto, em estar fora do contêiner apertado. Seus olhos não viam a luz do dia havia quase uma semana. Ainda que o céu estivesse nebuloso e no seu tom cinzento de costume, sentiu-se queimar por um instante, como um sol de verão antigo, quando abriram a jaula.

Os piratas separaram os prisioneiros marcados. Nat foi separada de Wes e colocada com os outros no meio de um círculo. Os traficantes ficavam com lanças de ferro, forjadas de forma tosca com sucata de metal, apontadas para as costas dos prisioneiros para o caso de tentarem usar seus poderes, embora houvesse pouca chance disso acontecer, uma vez que a fome e o desespero haviam minado cada grama de esperança do espírito dos cativos. Eles se apresentaram com a obediência de macacos adestrados.

Nat viu seus companheiros de escravidão marcados levitarem caixas, fazerem velas rasgarem e derrubarem copos pelo convés.

— É pra isso que eles servem, certo? Truques de salão idiotas — riu com desprezo um tripulante que segurava uma lança de ferro.

— Você aí... faz um — disse outro, apontando para Nat. Por um momento, ela foi pega desprevenida.

— Eu? — murmurou. O traficante fez que sim, a boca abrindo e revelando dentes tortos e amarelados.

Ela não se mexeu. Ele a cutucou com o metal afiado e Nat estremeceu. Sua mente estava vazia. Ela se sentia menos que humana e entendeu de imediato que essa era a intenção dos traficantes.

— Não posso — disse ela. — Não sei fazer nada.

O sorriso de dentes tortos desapareceu. Ele apertou os olhos, seu rosto se contorceu de um jeito horrível. Ele ameaçou golpeá-la com a lança, e Nat se curvou, pronta para o golpe, mas o golpe não veio.

Ela ergueu a cabeça e viu o traficante ficar vermelho, a gola se contraindo em torno do pescoço, sufocando-o.

Ela olhou ao redor... outro prisioneiro marcado estava olhando para o traficante com uma raiva focada.

O traficante começou a cuspir, e o tecido continuou a apertar, interrompendo a passagem do sangue. O homem caiu para trás, batendo com a cabeça no convés duro de metal.

Os traficantes riram do camarada derrubado. Um segundo pirata — alto, robusto e nu até a cintura para exibir as tatuagens feias — chutou o bruto caído para o lado.

— Você tem que saber controlar esses animais! — rosnou ele. — Se der meia chance, eles te jogam no oceano. Vai lá pra baixo fazer alguma coisa de útil. — Ele passou pela fileira de prisioneiros marcados. — Minha vez de me divertir.

— Você gosta de brincar, é? — perguntou ele, apontando para menino que sufocara seu camarada. Apontou para uma fileira de jaulas. — Ergue essas caixas pra mim!

O menino pareceu incerto quanto ao que fazer em seguida.

— VAMOS! SENÃO EU ATRAVESSO O SEU PESCOÇO PODRE COM ESSE FERRO!

O escravo marcado fechou os olhos. Ele tinha uma área pontilhada de pele em relevo na têmpora, a marca mais comum, que significava que ele tinha o poder de telecinese — conseguia mover as coisas com a mente. Devagar, muito devagar, a fileira de contêineres se ergueu do chão. Flutuaram a alguns centímetros, depois meio metro, depois um metro, mas o esforço foi grande demais e o escravo desmoronou no chão, junto com as caixas, que caíram com estrondo no convés.

— OI! ACORDA! — gritou o pirata, chutando o escravo.

— Ele morreu. Você matou mais um. Slob vai ficar uma fera. Os comerciantes estão chegando. Você sabe que eles pagam mais pelos marcados.

— O que eles querem com o lixo do gelo não dá pra entender. Daqui a um mês, serão todos thrillers.

— É, e ele não está morto — disse o outro, jogando um balde de água preta no rosto do pobre garoto. — Mas tenho certeza que preferia estar.

Eles foram levados de volta para as jaulas. Nat, fraca e assustada demais para falar, mesmo quando Wes tentou consolá-la, massageando suas costas. Então era para isso que Avo queria os marcados: — para usá-los como diversão, para brincar até poderem vendê-los. Os traficantes mexeriam com eles, numa forma de tortura, como quem arranca as asas de uma mosca, até serem vendidos.

Nessa noite, Nat ouviu um som leve de bater de asas do lado de fora da sua jaula.

— O que é isso? — perguntou a Wes, que passou para perto da porta e olhou pelo buraco minúsculo.

— Não se preocupe, não são os guardas. Olha.

Nat espiou pela fresta. Um bando de criaturas multicoloridas cercava a jaula — pareciam borboletas ou aves grandes, mas não eram nenhum dos dois — estava rodopiando e voando, enquanto suas maravilhosas penas azuis, rosa, roxas, douradas e pratas iluminavam a noite como um arco-íris.

— Você os ouve? — perguntou Liannan. Sua voz melodiosa ecoou pela escuridão.

— Sim... ouço... eu consigo até entender o que estão dizendo! — disse Nat, admirada.

— O que estão dizendo? — Wes quis saber.

Nat tentou explicar — não era como se ela os ouvisse pronunciar palavras ou frases, mas ela estava repleta da emoção deles, do espírito deles.

— Estão dizendo... Estão dizendo... que há esperança. Há esperança para nós. Esperança e boas-vindas.

Ouviram um barulho da abertura por onde entrava a comida. Nat deu um grito de surpresa quando pequenas nozes, sementes e frutas começaram a cair pelo buraco. Ela pegou o lenço de Wes para apanhar a comida.

Esperança, pensou ela. *Vamos sobreviver a isto.*

Obrigada, transmitiu ela aos pássaros. *Obrigada. Por favor, não somos os únicos aqui. Tragam comida para todos.*

Eles fizeram a refeição, e Nat ouviu gritos de alegria de outras jaulas.

Nat pegou algumas frutas silvestres e as dividiu com Wes. Seus lábios ficaram vermelhos do suco.

Depois, Nat percebeu que ainda estava com o baralho de cartas que sempre punha no bolso. Eles jogaram cartas, usando sementes como fichas.

— Passo — disse Wes, contrariado, largando as cartas. — Onde você aprendeu a jogar?

— É uma das primeiras coisas que ensinam em MacArthur. A jogar cartas. Eles avaliam as nossas habilidades assim. Veem quem consegue usar seus poderes para prever as coisas, ler a mente, coisas assim — disse Nat, embaralhando e dando as cartas para a próxima rodada.

— Então é assim que você ganha — disse ele com um sorriso irônico. — Não é justo.

Ela olhou para ele e balançou a cabeça.

— Nada disso. Eu não consigo fazer nada do tipo, sou boa no jogo mesmo — disse ela, um pouco irritada. — É tão difícil acreditar?

Wes resmungou. Ele examinou as suas cartas.

— Passo!

Ela riu.

Ele empurrou um copo com sementes para ela. Nat sabia que ele as teria dado de qualquer jeito.

— Então quer dizer que virar craque no jogo é só parte do treinamento? — perguntou ele.

— Nós passamos do pôquer para jogos com números, padrões... como o da cerca. — Ela pegou uma carta do monte. — E você? Nunca me contou como acabou virando mercenário nem por que abandonou a vida militar. Sei que você disse que não queria ser carreirista, mas, ainda assim, não era mais fácil ser soldado do que ter que fazer essas coisas? Olha onde estamos.

— Sinceramente, ser contratado para essas coisas é levar uma vida mais honesta do que sendo militar — disse Wes, examinando suas cartas.

— Como assim? — perguntou ela, pondo no chão um par de cartas voltadas para baixo.

— Você nunca serviu no exército, então, não sabe metade das coisas que eles mandam a gente fazer em Baixa Pangeia, Nova Rodes, Olympia. É o modo deles de garantir a lealdade dos soldados. Fazem de todos nós cumplices dos crimes deles. Quando você faz uma vez, não pensa duas vezes em dizer sim na próxima, uma vez que já atravessou a linha. — Ele descartou algumas cartas e pegou mais duas.

Ela ficou em silêncio por um momento.

— Foi isso que aconteceu... no Texas?

Ele refletiu a respeito.

— Sim. — Ele não olhou nos olhos dela. — Os rebeldes nao queriam se render, nós os encurralamos, mas eles não mostravam a bandeira branca. A cidade estava vazia, ninguém sabia onde os texanos estavam escondendo seu povo. Eu descobri por acidente. Fui pego enquanto fugia, fui preso e torturado. Foi assim que fiquei com a cicatriz. Avo também. Mas nós não cedemos. Eles acharam que estávamos mortos. Conseguimos fugir e até pegamos um deles... Ele era marcado... — Wes respirou fundo.

— Não precisa contar a história se for muito difícil.

— Eu não queria fazer aquilo, não queria fazer parte... mas também não consegui impedi-lo. Avo, ele... — Wes parecia angustiado.

— Avo o torturou.

— Sim. — Ele fechou os olhos. — Ele tinha uma marca na bochecha, como um marca de ferro... como uma serpente. Avo imaginou que podia... que podia...

— Machucá-lo com o toque — disse Nat num tom suave.

— Sim. Ele apertava e a marca brilhava... e o cara não parava de gritar... e, finalmente, não aguentou mais. Os texanos estavam escondendo o povo a alguns quilômetros do litoral, escondidos na neve. Tinham transferido eles para uma daquelas arenas antigas. Achei que íamos cercá-los, sabe, sitiar. Mas as ordens chegaram. Bombardeiem o lugar todo. Matem as crianças, as esposas, todo mundo. Façam com que se rendam.

— A culpa não foi sua. Não foi você. Você não o torturou e você não deu a ordem.

— Mas também não consegui detê-lo. O sangue deles está nas minhas mãos, e eu nunca vou conseguir tirar. — Wes respirou, trêmulo. — Deixei o serviço militar depois disso... Eu não queria fazer parte daquilo...

— Wes, você não é uma pessoa ruim — disse ela, baixando as cartas, esquecido o jogo.

Wes fez o mesmo. Ele balançou a cabeça.

— Era guerra... mas não foi certo. Nós não éramos melhores que os traficantes de escravos. Piores, talvez.

NA MANHÃ SEGUINTE, OS TRAFICANTES estavam decididos a descobrir por que os prisioneiros não estavam morrendo de fome nem apáticos como antes. Um grupo de guardas vasculhou todas as celas e revistou todos os cativos, mas não encontrou nada. Todas as migalhas e sementes tinham sido comidas.

Nat ficou preocupada que os piratas os punissem, mas a chegada de uma nova leva de peregrinos fez com que focassem em outra coisa.

A rotina era esta: todos os dias, os traficantes esquadrinhavam a área circundante num pequeno bote preto inflável. Alguns dias, retornavam com cativos, outros, sem nenhum. Nat, Wes e o restante dos prisioneiros estavam no convés, vendo a próxima leva de vítimas chegar. De longe, os presos — um grupo de homens-pequenos — pareciam tranquilos e até esperançosos, o que era estranho, mas quando o bote se aproximou do navio de escravos, começaram a reagir de forma violenta. Um sacou a adaga do bolso, enquanto outros dois atacaram os traficantes, aos socos e pontapés.

Os piratas logo contiveram a pequena rebelião, atirando um dos homens-pequenos ao mar para que se afogasse e o restante entrasse na linha, parando de lutar diante da visão do camarada afundando.

Nat entendeu como os traficantes agiam. Pela manhã, enchiam os botes infláveis de comida e provisões. Enviavam seus homens de melhor aparência, de barba feita e com vestimentas decentes. Circulavam pelo oceano escuro até avistarem um barco de peregrinos.

Os traficantes deslizavam ao lado dos peregrinos, saudando-os com afeto, oferecendo auxílio e orientação. Com muita frequência, os peregrinos estavam perdidos havia dias e era provável que estivessem passando fome. Os traficantes diziam-lhes que eram do Azul e estavam ali para oferecer uma passagem segura pelo estreito. Os peregrinos só precisavam largar o barco deles e passar para o dos piratas. O portal não estava longe, diziam.

Era somente quando chegavam ao colossal navio de escravos que os peregrinos percebiam que haviam mentido para eles, e que, longe de encontrarem o refúgio do Azul, tinham virado prisioneiros e escravos. Por isso a violência repentina.

Os homens-pequenos foram arrastados para o navio, pálidos e assustados, narizes quebrados e o ânimo abatido. Dois deles foram deixados na jaula ao lado da de Nat e Wes.

Naquela noite, Nat bateu à parede. Houve uma batida hesitante em resposta.

Eles sabiam o Código dos Leigos! Como Brendon e Roark sabiam.

"De onde vocês vieram?" ela bateu.

"Somos da Alta Pangeia. Havia mais de nós."

"Sim. Nós sabemos. Nós os recebemos. Brendon Rimmel e Roark Goderson."

Houve uma longa pausa, e em seguida:

"Brendon é nosso filho. Ele está em segurança?"

"Ele está vivo. Quanto à segurança, não sabemos. Está em outro navio de escravos. Fomos separados na captura."

"Obrigado."

Com novos cativos para torturarem e se divertir, os traficantes não se incomodavam com o restante.

— Como você acha que eles estão, Donnie, Roark e Shakes? — perguntou ela.

— Shakes vai cuidar deles da melhor forma possível — disse Wes. — Não vai abandoná-los.

Nat fez que sim. Ele parecia estar certo.

— Mais um jogo? — Ele bocejou.

— Claro.

Jogaram um pouco de pôquer, Nat vencendo fácil.

— A sua cicatriz se mexe quando você está com uma mão boa — disse ela. — É assim que você se entrega.

Ele mexeu as sobrancelhas.

— Me conte algo que eu não sei.

— Wes, eu tenho mesmo algo para contar — disse ela. — É que eu... Eu não tenho sido honesta com você. — Ela tinha que fazer isso. Tinha que contar, mesmo que fizesse com que ele a odiasse, mesmo que significasse que nunca mais seriam amigos.

Ele esfregou os olhos.

— Sim, o que é?

— Na noite em que a sua irmã foi levada... — Ela não conseguia, achou que conseguiria, mas não podia contar a ele.

Wes ergueu a sobrancelha.

— Na noite em que a minha irmã foi levada...?

— Quando eu trabalhava para Bradley, eu... eu fazia parte de uma equipe de repatriação... Nós pegávamos coisas... sem ninguém saber... segredos, armas... mas a nossa especialidade eram pessoas.

Ele enrijeceu o maxilar e jogou as cartas no chão.

— Não. Não. Não me diga isso. Você não teve nada a ver com Eliza!

— Eu sou um monstro... Eu... feri pessoas... a sua irmã...

Ele balançou a cabeça, com lágrimas nos olhos.

— A sua irmã está morta, Wes. Por minha causa. Eu a matei.

— Não!

— A noite que você descreveu, o fogo que surgiu do nada, o fato de que não restou nenhum vestígio... Meu deus, Wes, eu fazia cada coisa... Eles me mandavam fazer coisas... Você não sabe o que eu sou *capaz* de fazer...

— NÃO, NAT, NÃO! Você não teve nada a ver com isso! — Ele pegou as mãos dela com os punhos fechados. — Olha pra mim. Me ouve! Não foi você. Você não teve nada a ver com isso!

Nat estava soluçando e Wes a abraçava com força.

— Eles mandavam a gente... fazer exatamente o que você descreveu... levar as crianças! Quando as pessoas não as entregavam aos cobradores, nós as levávamos, para manter todo mundo na linha. Para lembrar as pessoas que não podiam quebrar as regras. Se aquele cara não tivesse largado Shakes como largou... teriam mandado uma equipe para buscá-lo. Fui eu! Sei que fui eu quem pegou Eliza. Eu sinto muito, sinto muito — chorou ela. — Eu não sabia. Mas quando você falou... tudo voltou... tudo... Nós destruíamos coisas... bombardeávamos... os incêndios...

— Não — disse ele, com sofrimento, soltando-a. — Não. Me escuta. Não foi você, Nat. Você pode... você pode ter feito esse tipo de coisas no passado... mas você não matou Eliza.

— Como pode ter tanta certeza?

— Porque eu sei o que aconteceu naquela noite. — Ele se encostou na parede do contêiner e fechou os olhos. — Porque o incêndio foi ideia de Eliza. Ela estava por trás de tudo o tempo todo — disse ele, com calma. — Eliza era marcada. Ela tinha olhos azuis e uma espiral no braço.

— Tecelã.

— É assim que se chama?

— Ela sabia criar ilusões, não?

— Sim. Ela... criou o incêndio... Ainda não lembro o que era real e o que não era. Mas vou te contar uma coisa sobre Eliza... Ela não era... não era... — Ele suspirou. — Ela não era muito legal. Ela era... assustadora, às vezes. Não sei onde está nem o que aconteceu com ela, mas preciso encontrá-la, Nat. Para que eu possa salvá-la... de si mesma.

Nat ficou olhando para Wes.

— Não foi você, OK? Eu sei. Porque conheço minha irmã. E todas essas coisas que você fez... estão no passado. Você não podia evitar... Você era só uma criança. Eles a usaram. Eles usam todos nós — disse ele.

Ela não sabia o que sentir. Alívio?

Não parecia suficiente. Ela se sentiu vazia. Mesmo que não tivesse sido a causa do desaparecimento de Eliza, ela ainda se sentia culpada

— Ei, não fica assim, vai. Vem aqui.

Ela se recostou nele e ele a envolveu nos braços.

— Então a sua irmã era um monstro — sussurrou Nat, sentindo-se segura ao se encostar nele, seus corpos criando um pequeno espaço de calor no recinto gelado.

— Eu não disse isso — disse ele, o nariz quase no cabelo de Nat, a respiração suave na orelha dela.

— Ela é um monstro... como eu.

— Você não é um monstro.

— Tem uma voz na minha cabeça, é a voz de um monstro.

— Está falando do modo como entende os animais? — perguntou ele, e ela sentiu que Wes estava sorrindo.

— Não, é diferente.

— Você sabe o que é?

Ela balançou a cabeça.

— Só sei que é a voz que me mandou fugir, ir para Nova Vegas, ir para o Azul. E me envia sonhos. Sonhos de fogo e destruição, sonhos de voo, como se estivesse me preparando de alguma forma.

— O que ela está dizendo agora?

— Na verdade, está em silêncio há algum tempo. — Desde que mataram o pássaro branco, ela se dera conta. Havia mais uma coisa. Desde que se apaixonara por Wes, a voz estava quieta, com raiva por algum motivo. Ela se lembrou da angústia da carpideira, e sua grande sombra na água, sua fúria quando dilacerou o navio deles.

— O que mais você é capaz de fazer?

— Não muito — disse ela, acomodando-se nele. — A coisa só vai e volta. Quer dizer, quando acontece algo ruim, ela me salva... pulei da janela em MacArthur e ela me carregou, mas não consigo fazer com que ela faça nada, a menos que... eu sinta algo com força, aí ela simplesmente aparece. Nunca consegui controlar. A não ser... — Ela hesitou, com uma timidez repentina. — A não ser quando te puxei da água. Foi como se eu pudesse segurá-la e usá-la. — Com uma clareza cristalina e no controle da situação, foi assim que ela se sentiu quando o salvou.

— Hum. — Wes refletiu. — Acho que você tem medo de usar, e é por isso que é imprevisível. Acho que você tem que aceitar. Não pode lutar contra. Não resista.

Resistir? Era verdade. Ela resistira. Tentara se esconder. Tentara correr. Mas ela estava lá. Era sempre parte de Nat. *A voz é minha. Eu sou o monstro.* Ela não soubera disso desde o início? Por que estava lutando contra?

Wes falou no seu ouvido, com os braços fortes em torno dela, e ela nunca se sentira tão segura.

— Você tem que aceitar quem você é, Nat. Quando aceitar, vai poder fazer qualquer coisa que quiser. — Ele deu uma risadinha de leve. — Ou talvez, para acessar seu poder, tudo o que você tenha que fazer é pensar em mim.

NAT FICOU TÍMIDA NO DIA SEGUINTE, quando acordou ao lado de Wes, o braço dele ainda caído sobre o tronco dela. Ela o ergueu com delicadeza, tentando não perturbar seu sono. Ouviu o som de tiros distantes e foi até a porta olhar pela fenda e ver o que estava acontecendo. Wes acordou e ficou ao lado dela.

— O que está acontecendo?

— Mais cativos, parece. Mais do povo-pequeno — disse ela. Ela se afastou da janela para poder ver. — E Orelha está de volta. O navio dele não deve estar muito longe do nosso.

Os homens-pequenos tremiam no convés. Suas mãos não estavam presas, não estavam com cordas nem correntes. Não havia necessidade — os traficantes haviam simplesmente retirado seus casacos, expondo-os ao frio. O ar gelado era a algema que aleijava os homens-pequenos e os forçava a obedecer.

Havia um barril cheio de gelo e lama. Tudo indicava que os traficantes jogavam um de seus jogos favoritos: fazer picolé. Ameaçavam mergulhar qualquer um que ousasse desobedecer suas ordens. A essa temperatura, a água os congelaria de imediato e a morte não demoraria.

Wes rezou para que os homens-pequenos obedecessem, depois, olhou para o outro lado. Ele já vira coisas demais. Tentou não ouvir, mas não havia como bloquear o riso prolongado de Orelha acima do som dos gritos. O traficante careca brincava com Slob, dizendo que agora tinha o suficiente para uma miniatura de circo.

Os dias seguintes foram iguais, e o cansaço e a claustrofobia começaram a cobrar o preço. Não havia mais cativos, e os mercenários ficaram inquietos e frustrados, descontando a raiva nos prisioneiros. Os pequenos copos de mingau que antes apareciam uma vez por dia desapareceram, e Wes notou o prazer cruel que os traficantes sentiam com os gritos dos jovens e velhos entre eles.

Eles chegaram à última Fruta de Bacon, o casaco de Wes estava quase murcho, e, embora ele tentasse não mostrar o frio que sentia desde que passaram a comer suas roupas, Nat via o tom azulado do seu rosto, os dedos congelados. Ele falava menos, e quando falava, as palavras saíam lentas e calculadas, como se lutasse para emitir cada sílaba.

O tempo piorara à medida que se aproximaram de Cidade de Olympia, o centro dos mercados de carne humana. Tempestades de neve repentinas caíam do céu enquanto eles se aproximavam dos territórios fora-da-lei, e os trashbergs rodopiavam em torno do navio.

Wes tremia de forma visível e, mais de uma vez, perguntou a Nat se era dia ou noite — seus olhos o incomodavam. Ele escolhera comer em vez de se aquecer. Nat tentou fazer com que ele usasse o casaco dela, só por um minuto, mas ele reusou de forma categórica.

Nat sabia que tinha que fazer alguma coisa antes que caíssem no desespero. Wes deteriorava diante dos olhos dela.

— Liannan — chamou ela. — Conte-nos uma história sobre o Azul.

A voz da sílfide chegou a ela. Uma voz mais fraca que da última vez em que se falaram, e Nat sabia que a prisão estava cobrando seu preço, que o ferro minava aos poucos a força daquele ser adorável.

— É lindo. Tudo que dizem dele é verdade. A garganta não arde quando respiramos, a água é clara como o ar. O sol ainda brilha no Azul, e a grama tem o verde das esmeraldas.

— Como você sabe? Já esteve lá? — desafiou Wes.

— Sou de Vallonis.

— Por que está aqui, então? Por que saiu? — perguntou ele. Nat se perguntou por que ele estava sendo tão agressivo. Ele nunca agira desse modo com Liannan antes.

— O Azul faz parte deste mundo, sempre foi parte dele, e uma vez, há muito tempo, ele *era* este mundo. Uma civilização reluzente: Atlanta, um mundo no qual a magia e a ciência coexistiam de modo pacífico. Mas a promessa de Atlântida morreu durante a Primeira Separação e o Azul desapareceu na neblina, até a Segunda Tentativa em Avalon. Mas Avalon pereceu também, e o mundo da magia fechou-se para esta terra. Quando veio o gelo, diz o nosso povo que o Retorno finalmente estava próximo. A Era da Ciência terminara e a Terceira Era de Vallonis finalmente começara. Nosso povo retornou a este mundo, mas...

— Mas? — disse Nat.

— Algo deu errado. Este mundo está matando nossa magia e está nos matando, causando o que vocês chamam de "podridão"... então, enviamos exploradores, para trazerem nosso povo de volta ao portal, de volta à segurança de Arem. Mas não será suficiente ficar escondido no Azul. Nossos mundos estão colidindo, voltando a ser um. O Azul tem que voltar a cobrir a terra, e a magia deve ter o seu lugar adequado.

Nat franziu a testa:

— Senão...?

— Senão tudo ficará intoxicado, não apenas este mundo, mas Vallonis também... até estar tudo perdido. Fui enviada às terras cinzentas para encontrar a fonte da doença. Deparei-me com os peregrinos e pensei em levá-los à segurança antes, mas depois disso, tenho de retomar a minha busca.

— Está vendo? Ela não vai desistir — disse Wes, um fantasma do seu antigo sorriso afetado aparecendo finalmente no rosto belo, esgotado. — Então, você também não.

Ela sorriu para ele também, mas os sorrisos desapareceram quando a porta da cela foi aberta com um barulho, e o guarda apontou para Nat.

— Você é a próxima.

— Espera! — disse Wes, pondo o pé na passagem da porta antes que o homem a batesse. — O que está acontecendo?

— O que você acha? — O guarda deu um sorriso afetado. — Os mercadores estão aqui. Comprando. Fique pronta.

Nat olhou para Wes.

— Não, espera, espera aí — disse Wes. — Avo disse que não machucaria o meu pessoal de forma alguma...

O guarda riu.

— E você acreditou, bonitão? — Ele chutou o pé de Wes e bateu a porta. — Estarão aqui em cinco minutos!

Wes fechou as mãos com força.

— Quando ele voltar... Ouça, quando ele abrir a porta, eu me escondo nas sombras. Consigo acertar por trás, aí saímos daqui, tiramos Liannan, pegamos os botes. Acho que sei onde estamos... Não devemos estar longe do porto de Nova Creta.

— Não, Wes — disse ela, devagar. — É perigoso demais. Tem muitos homens lá fora. Você está sem arma, não temos navio... Se lutar com eles, vão matar você.

Wes balançou a cabeça.

— Não, me ouça *você*, Nat. Não vou deixar que a levem!

— Vai ficar tudo bem — disse ela, com coragem. — Talvez... talvez eles não me queiram.

— NÃO!

O guarda abriu a porta e entregou a ela uma coleira de metal presa a uma corrente.

— Bota no pescoço, pra não tentar nenhuma gracinha.

A coleira ficou apertada no pescoço dela. Era de ferro, opaca e pesada.

— Anda — disse o guarda, puxando a corrente. — Anda, vai logo. Diz adeus pro seu namorado.

Adeus? Então ela percebeu — se os mercadores a levassem — que era o fim. Nunca mais o veria. Esse poderia ser o seu último momento juntos. Ela se deu conta tão de repente e, vendo o olhar arrasado dele, não conseguiu evitar ficar com os olhos marejados também. Mas o que eles poderiam fazer? Estavam encurralados ali. Ela não queria que ele lutasse contra eles, não queria que ele se machucasse, e por isso sairia quieta e se despediria.

— Bom, acho que... Boa sorte, então? — disse, tentando parecer despreocupada, mesmo engolindo o nó na garganta enquanto seguia na direção da porta.

— Nat, espera... — disse Wes. Antes que ela desse mais um passo, sentiu a mão dele segurar a sua. Ele a virou na direção dele, os olhos escuros ardendo.

Sem uma palavra, ele se inclinou e a beijou.

Nat ficou surpresa, mas ergueu rosto para que a sua boca encontrasse a dele, e quando os lábios dele apertaram os dela, ela sentiu seu braço envolvendo a sua cintura, puxando-a para perto, como se fosse a coisa mais natural do mundo, como se se encaixassem e sempre tivesse sido assim. Sentiu o coração dele batendo no peito, o calor entre eles — e o desespero. Ela passou os dedos pelo cabelo macio de Wes — algo que desejara fazer desde que se conheceram. Os beijos dele se tornaram fortes, apaixonados, e, enquanto ela sentia seu cheiro doce... sentiu seu corpo contra o dela, sentiu a força que havia nele. Ela poderia continuar beijando-o para sempre, pensou...

Por que haviam esperado tanto tempo para isso? Havia tanto que ela queria dizer, mas tão pouco tempo. Abriu os olhos trêmulos.

Wes estava com a mão no rosto dela, olhando-a com tanto sentimento.

— Nat... — disse ele, a voz sufocada.

— Está bem — sussurrou ela. — O que quer que aconteça, eu sei cuidar de mim mesma.

— É o que você vive me dizendo — disse Wes, a voz tensa e rouca, enquanto o guarda a puxava para fora. — Mas, sabe, a questão é que não importa que você não precise de mim, porque... eu preciso...

Mas antes que ele pudesse terminar a frase, o guarda a puxou para longe. Com um grande rosnado e uma expressão de raiva profunda e incomensurável, Wes chutou a arma da mão do traficante e acertou um soco nele, mandando-o para chão, onde ficou estatelado.

— Nat, corre! — gritou Wes.

Um grupo de traficantes foi para cima dele e Wes lutou ferozmente — dez deles ficaram amontoados no convés, ensanguentados e com hematomas, mas ele não podia lutar com o navio inteiro, e, por mais forte que fosse, muito mais piratas apareceram, até que ele ficou caído no chão, sangue escorrendo dos olhos, o nariz e o rosto esfolados.

Nat gritou, mas não havia nada que pudesse fazer, e ela continuou gritando por toda a extensão do navio. Mesmo deitado, quebrado e ensanguentado na jaula, Wes conseguia ouvir os gritos dela.

ELES A JOGARAM DE VOLTA NA CELA. Wes ainda estava deitado, largado ali, e ela correu até ele. Sentiu tanto medo do que ia encontrar, que mal conseguia respirar.

— Ryan! — gritou ela, virando-o.

O rosto tinha sangue e hematomas, mas ele estava respirando. Ela rasgou a própria blusa para limpar o sangue da testa dele. Os traficantes tinham sido brutais, mas o deixaram vivo, e por isso ela estava grata.

Wes abriu um olho.

— Você voltou — disse ele, a voz embargada.— Graças a deus. Eu ainda vou matá-lo. Vou matá-lo com as minhas mãos. Arrancar cada membro. O que aconteceu? O que fizeram com você?

— Shhhh. — Ela o conteve, limpando seu rosto com movimentos suaves. — Shhh... — Balançou a cabeça. — Não. Não. Estou bem. Estou bem. Não aconteceu nada.

Wes grunhiu.

— Como assim?

— Os mercadores não me quiseram. Disseram que eu não era marcada e que não pagariam, que eu não valia nada. Avo ficou furioso, mas não conseguiu convencer os mercadores do contrário.

— Mas como?

Ela sussurrou no ouvido dele.

— Olha os meus olhos.

Ele abriu o outro olho e olhou bem para ela.

Os olhos dela estavam cinza.

— Lentes?

Ela fez que sim.

— Bom, ainda assim eu mato ele — murmurou Wes. — Essa promessa eu não vou deixar de cumprir.

Nat sorriu, lembrando-se do beijo amoroso dele.

— OK — disse ela, enquanto continuava a limpá-lo. Ele ficaria muito machucado por um tempo, o rosto bonito inchado e cheio de cortes, mas ficaria bem. As feridas iriam se curar.

Ela beijou-lhe na testa e o abraçou.

— Sabe de uma coisa?

— O quê? — perguntou ele.

— Eu lembrei agora por que você me é tão familiar. Você é corredor da morte, não é?

— Era.

— Na noite em que fugi de MacArthur, fui parar bem no meio da corrida. Você se lembra?

Ele se sentou e abriu os olhos.

— Eu me lembro. Você... você impediu que o carro batesse em mim e em você. Você era a garota. A garota na pista. Eu te procurei, sabia? Queria saber se você estava bem mesmo.

— Estou bem.

Ele franziu os olhos.

— O que aconteceu com a sua camisa?

— Você está enfaixado com ela.

— É mesmo? — Ele deu um sorriso malicioso. Olhou para ela novamente, e Nat viu que ele estava olhando para as marcas de magia na pele dela, a chama que sempre mantinha escondida, logo acima do sutiã. — Então é isso, hein?

— É — disse ela, fazendo careta. — Essa é a minha marca.

Ele estendeu a mão para a marca e ela se encolheu, preparando-se para sentir a dor, mas quando o dedo dele tocou a sua pele, ela estava quente, bem quente, e não sentiu nenhuma dor, só... paz. — É linda, como você, como os seus olhos — disse ele. — Agora se cobre, vai ficar com frio.

Nessa noite, quando Wes finalmente adormeceu, Nat falou com Liannan através das paredes. Contou tudo à amiga: a chegada dos mercadores e que os mercadores haviam mandado os prisioneiros ficarem em fila para inspeção.

— O que eles queriam conosco? Você sabe, Liannan? — O chefe dos mercadores trajava mantos que pareciam de sacerdotes. A pele deles era coberta de pó branco e o cabelo, tingido da mesma cor. Descreveu o modo como selecionaram os prisioneiros marcados, e os que apresentavam sinais de decomposição — palidez, olhos amarelos — tinham sido dispensados.

— Ouvi histórias sobre os sacerdotes brancos — disse a sílfide, calmamente. — Acreditam que podem transferir o poder dos marcados para o corpo deles. É mentira. São carniceiros. Falsos profetas. Fingidores. Fingem ter poder, mas só têm a religião louca deles.

— Transferir nosso poder... como?

— Num ritual... um sacrifício.

Nat estremeceu.

— Eles tinham um tipo de especialista com eles, mas ela disse que eu não era ninguém, que eu não era marcada, então, não me quiseram. — Contou a Liannan do beijo de Wes e do milagre de ter permanecido segura. — As minhas lentes... voltaram. Não sei como... Sou uma garota de sorte.

— Tem mais sorte do que pode imaginar. Somente um encanto poderia proporcionar uma proteção capaz de esconder a sua verdadeira natureza — disse Liannan.

— Ah, acho que não — discordou Nat. — Eu estava com uma coleira de ferro; não consegui fazer nada. Talvez o mercador simplesmente não soubessem que sinais procurar.

— Não, não percebe? Quando Wes a beijou, ele a abençoou com um encanto de proteção. Um encanto que nem o ferro poderia reprimir.

Nat ficou surpresa.

— Mas como?

Liannan demorou a responder. Mas quando falou, suas palavras foram leves e quase jocosas.

— Ele deve gostar muito de você, Nat, para ter feito um encanto tão poderoso assim.

NA TARDE SEGUINTE, QUANDO se reuniam no círculo, Nat notou que os guardas estavam distraídos. De repente, ouviram um barulho alto de algo guinchando, e o navio inclinou para a direita. Em seguida, tomou velocidade.

— O que está havendo? — perguntou ela.

— Estamos seguindo para outro lugar, parece — disse o homem-pequeno ao lado dela.

Wes assobiou para o guarda mais próximo.

— Ei, cara, o que está acontecendo? Não vamos pros mercados?

O guarda riu, mostrando os dentes quebrados.

— Não se preocupa, colega, vocês ainda vão pro leilão. Mas antes disso, o chefe foi chamado pra fazer outra coisa.

— O quê?

— E por que eu contaria pra gente como você? — E bateu na cabeça de Wes com um golpe que teria matado um homem mais fraco.

A resposta veio no dia seguinte, durante as preparações para o circo. Os traficantes foram de cela em cela, puxando para fora prisioneiros marcados para mais um show, mas o frio cobrara um preço. Os prisioneiros haviam atingido um ponto crítico, em que não tinham forças nem ânimo para se apresentarem mais. Os piratas iam ter de procurar diversão em outro lugar.

Eles não aceitaram muito bem essa revelação. Um pirata especialmente feio deu uma risada de desprezo ao abrir com um chute a porta da cela de Nat e Wes, e os encontrou sentados no chão, debilitados pelo frio.

— Todos vocês que estavam procurando o Azul... Bom. Amanhã, ele será só mais um território ocupado. Talvez receba o nome de Novo Azul.

Nat ergueu a cabeça, horrorizada.

— O que está querendo dizer?

— A marinha está de olho no portal. Vamos largá-los no navio do Orelha pra ir mais rápido. Jolly quer uma viagem leve pra carregar toda pilhagem. Eles nos devem pelo trabalho que fizemos — disse ele, mirando as íris deles com uma lanterna e dando um grunhido de aprovação.

— Ele está procurando sinal de congelamento interno... Não pode nos vender se estivermos estragados demais, não é? — explicou Wes.

O pirata fez que sim.

— É, quem diria, a terra dos unicórnios e do mel é real mesmo. Ar fresco e comida pra todo mundo, hein? Até parece. — Deu uma risadinha de escárnio e os deixou na cela.

O Azul.

Vallonis.

Os militares estavam a caminho do Azul, para que os ERA pudessem tomá-lo como território, só mais uma extensão das suas fronteiras, impondo sua vontade e seu domínio sobre a terra.

Wes encarou Nat.

— A pedra... Você não está usando a pedra — disse ele num tom suave, o horror transformando sua expressão aos poucos. — Por que não está usando a pedra?

— Porque eu dei a pedra — disse ela calmamente.

— Você o quê?

— Dei-a para Avo.

— Mas por quê?

Nat balançou a cabeça.

— Antes da chegada dos mercadores e dos sacerdotes brancos, Avo me levou para o quarto dele.

Wes agarrou-a pelos braços.

— O que ele fez?

— Não... não era isso... não era isso que ele queria.

Ela se lembrou do sorriso arrogante do traficante de escravos.

Avo pusera a mão na clavícula dela, acariciara seu maxilar.

— Primorosa — sussurrara ele. Estava se referindo à pedra. Ela abrira a corrente e a entregara sem brigar.

— A voz na minha cabeça, ela me mandou fazer isso. — Nat olhou para Wes com lágrimas nos olhos. — Tentei resistir, mas não consegui me controlar. Eu te disse, eu sou um monstro. Tem algo errado comigo, Wes. Eu dei a pedra. — Fúria e ruína. Devastação. Ela era a catalisadora, ela era a chave... O que fizera? Perdera a esperança? Havia sido transformada em alguma coisa? Essa coisa era algo que haviam programado nela em MacArthur? Mas não conseguia parar, abrira mão da pedra com a facilidade de quem se desfaz de uma bugiganga, como se não fosse nada. Como se o Azul não fosse nada para ela.

Ela se largou de joelhos.

— Não há esperança. Vai ficar tudo perdido. Como Liannan falou.

— Para! Me deixa pensar, OK? Para com isso! Você não ouviu o que ele disse? Eles vão tirar a gente daqui.

— Para uma outra cela — disse ela, num tom amargo.

Wes pôs um dedo nos lábios.

— Espera! Você ouviu isso? Acho que são os motores do Alby. Devem ter consertado o velho pássaro. Olha, eu acho que é agora. Essa é a nossa chance. Lembra o que você me falou? Sobre nunca desistir? Ainda podemos fazer alguma coisa.

— Mas como?

— Ninguém vai morrer, e eles não vão tomar o Azul. — Ele sorriu.

— Você é louco — disse ela. — Está voltando a ficar convencido.

— Se estou, é porque estou apostando em você.

Parte V
PARA DENTRO DO AZUL

Encontrarei os céus justos e livres,
E praias do Mar Estrelado.

— J.R.R. TOLKIEN,
"A ÚLTIMA CANÇÃO DE BILBO: NOS PORTOS CINZENTOS"

— OK — DISSE WES, CHACOALHANDO Nat para despertá-la na manhã seguinte. — Você sabe o que fazer?

Nat apertou e abriu os olhos.

— Sim.

— Me diga.

— Eles vão nos deixar no outro navio.

— E?

— Vão ficar distraídos, todos estarão fora das celas, e vão querer nos largar lá o mais rápido possível, o que significa que vão baixar a guarda, nos apressando pra sairmos. Quando virmos uma oportunidade, precisamos aproveitar.

De fato, não era um plano tão completo, mas era tudo que tinham. Passaram a estratégia para os pequenos também. Ele só esperava que Shakes, Brendon e Roark ainda estivessem vivos e no navio de Orelha. Precisaria da ajuda deles quando começasse. Wes sentia-se melhor do que se sentia havia dias. Estava corado e sentia o sangue pulsando nos ouvidos.

— Você adora isso — disse ela, vendo-o se preparar para a batalha, enrolando tiras de pano nos punhos.

— Não vou negar. — Ele sorriu. — Nós saímos. E os derrotamos. Ou morremos tentando.

— Mas se eu não conseguir... — disse ela. Muito do plano dele dependia da habilidade de Nat de usar seu poder, e ela não tinha certeza se seria capaz. Não confiava em si mesma. Ela dera a pedra, era pior que um monstro. Era uma traidora dos seus próprios iguais.

— Você vai conseguir. Você sabe que vai — disse ele. — Você não vai me decepcionar.

Foi mais uma manhã sofrida. Por volta do meio-dia, os prisioneiros foram levados das celas para o convés para mais uma rodada de diversões cruéis.

— Você, garoto — disse o pirata gordo com o pior temperamento, separando uma criança pequena de sua família. — Vem aqui.

— Por favor, não! — gritou a mãe. — Não... Me leve no lugar dele... Por favor!

— Pega os dois — sugeriu outro.

— Por que não? — concordou o primeiro. Ele laçou o pescoço de cada um com uma corda, formando uma forca. Os outros traficantes trouxeram um balde e um barril para a mãe e o filho ficarem em cima. Depois, jogaram a outra ponta das cordas por cima de uma das velas.

Um pirata magro com um dente lascado apontou para o pai, cuja marca brilhava no rosto.

— Vê se consegue salvá-los, hein?

O pirata gordo riu.

— Vê qual você ama mais. — Em seguida, chutou o balde e o barril, e mãe e filho foram içados, as pernas chutando o ar e os rostos ficando vermelho escarlate do esforço para respirarem.

— Salve-o! — disse a mãe, arfando — Salve o nosso filho!

O pai do menino estendeu a mão para que o filho flutuasse acima da corda em torno do pescoço, mas a energia exigida o estava matando. E, enquanto evitava a morte do filho, a mulher começou a perder consciência, a corda começando a cortar a garganta.

Nat afundou a cabeça na camisa de Wes, abafando um grito. Wes tremeu furioso, abraçando-a.

— Orelha chegou... Vai querer eles vivos! Mortos, não servem de nada pra ele! — Uma voz disse rosnando. Era o sub-capitão, e, rapidamente, tanto a forca do menino como a da mãe foram cortadas.

O menino sobreviveu, mas a mulher não reagiu. Pai e filho choraram sobre o corpo sem vida.

— Levantem, levantem — gritou o pirata gordo, dando chutes neles. — Tirem todos daqui! — berrou ele, mandando os outros prisioneiros formarem fila para embarcar no navio de Orelha.

O Van Gogh parou ao lado do Titã. A tripulação de Orelha estava reunida no convés, aguardando a carga mais nova. Também tinham escravos ajudando a controlar os novos prisioneiros. Wes ficou feliz em ver Shakes entre os escravos. Alby também estava perto do Van Gogh e devia estar sendo usado como embarcação de patrulha, exatamente como ele esperara. Talvez o plano funcionasse mesmo. Ele olhou nos olhos de Shakes e deu um sinal, o código militar que significava "preparar para fugir".

Shakes mostrou dois dedos rapidamente para indicar que recebera a mensagem.

Ao seu lado, Nat apertou a sua mão.

— Lembre-se do nosso acordo — disse ela. *Prefiro morrer nas suas mãos a morrer nas mãos deles.*

Ele balançou a cabeça.

— Não vai chegar a esse ponto.

Nat olhou para a fila de prisioneiros esperando para embarcar no Van Gogh e avistou os cabelos loiros e brilhosos de Liannan entre eles. Wes revisara o plano com ela também na noite anterior. Liannan estava mais bonita que nunca. Seus olhos cintilavam. Ela vira Shakes no outro navio, vivo.

Os pais de Brendon, Magda e Cadmael, estavam com o povopequeno aguardando para embarcar. Magda tinha os cabelos ruivos e cacheados de Brendon, e Cadmael tinha o mesmo sorriso tímido do filho. Nat desejou que não sofressem nenhum dano.

O vento começou a uivar, e os dois navios balançaram instáveis entre as ondas que o oceano jogava. Os dois navios de escravos só estavam a dez metros de distância um do outro, mas a água estava agitada demais para a aproximação das embarcações. Se fossem ligados por uma corda, os navios poderiam colidir, e nenhum dos dois parecia ter resistência para aguentar o tranco.

Orelha enviou do Van Gogh um barco menor, dois homens e um motor externo, para levar os escravos até o Titã. Quando o barco chegou, os homens de Slob lançaram uma escada de corda improvisada para ele. Os escravos teriam de descer a escada até a balsa de Orelha. De cima do navio, Nat olhou para o pequeno barco de metal que chacoalhava com violência nas águas encrespadas. Essa não seria uma transferência fácil.

Ela estava certa.

Com as mãos algemadas, o primeiro escravo a tentar descer a escada tropeçou no meio do caminho e mergulhou de cabeça nas águas escuras. Foi preciso que os dois catadores o puxassem para fora da água, e um deles quase caiu. Os homens de Orelha gritaram para o Titã:

— Soltem as mãos deles para a descida. Se não as soltarmos, vamos perder metade dos escravos para o oceano.

Wes acenou com a cabeça para Nat. *É a nossa chance*. Ele contara com um pouco de improviso para enfrentar a situação, mas agora sabia exatamente o que fazer. Era exatamente como ele esperava.

Um dos brutos foi até Nat, que era a próxima da fila, e retirou suas algemas. Quando virou a chave, o traficante olhou para a balsa lá embaixo.

— Vou jogar essas algemas pra vocês. Assim que ela chegar aí, esses escravos têm que ficar algema...

Ele não completou a frase. Com as mãos algemadas, Wes deu um golpe no guarda por trás, e o pirata tombou para fora do convés, quase batendo no barco ao mergulhar na água.

Os outros traficantes voltaram o foco para Wes, sacando as facas.

— Nat! — gritou Wes. — Agora!

45

WES JOGOU O CORPO CONTRA o pirata que o segurava, e uma multidão de traficantes caiu em cima dele. Nat gritou, mas não havia nada que pudesse fazer. Ela não podia quebrar as correntes de ferro que seguravam o restante dos escravos. Inútil. Inútil. Mais traficantes se juntaram à briga — Wes estava em menor número — eles iam bater até ele morrer, torná-lo um exemplo para os outros.

Ela tentou se concentrar, mas estava tonta de medo e de fome. Um pirata deu um tiro e houve mais gritos, mais confusão. Crianças chorando...

Os traficantes estavam matando Wes. Estavam furiosos e só iam parar quando ele parasse de respirar...

Se Nat não fizesse nada, eles o matariam... Ela se debateu quando os piratas a seguraram. Estava fraca... Estava sem poder... Ouviu Wes gritar de dor, e era a voz dele que ecoava na sua cabeça agora. *Acho que você tem que aceitar. Não pode lutar contra. Não resista. Você tem que aceitar quem é, Nat. Quando aceitar, vai poder fazer qualquer coisa que quiser. Ou talvez, para acessar seu poder, tudo o que você tenha que fazer é pensar em mim.*

Isso a fez sorrir por um momento.

Com toda a sua força, ela arrebentou cada algema de ferro que segurava todos os prisioneiros.

Num momento, tudo mudou. Livres das correntes, escravos estavam em número maior que os guardas, dois para um.

Sem planejar nem coordenar, os escravos libertos iniciaram um grito de guerra coletivo ao partirem para lidar com seus antigos atormentadores. Os marcados fizeram caixas de aço voarem. Ferramentas e baldes se transformaram em armas que eles atiravam diretamente nos guardas. Adagas foram usadas para furar seus donos. A arma de um traficante explodiu no seu rosto. Outro viu uma jaula de ferro esmagá-lo contra o mastro. O poste de ferro enorme no meio do navio se curvou com um grunhido horrível. Uma família marcada estava abaixo dele, de olhos fechados, a vida derramando de seus corpos, enquanto dobravam o mastro na base. Vinte e cinco metros de aço colidiram no convés. Jaulas foram arrebentadas, o convés foi quebrado ao meio, e o Titã ficou inclinado na água. Os escravos lutavam com todas as forças — não tinham nada a perder.

A vitória teve vida curta. O céu ficou salpicado de balas, e Nat viu escravos libertos caírem e se curvarem quando os catadores a bordo do Van Gogh começaram a atirar no Titã. O ar se encheu de fumaça, junto com o som dos tiros. Uma granada explodiu atrás deles, e, com um estrondo, a parte de trás do Titã foi tomada por uma labareda gigante.

— Por aqui! — gritou Wes, puxando Nat de onde ela havia caído. Liannan estava atrás dele.

— Shakes está com o barco! — disse ela.

Eles correram rumo ao fim do convés. Wes parou. Shakes, Roark e Brendon estavam com Farouk a bordo do bom e velho Alby. Wes parou no meio do caminho, olhou para Shakes, depois para o antigo camarada deles.

— Está tudo bem — disse Shakes quando Wes embarcou. — Farouk foi quem nos ajudou a sair das celas.

Não havia tempo para perguntas. Wes acenou com a cabeça para o garoto, virando-se em seguida para ajudar Nat a embarcar.

— Donnie, sua família está aqui! — disse ela assim que viu os homens-pequenos.

— Onde? — perguntou Brendon. — Estão vivos?

— Sim, estavam na fila com a gente...

— Vamos! — gritou Shakes, ajudando Liannan a embarcar.

Wes estava ao leme. Ligou os motores e forçou o acelerador até o limite.

— Não podemos deixá-los assim! — gritou Nat, e se referia a todos eles, não só aos Rimmel. Os traficantes haviam começado a retomar o controle. Corriam de um lado para o outro do convés, executando os prisioneiros, um por um.

Wes deu uma volta, passando pelo Van Gogh. O caminho estava livre. Eles estavam seguros. Ele olhou para trás e viu o navio de escravos. Avo chegara ao Van Gogh e dominara a revolta.

— AONDE PENSAM QUE ESTÃO INDO? — gritava ele com os prisioneiros.

— DE VOLTA PRAS CELAS! — berrou um pirata gordo, atirando para cima.

— Wes! — gritou Nat.

— Eu sei, *eu sei.*

Wes virou o leme com força, e Alby gemeu ao dar a volta num arco fechado até ficar de frente para o navio de escravos. O Titã estava coberto de fogo, e sua tripulação seguira Avo até o Van Gogh, onde agora pareciam estar com a vantagem. A maioria dos peregrinos estava nos botes salva-vidas do Titã, remando ou usando o motor da melhor forma possível para fugir. Os catadores de Orelha, enfileirados na proa, atiravam nos botes desprotegidos que tentavam escapar.

Wes tinha um apego por Alby, mas quando investiu contra os traficantes, percebeu que talvez fosse a última arma do seu arsenal. Ele mandou a tripulação se segurar e deu uma pancada no Van Gogh.

Havia fumaça suficiente no ar para pegar os catadores desprevenidos quando as duas embarcações colidiram. Wes só precisava ganhar tempo para que os escravos em fuga saíssem do alcance das armas dos traficantes. O oceano estava carregado de gelo e lixo — os barcos pequenos iam demorar a chegar a um ponto seguro.

Na colisão, a proa de Alby criou uma ponte temporária entre os dois navios. Wes saltou para a proa do navio de escravos, Nat e Shakes do seu lado, deixando os homens-pequenos, Farouk e Liannan para trás. Metade dos catadores foi atirada ao mar com o impacto, e o restante começou a jogar cordas para os camaradas que caíram. Wes pegou uma pistola da mão de um traficante caído e apontou para os homens. Shakes e Nat fizeram o mesmo.

— Hora da natação, garotos. Vocês podem nadar até aquela tábua de lixo e esperar que algum peregrino os encontre.

Wes deu um tiro de raspão no ombro do catador mais forte, arrancando um pedaço de carne do braço. Ele sobreviveria, mas a ferida ia arder por algumas semanas. O traficante encarou-o com raiva e começou a descer, seguidos pelos últimos de seus homens.

— Vocês vão ficar bem. — Wes sorriu ao lançar as cordas ao mar. As palavras jocosas escondiam a sua raiva. Ele teve de se segurar para não atirar neles de novo.

Os pais de Brendon estavam entre os pequenos que haviam tomado um dos barcos motorizados. Eles pararam ao lado do navio de Wes.

— Donnie! Donnie! — gritou sua mãe.

— Eu estou bem, mãe, vem, estou bem. — Brendon deu risada.

— Levem o bote ao porto de Nova Creta. Meu povo os encontrará e os levará para casa — disse Liannan.

— Está certo, então, pulem para cá, meninos — disse Cadmael.

— Nós vamos com a nossa tripulação — disse Roark.

— Não se preocupe, mãe, estaremos logo atrás, sou o navegador deles — gritou Brendon. — Não posso deixar meu navio.

— O quê?! — gritou a mãe, mas o pai pareceu orgulhoso.

— Vemos vocês em Vallonis. — Ele fez que sim. — Magda, vamos.

Roark e Brendon ajudaram o resto da equipe a voltar rapidamente para o Alby. Nat tropeçou e caiu no convés. Shakes ligou o motor, e o barco começou a sair.

— Espera! — gritou ela. — Onde está Wes? — Ela se virou e o viu ainda no convés do Van Gogh. Ele ficara para trás para se certificar de que todos embarcassem em segurança.

— Shakes! Volta! — gritou Nat. — Wes ainda está lá!

Ela viu Wes correr para saltar a bordo, quando alguém o agarrou por trás e ele caiu. Avo Hubik e dezenas de outros traficantes o cercaram. Ao verem o Alby voltar, os piratas começaram a atirar nele, as balas zunindo pelo ar e batendo no casco do navio.

Brendon gritou quando uma bala raspou o seu braço, e outra acertou o ombro de Shakes. A tripulação de Wes tentou responder com tiros, mas estavam em número muito menor.

— O QUE VOCÊS ESTÃO FAZENDO? VÃO! SAIAM DAQUI! — gritou Wes, mesmo com Avo pondo uma arma na sua têmpora.

O traficante riu.

— Rendam-se, senão eu faço ele comer os próprios dedos quando eu o mandar pros mercados de carne.

Shakes hesitou e desligou o motor, incerto quanto ao que fazer.

— SUMAM! PEGUEM O NAVIO E SAIAM DAQUI! JÁ! — gritou Wes, furioso. As balas continuavam voando, uma delas passando com perigo perto da cabeça de Nat. Havia pouca proteção no convés contra a chuva de balas.

— Não podemos salvá-lo — disse Farouk. Se eles ficassem qualquer tempo a mais, os traficantes iriam dominá-los, e eles estariam de volta para onde começaram, só que em circunstâncias piores. Os traficantes não lidavam muito bem com escravos que tentavam fugir.

— Não — disse Shakes. — Não! Não vamos deixá-lo.

— Mas vamos ser todos capturados.

— RENDAM-SE! — gritou Avo.

— ANDA LOGO! VÃO EMBORA, SEUS IDIOTAS! — gritou Wes novamente.

Foi o suficiente. Shakes puxou o leme e ligou o motor.

Nat permaneceu no convés, o olhar fixo em Wes, cercado de traficantes.

— Traz o ácido. Prepare-o pras facas — ordenou Avo.

Wes balançou a cabeça para ela.

— Lembra o nosso acordo — leu nos lábios dele.

Ela sabia o que o esperava. Os mercados de carne. O esfolamento. Ia morrer de forma lenta e horrível, enquanto arrancavam sua pele. Seria forçado a sentir cada segundo de uma morte terrível.

Nat sentiu seus olhos se encherem de lágrimas. *Não. Não.*

Os traficantes estavam em cima dele agora. Três deles o seguravam, de pé no convés, enquanto outro levava o balde de ácido para cegá-lo, o início da tortura.

Alby estava se afastando, e os traficantes continuava atirando no navio. Nat tinha apenas um momento para agir, um momento para decidir.

Wes não tirava os olhos dela por um instante.

— O que eu disse, Nat? Eu te disse que não chegaria a este ponto. — Ele sorriu. *Existem coisas piores que levar um tiro, coisas piores no mundo que morrer rápido.*

Ela sabia o que ele estava pedindo para ela fazer.

Mas ele estava certo. Ela não ia deixar chegar a esse ponto. Havia um meio de salvá-lo e de salvar a todos.

Nat pegou o revólver de um dos meninos. Lembrou-se do que Liannan dissera na outra noite. Ela sentiu a força sobrenatural atravessar seu espírito enquanto encarava Wes.

Os olhos dela se encheram de lágrimas de esperança.

— Vai — leu nos lábios dele. — Rápido.

O traficante estava com um balde de ácido acima da cabeça dele.

Não havia tempo nem outra forma de descobrir.

Por favor, que dê certo. Por favor, que eles tenham se enganado em relação a mim.

Então ela atravessou o coração de Wes com um tiro.

46

O CAOS EXPLODIU NO CONVÉS DO Van Gogh. Avo Hubik olhava para o corpo caído de Ryan Wesson com se não conseguisse acreditar no que acontecera. Os traficantes pareciam chocados e o pirata que segurava o balde de ácido derrubou-o no próprio pé, causando mais confusão.

A bordo do Alby, Nat caiu de joelhos, tremendo, e os homens-pequenos gemeram de tristeza.

— O que aconteceu? O que aconteceu? — gritou Shakes.

— Ela atirou nele. Nat atirou nele... — sussurrou Brendon.

— O QUÊ? — Shakes ficou branco. — O QUE ELA FEZ?

Farouk parou ao lado dele, perplexo.

— Wes está morto? — sussurrou ele.

— OTÁRIO! — disse Avo, chutando o corpo de Wes ao mar. — O QUE VOCÊS ESTÃO ESPERANDO, SEUS IDIOTAS? PEGUEM ELES! — gritou ele, e os traficantes recarregaram as armas e voltaram a atirar no Alby

— Me ajudem — disse Nat. O corpo de Wes boiava com o rosto para baixo, ao lado do navio deles, e ela se inclinou para alcançá-lo. Os homens-pequenos ajudaram, segurando-a, enquanto ela o tirava da água.

— Pegou ele? — gritou Shakes.

— Sim — disse Nat, embalando Wes nos braços. Ele já estava frio e rígido. — Vamos, Shakes!

O grupo procurou se proteger dos tiros, e parecia que os traficantes iam tomar o barco, mas Shakes conseguiu finalmente ligar o motor e eles aceleraram.

Quando Alby estava fora de alcance, os tiros dos traficantes pararam, e o Van Gogh voltou para o caminho do Azul. No convés, Nat embalava o corpo de Wes.

— Wes, acorda, acorda — sussurrava ela. — Acorda, vai, acorda!

— Acorda? Você atirou no coração dele! Ele está morto! — exclamou Farouk.

— Não — disse ela. — Não — sussurrou, quando ele não se moveu. Ele estava frio demais. — Não era isso que deveria ter acontecido.

Liannan ajoelhou-se ao seu lado e pôs a mão no seu ombro.

— Acho que ele se foi — disse ela, baixinho. — Sinto muito mesmo.

— NÃO! — gritou Nat. Não era assim que deveria acabar. Não. Não assim. Não agora. Não depois de tudo que eles haviam feito para sobreviver. Depois de tudo que desejaram um para o outro.

— Vamos sair daqui — disse Liannan a Shakes. Ela olhou para Nat com tristeza. — Não era para ser assim.

— O que está acontecendo? — perguntou Shakes.

Liannan balançou a cabeça.

— Explicarei depois.

Nat abraçou Wes e continuou soluçando. Ela acreditara que poderia salvá-lo. Acreditara que poderia salvar a todos. Não queria que isso tivesse acontecido... Não queria tê-lo *matado*... Ela pensara... pensara que o estava salvando... que estava salvando a todos...

Eles estavam certos quanto a mim, então, pensou com desânimo. *Indivíduo.*

Foi o que lhe disseram em MacArthur.

Ela era apenas uma arma, um recipiente para fogo e dor. Ela não tinha coração. Havia um espaço frio e morto no seu lugar. Não era humana. Era marcada. Era um monstro.

Indivíduo é incapaz de amar. Incapaz de sentir. Indivíduo é perfeito para as nossas necessidades.

Ela acreditara que estavam enganados. Acreditara que seus sentimentos por ele eram reais, que o que ela sentia por Wes era verdadeiro...

Acreditara que poderia salvá-lo como ele a salvara. Quando a beijou antes da chegada dos mercadores, quando a salvara dos sacerdotes brancos.

Mas estava enganada.

Indivíduo incapaz de amar. Ela não o amava, portanto, não conseguiu salvá-lo.

Brendon lhe passou seu lenço, e Roark pôs a mão no ombro dela. Ambos choravam em silêncio.

Nat se sentia entorpecida.

Ela achou que estivesse sendo tão esperta! Ela apostara e perdera.

E agora Wes estava morto.

Minutos depois, Shakes saiu da ponte e ajoelhou-se ao lado do amigo.

— Eu vivia dizendo a ele que um dia ia ser assassinado.

— Shakes...

Ele afastou a mão dela, tão perturbado que não conseguia falar. *Não se preocupe, até hoje eu não o perdi*, dissera ele a Nat na Pilha de Lixo. Culpa dela... Isso era tudo culpa dela. Ela era uma tola de achar... de achar que era diferente... e esperar que poderia...

Eles levaram Wes à cabine do capitão e o deitaram na sua cama. Seu rosto estava cinza, e a bala que ela acertara no seu coração deixara um buraco redondo, definido.

Shakes saiu do quarto arrastando os pés, como se não tivesse mais forças sequer para andar. Os homens-pequenos saíram também.

Liannan entrou.

— Eu o matei — sussurrou Nat. — A culpa é minha.

— Melhor que você tenha feito isso, ou os traficantes o teriam feito e a morte dele teria sido pior que mil agonias. Além disso, se servir de consolo, você salvou o restante de nós todos. Você vai conseguir prepará-lo para o enterro?

Nat fez que sim e enxugou as lágrimas. Juntas, as duas envolveram o corpo dele com um lençol, abençoando-o na testa com óleo. Ela pôs a mão no seu rosto frio. Ele era tão bonito e tão corajoso.

— Vamos deixá-lo aqui um pouco, para permitir que todos tenham a chance de se despedir, antes de o devolvermos ao oceano — disse a sílfide.

Nat fez que sim. Ela voltou à ponte. Não havia mais sinal nem do Titã nem do Van Gogh.

Os botes salva-vidas balançavam no mar, a caminho do porto de Nova Creta.

Ela encontrou Farouk ao leme, parecendo perdido e confuso, os olhos vermelhos de chorar.

— Onde está Shakes? — perguntou ela.

— Não sei — fungou o jovem soldado. — Ele parecia que estava querendo matar alguém.

Eles ouviram Shakes lá de baixo, socando as paredes da cabine. Liannan juntou-se a eles na ponte.

— Acho que temos de deixá-lo sozinho por ora. Ele não a culpa, Nat, mas está com raiva. Está com raiva por não ter conseguido salvar o amigo.

Brendon e Roark juntaram-se a eles também.

— Nenhum de nós a culpa. Você fez algo muito corajoso — disse Roark.

Ela estava sofrendo, mas se recompôs e segurou as lágrimas. Escapar era apenas uma parte do plano.

— O que fazemos agora? — disse Farouk.

— A mesma coisa que fizemos ao partir de Nova Vegas — disse ela. — Precisamos chegar ao Azul. Os ERA estão indo para lá. Precisamos impedir que atravessem o portal. Liannan, você sabe o caminho?

A sílfide fez que sim.

— Sim. Brendon, me ajude... precisamos traçar um trajeto.

47

ESTAVA ESCURO QUANDO NAT ENTROU na cabine da tripulação. Shakes estava sentado numa rede, curvado, a cabeça nas mãos, enquanto Liannan repousava a cabeça no ombro dele, murmurando num tom suave. A sílfide ergueu a cabeça quando Nat entrou.

— Nat está aqui — disse ela, suavemente.

— Posso sair — disse Nat.

— Não, tudo bem, ela pode ficar — disse Shakes, fazendo um gesto para que ela se sentasse.

Nat mal conseguia olhar nos olhos dele.

— Shakes — disse ela. — Eu sinto muito.

— Não peça desculpas — disse ele, por fim, erguendo a cabeça e tentando dar um sorriso. — Liannan me contou o que você esperava que acontecesse. Você agiu certo. Além disso, eu queria ter feito o mesmo.

— Eu sei — falou Nat. — Você é um bom amigo.

— Você também. — Ele fez que sim com a cabeça.

Ficaram sentados em silêncio por um tempo, depois Shakes contou a ela sobre o tempo que passaram no Van Gogh. Também tinham sido colocados em celas, mas os homens de Orelha não os deixaram passar fome, uma vez que seriam vendidos ao circo, que pagava bem. As celas deles ficavam no porão, então, pelo menos tinham ficado aquecidos.

Na segunda noite a bordo do Van Gogh, viram Farouk. Ele não estava numa cela. Os traficantes mal conseguiam navegar ou manter o próprio navio. Quando souberam que Farouk sabia fazer as duas coisas, puseram-no para trabalhar. Quando a rebelião começou, fora Farouk quem abrira as portas para eles.

— Acabou que a coisa toda foi ideia de Zedric. Ele escapou do porão, e Farouk o flagrou. Ele tentou convencer Zedric a ficar, mas Zedric se recusou. Ele forçou Farouk a ajudar na fuga, já que ele não sabia navegar. Ele ia tentar chegar ao porto de Nova Creta, mas foram pegos pelos traficantes, e quando Zedric resistiu, atiraram nele no ato. — Shakes passou os dedos pelo cabelo. — Eu disse pro Wes que os irmãos Slaine eram problema, mas ele sempre teve um carinho especial por sobreviventes de Santonio.

— Ele me contou o que aconteceu lá — disse Nat.

— Contou? — Shakes fez que sim com a cabeça. — Mas ele não contou que tentou salvá-los, contou? Que tentou convencer os texanos a assinarem o contrato, por isso foi capturado e torturado, mas era tarde demais. Ele recebeu uma medalha pela "vitória", mas abandonou o serviço militar assim mesmo.

Liannan voltou, sentou-se ao lado de Shakes e pôs a mão dele entre as dela.

— Você devia descansar — disse ela.

Nat deixou-os a sós e foi ao quarto do capitão para ver Wes, coberto com a mortalha. Roark estava sentado com ele, velando o corpo. No dia seguinte, eles entregariam Wes ao mar. Ela sentou-se com eles por um tempo, até Brendon insistir para que ela fosse se deitar — ele ficaria com o corpo. Ela retornou a cabine da tripulação, e, quando finalmente adormeceu, seus sonhos eram cheios de fogo.

Na manhã seguinte, ela despertou com os homens-pequenos falando com euforia. Eles estavam diante da cama dela.

— Levanta! — disse Roark, feliz.

— Vem ver! — disse Brendon, puxando a manga dela.

Nat os seguiu até a cabine de Wes, onde Liannan e Shakes andavam de um lado para o outro, diante da entrada. Os dois estavam com sorrisos tão intensos que era como se estivessem quase irradiando felicidade.

— Vai. Ele quer ver você — disse Liannan.

Como num sonho, Nat entrou no quarto.

Ela encontrou Wes sentado na cama. Seu rosto não estava mais cinza, mas rosado de vida. O peito estava nu, e a ferida bem acima do coração era uma mera cicatriz.

— Ei. — Ele sorriu e vestiu a camisa, abotoando-a. — Achei que eu fosse um caso perdido quando te vi apertar aquele gatilho. Tenho sorte de você ter uma péssima mira, hein?

Nat conteve um sorriso. Lembrou que quando ergueu a arma, esperava este resultado, desejara com todas as forças.

— Mas, falando sério, senti aquela bala me despedaçar. Mas estou aqui.

— Está — disse ela, com uma risada, sentindo-se tonta de felicidade. *Estavam enganados ao meu respeito*, ela pensou. *Eles me disseram que eu não tinha coração. Disseram que eu nunca amaria ninguém... E olha... Olha pra ele... Olha como ele está lindo... vivo...*

— Você sabia que isso ia acontecer? — disse Wes. — Mas como?

— Não importa agora — respondeu ela. — Você está aqui e é só isso que importa. — *Um encanto de proteção poderoso. Eu devo gostar muito, muito mesmo dele*, pensou ela.

— Nat — falou ele, pegando a mão dela. — Eu queria dizer uma coisa a você antes... Não sei se você quer ouvir... E não sei o que vai acontecer quando chegarmos ao Azul... mas... talvez a gente possa... depois que você encontrar o que está procurando... se tudo estiver bem... talvez a gente possa...

— Sim — disse ela. — Sim. — O que quer que acontecesse, a resposta era sim. Sim!

Os olhos dele se iluminaram de alegria.

— Sim?

— Sim. — Ela se inclinou, mas foi ele quem a puxou para o colo, os braços fortes em torno dela, e eles já estavam se beijando, beijando e beijando. A boca dele estava na dela e eles estavam juntos, onde deviam estar. Ela se afundou nos braços dele e ele a beijou em todos os lugares: no nariz, nas bochechas, no pescoço, na marca — ela ria de felicidade.

— Está bem, então — disse Wes, apertando-a com força, o antigo sorriso com os dentes à mostra de volta, feliz de estar de volta ao seu navio com a sua tripulação. — O que eu perdi?

Nat estava prestes a responder, quando Roark entrou de repente no quarto.

— Chegamos... ao portal para Arem. Mas Donnie está dizendo que chegamos tarde demais.

À frente deles, no horizonte ao longe, eles viram os navios de batalha aproximando-se da pequena ilha.

A FROTA DA MARINHA CERCARA UMA ilha verde e minúscula, quase invisível, uma vez que estava muito bem escondida pelas ilhas cinzentas e congeladas ao seu redor. Ficava no meio do arquipélago, uma pequena joia verde.

— Superporta-aviões — disse Wes, franzindo as sobrancelhas.

— Destroieres de mísseis, fragatas, cruzadores de mísseis. É um exército de drones completo — Shakes assobiou, olhando pelo binóculo. — Eles estão levando a coisa a sério.

Liannan empalideceu.

— Não podem permitir que eles entrem no portal. Meu povo não consegue se defender contra esse poder de fogo. Se tiverem permissão para entrar, a entrada deles significará a morte de Vallonis. Se pelo menos ainda tivéssemos os nossos cavalgadores de drakon...

Nat saiu da paralisia num sobressalto. Ela ficara impressionada com o tamanho da frota, sentindo-se impotente diante da variedade e do poder magnificentes da máquina militar gigantesca do país, comandada por soldados em alguma casamata, escondidos em algum lugar distante, onde ninguém poderia detê-los. Ela causara isso. Abrira mão da pedra, e agora era tarde demais — não havia nada que eles pudessem fazer, para impedir aquilo — mas algo que Liannan disse mexeu com ela.

Cavalgadores de drakon.

— O drakon — sussurrou ela. — O mostro do mar. A carpideira. Você o chamou de protetor de Vallonis.

— Sim, mas está faltando o cavaleiro dele, e ele é incontrolável sem um cavaleiro, um animal selvagem. Controlado, é a nossa maior defesa.

Nat sentiu como se estivesse despertando de um sono profundo e cheio de sonhos, à medida que as lembranças que ela reprimira por muito tempo voltavam todas de uma vez.

A voz que ela ouvia dentro dela... que parara de falar porque estava falando de outras formas...

O canto do passarinho branco...

As criaturas que foram alimentá-los...

Todos diziam a mesma coisa...

Você voltou para nós.

Benditos sejam... obrigada, drakon... obrigada, cavalgador.

A voz parara de falar com ela após a morte da ave branca. O lamentador estava de luto. O lamentador era o drakon.

Ela não estava sozinha. Nunca.

Eu tenho buscado você, mas agora é você quem tem que vir a mim. Siga a jornada até o Azul. O refúgio precisa de você.

É hora de nos unirmos.

Não resista ao seu poder. Você tem que aceitar quem você é, Wes lhe dissera.

Ela era parte do drakon. Era sua companheira, sua sombra.

Quando o gelo veio, o universo foi dividido em dois, de modo que, quando o drakon nasceu, dezesseis anos atrás, ele também foi dividido, sua alma nascendo do outro lado do portal. O drakon vinha buscando-a desde então.

Ela não tinha coração.

Porque ela era o coração do drakon, a alma do drakon. Ela e o monstro eram o mesmo e único ser. Separados um do outro, perdidos, sozinhos, somente completos quando juntos.

Ela foi ao convés e viu a marinha seguir até a ilha verde que continha o portal para o outro mundo. Essa foi a razão da jornada dela até o Azul, porque o Azul precisava dela tanto quanto ela precisava dele.

— Nat... o que você está fazendo? — perguntou Wes, correndo para o convés, onde ela estava parada diante do parapeito, os braços estendidos. — Vão matar você!

Ela se afastou ao sentir seu próprio poder aumentar rápido dentro de si, livre e selvagem, solto. Deixou-se banhar por ele, deixou que cobrisse cada parte do seu corpo e da sua alma, sentiu a fúria e o deleite de ser liberto. Ela não recuou diante dele, não se escondeu, deixou que a atravessasse, que tomasse o seu espírito, aceitou a força da sua magnitude.

Seu poder a assustava e alegrava.

O poder incrível dentro dela, que a mantivera viva, que mantivera sua segurança.

Ela era uma cavalgadora de drakons. Uma protetora de Vallonis. Eles haviam garantido a segurança da terra durante séculos e mais séculos. Ela era a catalisadora da destruição. Preparara-se para isso durante toda a sua vida.

Agora ela sabia por que dera a pedra a Avo e, consequentemente, aos comandantes dele.

Ela estava atraindo os ERA ao portal, atraindo sua frota inteira para lá, toda a sua força para um único lugar, para que *ela pudesse destruí-la*. Seus sonhos a haviam preparado exatamente para este momento. Tudo na sua vida a levara a isto, para que pudesse responder ao chamado e cumprir seu dever quando chegasse a hora.

Fogo e dor.

Fúria e ruína.

Ira e vingança.

Vales cheios de cinzas e escória.

Destruição.

Morte.

Ela trouxera a guerra ali, para a extremidade da terra, para lançar a vingança sobre seus inimigos, para proteger o seu lar. Ela era feita para isso, esse era o seu propósito, sua vocação.

Ela se voltou para Wes e segurou lágrimas de raiva e de felicidade.

— Agora eu sei o que tenho que fazer. Você estava certo, Wes, eu posso resolver isso.

Então, ergueu os braços para o céu e chamou o seu drakon.

DRAKON MAINAS, RESPONDA AO MEU CHAMADO, ESCUTE A MINHA PALAVRA.

SURJA DAS PROFUNDEZAS E DERROTE NOSSOS INIMIGOS!

Nat era o drakon, era seu coração e sua alma, seu mestre e guia.

O mar se dividiu, e uma criatura negra subiu à superfície. Sua pele tinha a cor opaca do carvão. Ela era sinuosa e cheia de espetos. Os olhos eram do mesmo tom de verde e dourado dos de Nat, o verde claro da grama no verão, o dourado de uma nova manhã reluzente, e tinha a marca da chama no peito, a mesma que estava na pele dela. Suas asas imensas estremeceram e se dobraram, como uma cortina, um guarda-chuva. Era enorme, quase do tamanho de um navio, uma maravilha para os olhos, aterrorizante e bela.

— DRAKON MAINAS!

— ANASTASIA DEKESTHALIAS — estrondeou ele.

O seu nome verdadeiro. Seu nome imortal que lhe chegara num sonho. Natasha Kestal era *Anastasia Dekesthalias*. Ressurreição da Chama. Coração de Pavor. Coração do Drakon.

A criatura mirou Nat, e ela sentiu algo dentro de si transformar-se, como se estivesse abrindo os olhos pela primeira vez. O mundo ao seu redor ficou mais brilhante, e o menor som ressoava em seus ouvidos. Até a sua mente pareceu se expandir. Nat olhou nos olhos da criatura e, num clarão, os dois se uniram.

O peito de Nat ardeu. Ela mal conseguia pensar com uma dor nova e intensa passando pelo seu corpo.

O que era?

Fogo. Ela estava respirando fogo.

Ela era feita de fogo, de cinza e fumaça, sangue e cristal.

Ela queimava, queimava.

Nat via tudo o que o drakon via, sentia tudo o que ele sentia, sentia a sua raiva, a sua fúria.

O drakon subiu no ar e o céu explodiu com tiros de armas e mísseis quando os navios fizeram desse novo inimigo seu alvo, mas o drakon foi mais rápido e voou mais alto.

Destrua-os! Derrote os nossos inimigos! Lance a morte sobre os nossos oponentes!

O drakon rugiu. Mirou os navios menores primeiro, bateu nos cascos, virou-os contra as ondas e virou os homens para a água. Suas asas poderosas criaram ondas de água tóxica que lembravam tsunamis nos conveses dos navios. O drakon usava o oceano negro como arma. As fragatas balançavam, subiam e desciam, e logo viravam. O oceano negro ficou coberto de fumaça.

Nat viu quando o drakon mergulhou na água escura, desapareceu nas profundezas e só emergiu um momento depois, debaixo de um dos navios — erguendo-o acima das ondas e quebrando-o ao meio, como se fosse um brinquedo de criança. Com um guincho poderoso, apanhou outro navio e o jogou alto no ar. Ao cair, bateu em outro barco, e os dois afundaram.

Os soldados sobreviventes bateram em retirada para os botes salva-vidas, e outros navios começaram a fazer o mesmo.

Vencemos, pensou Nat, enquanto a armada dispersava e os navios começavam a se afastar da ilha verde. Mas uma nova torrente de tiros explodiu dos dois superporta-aviões enormes. As armas atiraram com padrões elaborados, guiadas por computadores que rastreavam, marcavam e previam o curso da criatura que mergulhava e serpenteava pelo céu.

Esconda-se, esconda-se, avisou Nat com urgência, e o drakon subiu, o ventre cinzento camuflando-se entre as nuvens escuras. Mas os tiros continuaram no ritmo incessante. Chamas vermelhas e laranja faiscavam no meio da fumaça.

O drakon desapareceu.

Nat entrou em pânico até a criatura ressurgir. As nuvens viraram vapor quando as chamas foram disparadas no céu, dissolvendo a bruma como a neblina ao encontrar o sol da manhã. O fogo do drakon iluminou o oceano escuro com uma luz que as águas negras não viam em cem anos.

Com chamas de brilho claro como o dia, as asas escondidas atrás das costas, o drakon desceu feito uma bomba na direção do centro do destroier mais próximo. Seu fogo engoliu o navio, e o ar fedeu a plástico queimado e aço fundido. O navio desmoronou nas ondas, o casco enrugando-se feito ramos diante da chama.

Outro superporta-aviões lançou uma sequência de mísseis direto no drakon. A criatura rolou, afastando-se, mas as armas do navio atingiram o alvo. A bomba de um dos foguetes arrancou a asa do drakon e as nuvens refletiram um brilho vermelho ardente mais uma vez.

Lá embaixo, Nat desabou no convés.

— ATINGIDA! FUI ATINGIDA! — sussurrou ela, segurando o braço.
— Nat!
Wes estava ao seu lado.
— Nat!
— As armas! Você tem que parar as armas! — disse ela.
— Certo... onde eu estava com a cabeça... só esperando vocês salvarem a nossa pele... Shakes! Farouk! Roark! Brendon! As armas!

Eles nunca chegariam perto do poder de fogo da marinha, mas Wes achou que não precisariam. Não com aquela coisa — o drakon de Nat — do lado deles. Alguns dos navios que sobraram tinham artilheiros visíveis no convés. Os soldados estavam sentados atrás de escudos pesados, mas ele ainda conseguia vê-los de relance, quando apontavam e giravam as armas para seguir a criatura.

Wes pegou seu fuzil, subiu ao ponto mais alto do navio e gesticulou para Shakes.

— Segura a minha perna e tenta me manter firme. Preciso ter uma boa visão desses caras.

— Mas, chefe, você ficaria totalmente exposto.

Wes sabia que ele tinha razão. Os atiradores estavam distraídos com o drakon, mas assim que ele atirasse, eles voltariam a atenção para ele, e ele seria um alvo fácil. Mas ele precisava da altura para conseguir uma visão boa; então, simplesmente teria que correr o risco.

Wes virou-se para os seus alvos. Mirou baixo no primeiro tiro e mandou uma bala na mão do primeiro artilheiro. O segundo artilheiro girou na direção de Wes. O homem operava uma arma grande o bastante para obliterar qualquer coisa a um metro de distância. O soldado sorriu para Wes, querendo informar que ia gostar de despedaçá-lo.

Mas Wes não respondeu ao sorriso. Em vez disso, atirou. A bala perfurou a armadura do homem antes que ele pudesse tocar no gatilho. *Existe sempre apenas uma fração de segundo entre a vida e a morte,* pensou Wes. *Aproveite cada segundo que tiver.*

Com o céu livre de tiros, o drakon reapareceu ao lado do Alby. Sua asa havia se curado e lançava ondas gloriosas de ar ao pairar acima da água com o seu torso lançando uma sombra denteada, ele desceu ao convés.

O navio se inclinou ao receber o peso da criatura. O drone da batalha sumiu aos poucos, e, por um momento, a tripulação ficou parada, fascinada com o drakon.

Sua respiração era como um furacão, rouca e forte como cem homens inspirando o ar de uma vez. Placas do convés arquearam e os parafusos se soltaram — a criatura era pesada feito pedra. Ele fechou as asas poderosas e baixou a cabeça com um baque que estremeceu o convés.

Nat sabia o que vinha em seguida, ela só precisava criar coragem para passar por isso. O momento era surreal e se estendeu pelo que pareciam minutos. Ela olhou para a tripulação, que sorriu com esperança para ela. Liannan acenou com a cabeça e foi Wes quem ofereceu o joelho para que Nat pisasse, para subir.

Ele pegou a sua mão e a ergueu.

— Acaba com eles — sussurrou no seu ouvido, os olhos brilhando de admiração.

O drakon virou o pescoço e Nat subiu nas suas costas, afundando os calcanhares nas laterais do corpo. Quando chegou ao pescoço, os músculos espessos do ombro da criatura ajustaram-se ao seu peso, dando-lhe um assento sobre a espinha imensa. Ela agarrou as escamas duras e o drakon partiu com uma força que quase a arrancou das suas costas.

A fumaça entrou nos seus olhos quando eles subiram ao céu. O vento frio bateu no rosto dela e, num instante, eles estavam acima da batalha. Num relance, ela viu a cena toda como uma foto exposta no papel. Viu os navios restantes balançando nas grandes águas negras, o longo mar de gelo e as bordas brilhantes da pequena ilha verde.

Dessa altura, a terra parecia diferente — mais plana. Até o barulho da batalha estava abafado. Eles estavam tão alto, que ficaram invisíveis para as armas do navio. A fumaça cinza os encobria e Nat segurou firme. Sentiu os músculos do drakon se contraírem a cada batida de suas asas poderosas.

A criatura inspirou com força — seu torso longo e musculoso flexionou-se sob ela —, e os pulmões dela também se encheram de fogo mais uma vez.

— À batalha! — gritou Nat. O drakon subiu de repente, tão rápido que as mãos dela saíram do lugar e ela caiu das costas dele. Estava voando.

Ela estava se movendo no ar, exatamente como naquela noite em MacArthur, quando ela pulara da janela. Desta vez era igual e, enquanto planava pelo ar, não sentiu nenhum medo.

Ela sabia fazer isso. Sabia voar.

Ela chamou seu drakon de novo e desejou que ele viesse a ela. Agarrou-o pelo pescoço, mas estavam voando rápido demais e os dedos dela seguraram as escamas por um momento muito breve, quando o impulso delas empurrou-a longe. Ela caiu; porém, mais uma vez, não teve medo.

Drakon Mainas venha para mim, chamou ela, enquanto o mar subia para encontrá-la.

Exatamente quando estava prestes a cair na água, o drakon apareceu abaixo dela e ela caiu nas suas costas. Nat se endireitou e enfiou os pés no seu couro.

Eles circularam por um momento, depois mergulharam na direção dos navios restantes.

Respire fundo. Precisaremos de toda a nossa força. Agora, expire, orientou Drakon Mainas.

Nat sentiu o mesmo fogo escuro sufocar sua garganta, mas não lutou; inalou o fogo. Fogo de Drakon. Quando ela exalou, uma chama azul descontrolada saiu da boca do drakon, cobrindo o maior superporta-aviões com uma labareda azul iridescente e ondulada.

Eles se voltaram para o cruzador camuflado em seguida. Sua superfície era perfeitamente lisa e lustrosa, e o drakon banhou o navio inteiro numa chama tão quente que o oxigênio em torno do navio se incendiou, virando uma violenta bola de fogo laranja. O exterior blindado do navio contraiu-se feito um embrulho amassado — as portinholas caíram para dentro, as armas envergaram e as janelas deslizaram para fora das armações.

O drakon rugiu de alegria e voou mais alto, mais rápido. Com Nat guiando seus movimentos, ele desceu de volta para atacar os navios restantes, conseguindo desviar da torrente de tiros com uma agilidade nova e surpreendente. Nat se segurou com toda a sua força e os espinhos do drakon cortaram suas mãos, mas não sentiu dor.

Eles soltaram o ar juntos mais uma vez e a chama azul banhou o último navio de guerra num cone ofuscante de fogo. A água escura ferveu, nuvens viraram vapor e o ar estalou. Quando o navio afundou, sua miríade de armas soltou um voleio final. Projéteis voaram em todas as direções.

Uma única descarga explosiva cortou o peito do drakon, perfurando não apenas a carne da criatura, mas a de Nat também.

Os dois tombaram, caindo na direção da praia de areia, enquanto o último navio de guerra afundava no mar flamejante.

51

A TRIPULAÇÃO DE WES comemorou quando o cruzador derradeiro afundou no oceano. A fumaça começou a dispersar. O drakon havia realizado o seu trabalho. Wes procurou-o no céu e no mar, mas não viu nada. Eles haviam detido a armada, mas a que preço?

As águas que os cercavam rodopiavam em chamas azuis, enquanto o sedimento químico do oceano pegava fogo.

— Onde ela está? Onde está Nat? — perguntava Wes.

Shakes ergueu o binóculo, mas balançou a cabeça.

— Anda, leva a gente até a praia — ordenou Wes.

Eles aportaram o navio perto da ilha verde e Wes seguiu até a costa. O ar estava nebuloso com fumaça preta. Wes tossiu. Pensou ter visto o drakon se arrastando ao longe, mas o céu estava escuro e seus olhos lacrimejavam. A água estava cheia de escombros da batalha, e os sobreviventes nadavam até os botes salva-vidas.

Vindas das sombras da floresta verde, algumas sílfides apareceram. Como Liannan, vestiam trajes brancos. Olharam para Wes com expressões sombrias.

— Onde ela está? Onde está Nat? — perguntou Wes.

— A cavalgadora de drakon levou um tiro no céu e caiu — respondeu a sílfide mais próxima. — Ela se foi.

Não. Não é possível. Wes chutou a terra, sem querer aceitar. Ajoelhou-se na praia, as mãos no rosto, e abafou um grito de fúria.

As ondas rolavam na praia e, quando ele olhou, viu uma bota preta que parecia familiar.

Ele correu até o corpo e virou-o. Era Nat, ainda com o casaco preto e a calça jeans.

De longe, o drakon acenou com a cabeça. Wes se perguntou se o drakon a teria deixado ali para que ele a encontrasse.

— Nat! Acorda! — gritou ele. Ela estava fria da água congelada. Sua pele estava coberta de queimaduras escuras. Ele abaixou a cabeça e pôs um ouvido perto da sua boca. Ela não estava respirando. Ele começou a pressionar o coração dela, exatamente como havia aprendido. Pressionou três vezes rapidamente, depois apertou o nariz dela e soprou o ar na sua boca. Nada. Repetiu várias vezes. Nada aconteceu.

Liannan foi caminhando sobre as ondas na direção dele.

— Posso ajudar. Por favor, traga-a... Siga-me — disse ela, guiando Wes para dentro da ilha.

Ele ergueu Nat e carregou-a nos braços, correndo atrás da sílfide, que andava rápido, enquanto a tripulação o seguia.

Liannan levou-os pela costa, sobre a areia queimada, até o interior da ilha. Wes olhou ao redor, admirado com a floresta densa, com árvores curvadas no formato de um portal. Ele nunca vira árvores antes, a não ser em fotos ou nas redes, e essas árvores não se pareciam com nada que tinha visto. Os galhos enrolavam-se com espinhos de três centímetros de comprimento e as raízes saíam do solo. Ele deitou Nat no chão e olhou em volta, admirado com a grama verde, o céu cheio de vida, os pássaros piando e batendo as asas, o zumbido dos insetos e o cheiro de grama. O Azul estava vivo, vivo como o mundo deles um dia esteve.

A tripulação se juntou em torno da figura imóvel de Nat.

Wes pôs o ouvido no peito dela e tentou escutar as batidas do coração. Não ouviu nenhuma.

— Nós chegamos, Nat. Chegamos. Viemos até o Azul. Agora, acorda — ordenou ele, a voz rouca de chorar.

Ele esperou.

Finalmente, Nat abriu os olhos e sorriu para ele.

Wes abriu um sorriso.

— Você me deve dez mil créditos. Pode me passar.

NAT RIU, SENTOU-SE E OLHOU à sua volta. Era o Azul. O seu lar. Vallonis. Não havia mais nuvens, nenhuma neve ou neblina. Só a luz brilhante do sol na sua pele, aquecendo seu rosto. A sensação era de estar sendo alimentada, como se o sol estivesse dando a sustentação que lhe fora negada durante toda a sua vida. Seus ouvidos encheram-se do canto dos pássaros e do zumbido dos insetos. Uma brisa quente e suave bateu no seu rosto e fez cócegas na sua bochecha. O cheiro das flores, doce e inebriante, preenchia o ar.

Mas nada se comparava ao céu. O infinito céu azul — não havia mais cinza, só um azul majestoso. Então, era por isso que se chamava Azul. Como poderia ter qualquer outro nome? Ela sentiu a força voltar ao seu corpo. A alegria de respirar o ar limpo. Ela estava saudável, agora entendia; qualquer podridão que ameaçara destruí-la fora eliminada por completo. Ela poderia retornar a Nova Vegas. Olhou maravilhada para a variedade de criaturas que passavam pelo portal.

Uma sílfide de cabelos escuros falava enfaticamente com Liannan, que balançava a cabeça, pesarosa.

Liannan voltou ao grupo.

— Este portal foi comprometido. Meu povo não tem escolha senão fechá-lo. É perigoso demais. Esperávamos poder deixar aberto para os nossos que nasceram na terra cinza. Mas eles terão de buscar outro caminho. Eu tenho de retomar a minha tarefa, buscar a fonte da doença. Ainda tenho muito a fazer, mas vocês têm que atravessar antes que se feche — disse ela.

— Eu não vou a lugar nenhum — disse Shakes, pegando a mão dela.

Ela deu um sorriso carinhoso para ele

— E você, chefe? — perguntou Shakes.

Wes balançou a cabeça.

— Não posso, você sabe que eu não posso. Tenho que voltar para a minha irmã. — Ele se afastou da porta verde da floresta, voltando à praia enfumaçada. — Eliza precisa de mim. Ela está por aí... em algum lugar. Tenho que encontrá-la.

— Certo. — Shakes fez que sim. — Não se preocupe, chefe, nós vamos.

— Eu posso ajudar. Acho que os nossos objetivos podem estar ligados de alguma forma — disse Liannan. — Se me aceitar.

— Nós também vamos — falou Roark.

Brendon fez que sim.

— Vamos ajudá-lo a encontrar a sua família. Você salvou a nossa; então, faremos o mesmo por você.

Farouk foi o último.

— Eu vou também... para ganhar a sua confiança de novo.

O time estava montado. Essa era a sua família agora, sua equipe. Só estava faltando uma pessoa. Wes virou-se e olhou para Nat, que estava sozinha ao lado do portal.

— Nat? — Ele sorriu, estendendo a mão para ela pegar.

Ela havia dito que sim. Eles ficariam juntos. Sempre.

Nat sentiu as lágrimas chegando porque sabia a resposta que tinha de dar a ele. Drakon Mainas estava na sua cabeça. *Você sabe que não pode ir com ele. Temos um compromisso com Vallonis, temos que proteger o que nossos inimigos buscam controlar. Este portal vai fechar, mas eles voltarão. E quando voltarem, precisamos estar prontos. Você e eu somos os últimos da nossa raça. Somos tudo o que restou. Você não pode me abandonar.* Ela percebeu então que a outra causa da fúria do drakon foi a sua raiva ao sentir que ela estava se apaixonando por Wes. Apaixonar-se não estava nos planos. Wes era uma barreira à reunião deles. Os drakons e seus cavalgadores não amavam, apenas serviam.

Mas ela amava Wes. Muito.

Ele estava esperando que ela pegasse a sua mão.

Mas ela não poderia. Não *podia.*

E era isso.

A separação que não podia ser evitada.

O fim que ela sabia estar chegando.

Essa era a despedida com a qual sonhara desde o momento em que o conhecera. Ela se apaixonara por ele desde o começo, quando ele se aproximara da sua mesa de vinte e um tanto tempo havia, em outra vida, quando eram estranhos, um mercenário e sua cliente, um atravessador e uma crupiê, um menino e uma menina.

— Não posso — Nat balançou a cabeça. — Sinto muito, Wes. — Ela dissera sim antes, mas isso foi antes de saber o que era... Antes de entender seu lugar no mundo... Ela respondera à pergunta dele com uma mentira, uma mentira amorosa, na qual ela quisera acreditar, que ela quisera que fosse real. Mas era um sonho. Fogo e dor. Fúria e sofrimento. Ela era feita disso, do seu coração frio de pavor.

Wes fez que sim, blefando, sem deixar que ela visse o que isso estava lhe custando, inexpressivo, com a sua cara de jogar pôquer.

— Bem, boa sorte, então — disse ele, erguendo a mão.

— Boa sorte. — Ela deu um aperto de mão e deixou ali as duas fichas de platina.

A equipe cercou Nat para dar abraços e beijos de despedida. Em seguida, era hora de partir, e Wes virou-se na direção do seu navio.

Nat ficou vendo-o se afastar, depois correu atrás dele. Lágrimas quentes rolaram pelo seu rosto.

— Ryan!

Quando ele a ouviu chamar seu nome, seu rosto ficou tão cheio de esperança que ela ficou arrasada ao dizer o que tinha de dizer.

— *Eu te amo.* Eu te amo muito, mas não posso. *Não posso.* Eu te amo, mas não posso ir com você.

— Eu entendo — disse ele num tom suave e recuou na direção da praia.

Ela pôs a mão no braço dele e o virou para a sua direção, exatamente como ele fizera naquela noite no Titã, quando os mercadores chegaram. Mas antes que ela pudesse beijá-lo, ele a surpreendeu e a beijou, abaixando-a e apertando seu corpo contra o dele.

— Eu vou voltar para você — sussurrou ele. — Esse não é o nosso fim, eu prometo. — Então, ele a beijou de novo. Mais devagar dessa vez.

Nat viu Wes afastar-se dela, sentindo seu coração se partir e curar ao mesmo tempo. *Há esperança*, ela dissera a ele uma vez. Ela ia acreditar nisso. A sensação do beijo dele ainda permanecia em seus lábios. Ela esperava que ele voltasse logo para ela. Que ficassem juntos um dia. Ela ia gostar muito disso. Ela confiaria a ele todos os seus tesouros no universo. Confiaria a ele o seu coração.

Nat então chamou seu drakon e, juntos, voaram pelo portal, para dentro do Azul.

AGRADECIMENTOS

MIKE E MEL GOSTARIAM DE agradecer à incrível EQUIPE "MUNDO DE GELO": nossa equipe impressionante, adorável e brilhante de editora e publisher, Jennifer Besser e Don Weisberg, por acreditar no livro desde o início e se dedicar de corpo e alma a ele. Nossos superagentes e cúmplices, Richard Abate e Melissa Kahn da 3 Arts, por todo o apoio. Todos na Penguin Young Readers Group pela dedicação e entusiasmo, mas, especialmente, Marisa Russell, Elyse Marshall, Shauna Fay Rossano, Emily Romero, Shanta Newlin, Erin Dempsey, Scottie Bowditch, Felicia Frazier, Courtney Wood, Erin Gallagher e Anna Jarzab. Thereza Evangelista, pela capa linda. Lynn Goldberg e Megan Beatie, da Goldberg McDuffie, por espalharem a notícia pelo mundo. Nossas agentes de cinema e televisão, Sally Willcox, Michelle Weiner e Tiffany Ward, da CAA, por transitarem pelo mundo louco de Hollywood por nós. Nossos amigos maravilhosos de vida e de cartas, Margie Stohl, Alyson Nöel, Aaron Hartzler, Ally Carter, Rachel Cohn, Pseudonymous Bosch, Deborah Harkness e James Dashner, por serem companheiros de armas. À nossa família estendida, especialmente nosso cunhado e leitor beta, Steve Green, por amar as nossas histórias. Para a nossa garota número um: Mattie, um dia você entrará para o negócio da família também, e esperamos ansiosos por esse dia com muito amor e animação!

Finalmente, a todos os nossos leitores que acompanham nossos livros desde Blue Bloods, passando por Wolf Pact, até Witches of East End, obrigado por receberem Nat e Wes com amor. É o que sentimos por vocês.

Muito amor a todos
MIKE E MEL

Impresso no Brasil pelo
Sistema Cameron da Divisão Gráfica da
DISTRIBUIDORA RECORD DE SERVIÇOS DE IMPRENSA S.A.
Rua Argentina, 171 – Rio de Janeiro, RJ – 20921-380 – Tel.: (21) 2585-2000